はにとらマリッジ

Misa & Makoto

桔梗 楓

Kaede Kikyo

目次

はにとらマリッジ

第一章

古い油の匂いが染みつく郊外の小さな町工場(まちこうば)、飛躍(ひやく)製作所。その一員である私――伍嶋美沙(ごしまみさ)は、今日も地道に金具を磨く。

慎重に顕微鏡で見ながら、金具を砥石(といし)の上ですべらせた。

「よし、できた」

ふぅと一息ついて、顕微鏡のライトを消す。

磨き上げた金具に指紋がつかないよう気をつけながら、手に取って見る。仕上がりは完璧だ。

私は四年前に高校を卒業した後、両親が経営しているこの小さな町工場(まちこうば)で働きはじめた。それからは、毎日作業服を着て、機械を動かし、工場(こうば)で作っている金具を磨く日々だ。

もっと華やかな職場で働けばいいのに――そんな風に言う友達もいる。

でも、私はこの仕事がとても楽しくて、充実した毎日を送っていた。それに、小さいけれど夢を持っている。いつか金型の設計をしてみたい、というのが私の密かな夢だ。ちなみに金型とは、製品を作るために使われる金属の型のことで、様々な物の製造に欠かせない。

　もっとも、私が働きはじめてから、うちの工場に金型の設計の依頼が来たことはない。依頼されるのは、指示された設計図通りの金具を作る仕事ばかりである。

　この町工場は、大企業である桂馬重工のいわゆる下請け企業。起業当初はさまざまな会社と取り引きがあったそうだが、今や桂馬重工からの注文がほとんどとなっている。そのため、桂馬重工とうちの工場は、親会社と子会社のような関係だ。

　桂馬重工から注文を受けた金具のサンプルや金型、車両部品などの作成が、うちの工場の主な仕事である。

　だけど、これから先、うちの工場の技術力を買って、設計から任せてくれる取り引き先が現れないとは限らない。夢が叶う可能性はある。

　だから今は、地道に発注品を作るのみだ。仕事を完璧にやり遂げることが、会社のためにも夢のためにもなると信じ、私は日々励んでいる。

　自分の仕事ぶりに満足しつつ金具をケースに仕舞い、大きく伸びをして椅子から立ち上がった。周囲を見ると、誰もいない。

「あれ……？」

私は首を傾げて時計を見た。なんと、正午を過ぎている。うちの会社は正午から一時間が昼休みだ。

しまった。私はまた熱中していたらしい。

昼休みの開始にはチャイムが流れるのに、それも聞こえないくらい仕事に集中することが、たまにある。そんな私を社員のみんなはよく知っているので、放置されることもしばしばあるのだ。

他の社員たちはみんな昼食を食べにいったのだろう。私もお昼ご飯を食べようと、足早に工場を後にした。

外に出ると、秋めいた爽やかな風がそよりと頬を撫でる。夏よりもいくぶんか遠く感じる青空を眺めながら家へ向かった。我が家は工場の敷地内にあり、徒歩二分で到着するのだ。

ほどなく家の前に着いて、私は玄関ドアの取っ手を掴む。その瞬間、誰かがドアを内側から開けた。ドアの向こうにいたのは、町工場の社長でもある私の父だ。

「ああ、美沙。戻ってきたのか。今、呼びにいこうと思っていたんだ」

「あ、そうなの？」

そこで、玄関に見慣れない靴が並んでいることに気づいた。

男性用の革靴が二足。お客さんが来ているのだろうか。

「実は、桂馬重工の方がいらしているんだ。折り入って話があるそうでな。俺たちも今から聞くところなんだが、どうやら美沙に用があるらしい」

「……私に？」

頭の中が疑問符でいっぱいになる。私はこの工場において、単なる社員に過ぎない。そんな私に話って、なんだろう。もしかして、気づかぬうちに何かやらかしてしまったのだろうか。

そう思い、体が強張る。そういえば、先週、私が作成した部品サンプルを納品したのだった。それに不備があったのかもしれない。そうだとしたら大事だ。

私が原因で桂馬重工からの発注が減ったら、工場の存続に関わる。うちは桂馬重工からの発注で成り立っているのだ。絶対に失礼のないようにしなくてはいけない。

ゆっくりと靴を脱ぎ、父の後に続いて廊下を歩く。

クレームだったら平謝りするしかない。とにかく被害は最小限に止めなきゃ。

私が緊張しながらリビングに入ると、ダイニングチェアに母が座っており、その向かいにふたりの男性が座っていた。

「美沙」

母が声をかけてくると同時に、男性たちがこちらを見る。私は彼らに向けて頭を下げた。

「いらっしゃいませ。いつも、お世話になっています」

「あなたが伍嶋美沙さんですね。はじめまして」

男性の一人が軽く頭を下げる。父に促され、私は母の隣に座った。父も母の逆隣に座る。すると男性たちは名刺を取り出して自己紹介をはじめた。

「私は、桂馬重工総務部秘書課、社長付き第一秘書、鷹野と申します」

「同じく、第二秘書の香田です」

相手方に応じ、私も「飛躍製作所の伍嶋美沙です」と挨拶した。

「実は御社に――いえ、美沙さんにお願いがあってまいりました」

「お願い、ですか？」

思ってもみなかった言葉に、目を丸くする。

私の仕事に対するクレームじゃないようで安心したけれど、お願いってなんだろう。下請け工場の一社員である私に、大企業が頼み事をするなんて想像もつかない。

鷹野さんは少し言いづらそうに目を伏せ、しばし間を空けた後、私をまっすぐに見て口を開いた。

「単刀直入に申し上げます。実は美沙さんに、とある会社の機密情報を入手してもらいたいのです」

……え？　目の前の人は何を言っているんだろう。意味がまったくわからない。

隣を見れば、両親も怪訝な顔で鷹野さんたちを見ていた。

「き、機密情報って、なんですか？　私にそれを入手してほしいなんて、いったいどういう……」

しどろもどろになりながら疑問を投げかけると、鷹野さんは手を上げて私の言葉を制する。

「順を追って説明します。――あなたは、紗月重工株式会社をご存じですか？」

「は、はい。もちろんです」

戸惑いつつも頷く。紗月重工とは、創業百年を超える歴史ある大企業だ。桂馬重工とは長年ライバル関係にあると言われていて、二社は常に競い合っている。

「紗月重工は、去年、代表取締役が交代しました。それ以来、急激な成長を遂げていましてね。国内だけでなく海外事業も成功し、飛ぶ鳥を落とす勢いで業績を伸ばしています。おそらく、何か改革を行ったのでしょう」

鷹野さんの言葉に、私は「そうなの？」と隣に座る両親を見た。私は部品作りに熱心な反面、経済情勢にはあまり注目していない。

両親が渋面で頷くのを見て、私は「なるほど」と相槌を打った。

鷹野さんはさらに話を続ける。

「忸怩たる思いですが、私ども桂馬重工の業績は、ここ数年横ばいです。このままでは、紗月重工に後れを取ってしまう可能性も否めません。そこで美沙さんには、紗月重工に入社してもらい、具体的にどのような改革を行っているのか、調べていただきたいのです。実際に組織に入ってみないと、見えないところがありますからね」

「はあ……」

私の口からは、曖昧な声が漏れた。この人は何を言っているのだろうという戸惑いが強すぎて、話の内容が頭に入ってこない。

「あの……」

そこで声を出したのは母だった。怪訝そうな顔で、鷹野さんの様子をうかがいながら尋ねる。

「唐突すぎてまったく理解できていないのですが、つまり、あなた方はうちの美沙にスパイの真似事をさせるつもりなんですか？」

スパイの真似事。その言葉を聞いて、ようやく私も、彼らが私に何を頼んでいるのか理解できた気がした。でも、やっぱりよくわからない。どうして私に頼むの？

私は混乱していた。けれど、落ち着けと自分に言い聞かせて、鷹野さんたちに問いかけた。

「どうして私に、こんな話を持ちかけるんですか？　選ばれた理由がまったくわかりません。情報を盗むなんて、私にできるとは思えないのですが……」

するとも鷹野さんはテーブルの上で指を組み、苦々しげな表情を浮かべる。

「あなたに諜報なんて真似ができないのは理解しています。紗月重工のシステムに侵入してデータを盗んだり、重要な書類をコピーしたりするような必要はありません。あなたに依頼したい仕事は、紗月重工代表取締役のひとり息子、紗月誠と親密な仲になり、彼から話を聞くこと。ただそれだけです」

「……は？」

私と母と父、三人分の声が重なる。

「な、な、な」

ぱくぱく口を開くだけの父は、驚きで目がまん丸になっている。母は顔を真っ赤にして、声を荒らげた。

「正気ですか！　美沙に紗月誠という社長のご子息をたらしこめと⁉」

それに対して、鷹野さんと香田さんは冷静な顔で「落ち着いてください」と言う。しかしこんな状況で落ち着けるわけがない。父は「ふざけている！」と叫び、椅子から立ち上がった。

「俺たちを馬鹿にしているのか⁉　うちはいつだって、あんたたち大企業に振り回されてきた。無茶な納期で注文をかけたり、赤字ギリギリまで値切ったりすることだって、ザラにあっただろう。その上、娘まで利用しようとするのか。経営不振はあんたらの責任だろ、下請けを巻き込むな！　こんな……馬鹿げた話……っ！　世間に暴露してやる！」

「お、お父さん、落ち着いて！」

普段から桂馬重工への鬱憤が溜まっていたのだろう。ついに怒りを爆発させた父の腕を引っ張り、なだめる。

でも、母の嘆きも父の怒りも、鷹野さんたちには響いていないようだ。彼らは冷たい表情で両親を見ている。そして再び鷹野さんが口を開く。

「我々にとっても、苦渋の判断だとご理解ください。私たちには後がないんです。これは桂馬重工社長直々のお願いなんですよ。それに、暴露なんてしたら、この工場がどうなるか……わかるでしょう？」

「ど、どういうことですか？」

おずおずと聞いた私に、鷹野さんが視線を寄越した。

「このままでは紗月重工に鞍替えする取り引き先が増え、桂馬重工の業績が落ちていく。そうなれば、最初に切るのは下請け工場です。飛躍製作所はすでに『切る候補』として挙がっています」

「……どうしてですか」

まさかの取り引き停止宣言に、私の声が震える。

「今の時代、部品製作は人件費が圧倒的に安い外国発注が主流です。飛躍製作所が作る金型や部品の完成度の高さは評価しています。しかし、技術力が高くても生産力は低く、費用がネックになっている。我々としては、飛躍製作所と良好な関係を続けていきたいと考えていても……」

鷹野さんは私から視線を外し、次は父に目を向けた。

「少し完成度が下がっても、低予算で部品を作れるなら、完全に外国発注へシフトしてはどうかと、株主総会でも毎回議論されています。つまりあなたの会社は、よほどのことをしなければ生き残れない。――例えば、こんな諜報まがいの依頼を引き受けるほどのことをしなければね」

しん、と部屋が静まり返る。

私も両親も、一言も言葉が出なかった。父が怒りのやり場を失ったかのように、力なく椅子に座る。

桂馬重工でそんな話がされていたなんて……知らなかった。

飛躍製作所が受けている注文は、現在九十パーセントが桂馬重工からのものだ。

桂馬重工からの注文がなくなったら、とてもじゃないが経営が成り立たない。うちの工場は潰れてしまう。

「……少し、考える時間をください」

父が呻くように言う。

「早いうちに連絡をください」と言い残して、鷹野さんたちは帰っていった。

リビングには再び静寂が落ちる。母が「はぁ」とため息をつく。

「……あぁ、お昼、まだだったわね。おそば作るから」

「いいよ。なんか、食欲ないし」

正直、食事をとる気分にはなれない。まさに降って湧いたような話を、私はまだ理解できていないのだ。

この工場の未来も、そして私が抜擢された突拍子のない話も、すべてにおいて現実味を感じない。

母は肩を落としてテーブルにひじをつく。

「これもすべて、桂馬重工に頼りきりだったツケなのかしら」

「いや、こんなおかしな話、普通はありえんだろう。つまり俺たちが思っていたよりも、桂馬重工は追い込まれているってことか」

父が落ち込んだ声を出す。大口の取り引き先が大企業だと、安心して構えていたのがまずかったのかもしれない。

「だからって、あんな無茶なことを言うなんて……。大体、どうして美沙なの？　私が言うのもなんだけど、美沙はそうたいした顔でもないし、スタイルだって普通よ。大企業の御曹司をたらしこめるような魅力はないわ」

「そ、そのとおりだけど……。私の顔、お母さん似なんだからね？」

母の言うとおり、私の顔は平凡そのものだし、スタイルだって際立っていいわけじゃない。それは平凡を絵に描いたような容姿の母の遺伝子を、きっちり継いでいるからだ。

私と母の言い合いを遮るように、父は声を上げる。

「とにかく、この話は断るぞ。さっきは気が動転して、少し考えさせてほしいなんて答えてしまったが、考えるまでもない話だ。こんなばかばかしい——美沙に依頼したのも、俺たちの足下を見ているからだろう。俺たちみたいな候補は他にもいるんじゃないか」

「下請け会社で、私くらいの年の娘がいるところを片っ端から回ってるってこと？」

私が尋ねると、父は「きっとそうだ」と頷く。

「御曹司をたらしこんで情報を聞き出せなんて、品がない。桂馬重工にプライドはないのか？　はっきり言って最低の方法だ。そんな会社に尻尾を振って媚びるなんて、俺にはできない。取り引き停止上等だよ！　こっちから切ってやる」

父はフンと鼻を鳴らし、腕を組んだ。

だけど……それでいいのだろうか。私だって無茶な話だと思う。でも、桂馬重工との取り引きがなくなったら、注文は十分の一以下まで減る。

そんなことになったら、会社は倒産し、従業員と私たち家族は路頭に迷ってしまうだろう。

……そんなの、嫌だ。

私はぎゅっと手を握り、声を絞り出す。

「お父さん、私、やってみるよ」

「は⁉」

父が素っ頓狂な声を上げた。母も目を丸くしている。

「いや、無理だ。こんなことやってはいけない。大体、美沙は『男をたらしこむ』とはどういうことか、わかっているのか？」

「わかってるよ！　なんかこう……『よっ、日本一！』っておだてて、懐に入り込んだらいいんでしょ」

私の言葉に、父はなぜかとても疲れた顔をした。

「まったく違う。こう……あれだ、身の危険があるかもしれないんだぞ」

「スナイパーみたいに命を狙うわけじゃないんだし、危険はないでしょ」

「そういう危険じゃなく、美沙の体が危険なんだ！」

父が声を荒らげる。体が危険ってどういうことだろう？　私が首を傾げると、次は母が口を開いた。

「あのね、美沙。たらしこむというのは、はっきり言えば『色仕掛け』をしろということよ。あの人たちはね、体を使って紗月重工の御曹司を骨抜きにして、情報を引き出せと言っていたの。そんな体を売るようなこと、私たちが許すわけないでしょ？」

母の説明に、ようやく私は理解した。

なるほど、つまりハニートラップを仕掛けろという意味だったのか。映画やドラマで見るハニートラップは、色気たっぷりの女性が魅惑ボディを使って、巧みにターゲットを籠絡していた。

しかし私には悲しいほど色気がない。恋愛経験だってゼロで、語れる恋バナは高校時代の片思いの話くらい。部品と金型を作るしか能のない、しがない機械加工職人の見習いだ。仕事着は可愛げのない作業服だし、お洒落な服も持ってないし、お化粧もしない。

物心ついた頃から、私は父の背中を見て育った。夜遅くまで、工場で部品を磨いていた父。慣れた手つきで寸分の狂いもない完璧な金具を作り上げるさま。

私は父に憧れ、この世界に入った。それ以来、歯車やネジ、精緻な金型に執心している。

そんな私が色仕掛けをするなんて、無謀を通り越して笑い話だ。でも、泣きたくなるくらいに深刻な話だった。

できなくてもやらなきゃいけない。私がこの工場を守りたいと思っているのならば。

「大丈夫だよ、お父さん。私、やれるだけやってみる。正直言って、成功させる自信はまったくないけど、少なくとも私がこの話を受けること自体には、意味があると思うから」

「美沙……」

「もし失敗しても、これをネタに桂馬重工と交渉できるでしょ？　こんな無謀なことを手伝ったんだからって言えば、少なくともすべての契約を切られるようなことはないんじゃない？」

父が渋面で黙り込む。とても複雑な心境なのだろう。

経営者として、なんとしてでも工場と従業員を守らなければならないという気持ち。同時に、娘が心配だという親心。頑固でお喋りが苦手で、ついでに言うと仕事を教えるのも下手な父だけど、私を思ってくれているのは、ちゃんと伝わってきた。

「私のことは心配しないで。いろいろ頑張ってみるからさ」

私が元気づけるように笑うと、両親はますます不安そうな顔をした。しかし、ふたりともそれ以上は反対しなかった。

どうあがいても、私たちにはふたつしか道が用意されていない。

引き受けるか、断るか。つまり、工場を潰すか潰さないかという瀬戸際の選択。

それなら私は潰さないほうを選ぶし、両親もそうであってほしい。だから私は、ふたりを元気づけるように、にっこりと微笑んだのだった。

その日のうちに父が鷹野さんに連絡すると、彼らはあっという間に、私が紗月重工に入社する手筈を整えた。最初から、私がこの話を引き受けると確信していたかのようだ。

会社が存続の危機に陥ったら、やらざるを得ないと踏んでいたのだろう。こちらの足下を見る相手のやり方には憤りを感じるけど、やると言ったからにはやるしかない。

ターゲットである紗月重工社長の息子、紗月誠に近づくためのお膳立てもしっかりされている。

私は偽りの名を与えられ、契約社員として紗月誠の所属する設計開発部に入社する予定だ。

その名は『北條美沙』。

北條家は紗月重工の大株主であり、その発言力と影響力は社長と並ぶほどだと言われている。

そんな名家が、自ら私に姓を貸すという。そして、北條家と懇意にしている紗月重工社長の弟、紗月専務のはからいによって、私は紗月誠に最も近い部署へ宛てがわれることになったらしい。

北條家も、紗月社長の弟も、言わば紗月重工側の人間だ。

それなのに、どうしてライバル企業の桂馬重工を手助けしているのか……私には、そこまでの情報は与えられていない。彼らの事情というものなのだろう。

そんな中、私に出された指令はただひとつ。お膳立てされた立場を有効利用して、紗月誠をたらしこみ、紗月重工で現在行われている改革の内容についての機密情報を聞き出すこと。細かいことは指定されておらず、とにかくわかったことを逐一報告するように言われている。余計なことを詮索すれば破滅へと繋がると、鷹野さんに脅された。

うさんくさい話。不安しかない指示。信用できない大人たち。

とてもじゃないが、成功する気も、楽しく仕事ができる気もしない。とにかく私はできるだけのことをやって、努力したという姿勢を彼等に示すしかないのだ。

そして、すべてが終わったら、私は実家に——古い油の匂いがする工場に帰る。大好きな、物作りの仕事に戻れる。今まで通り、ひとつひとつの仕事に丁寧に取り組みながら、夢のために頑張ろう。

信じられないような状況の中、私は心に決めたのだった。

それから数日して、『北條美沙』たる私に、その立場でいる期間中に暮らすマンションの一室が用意された。東京都内のビジネス街にある紗月重工まで一駅という、立地条件のいい場所だ。

紗月重工に入社する前日、私は着替えなどの少しの荷物をスーツケースにまとめて、その部屋に引っ越した。

そして一晩明け、入社日当日。今、マンションのリビングで、着慣れないビジネススーツを着て、私はスタンドミラーを見つめる。

雑誌やインターネットサイトを見て覚えたばかりの化粧は、似合っているだろうか。工場(こうば)では真っ黒なセミロングの髪をひっつめただけだったけれど、美容院でパーマをかけてライトブラウンに染めた。爪にはサンゴ色のマニキュアを塗り、母に買ってもらったお洒落(しゃれ)な腕時計をつけている。

……名家のお嬢様感は出ているだろうか？　よくいる新人社員に見えるんじゃないかと心配だけど、私にできる精一杯のことはやった。

「よし、行こう」

ぐ、とお腹に力を入れて、気合いを込める。朝ご飯はもりもり食べたから、元気だけはある。

マンションを出てすぐの駅から電車に乗り、一駅で降りてビジネス街を歩く。

こんな風に『出勤』するのは生まれて初めてだ。今までは、家で作業服を着て朝ご飯を食べ、徒歩二分の工場(こうば)で働いていたため、すべてが新鮮に感じる。

秋色に染まる街路樹が並ぶ歩道を歩き、私は潜入先である紗月重工にたどり着いた。

「……わぁ」

思わずあんぐりと口を開けて、その建物を見上げる。

紗月重工は、都内ビジネス街に広大な敷地と高層ビルを持っていた。その敷地の入り口のゲートには、警備員がふたり体制で立っている。真っ白な石畳の道をしばらく進むと、ガラス張りのビルが待ち構えていた。

私はおっかなびっくりビルの中に入る。なんて立派なビルだろう。さすがは国内の製造業で業績トップを誇る紗月重工。ついキョロキョロしながら、私は受付に近づいた。

受付の女性を前に、深呼吸をひとつして、お腹に気合いを込める。

「す、すすす」

声が裏返った上、うまく言葉が出てこなかった。なにせこんなお芝居じみたこと、生まれて初めてやるのだ。私は自分が思っていたよりもずっと緊張しているらしい。

「すみません！　おはようございます！　きょ、今日よりここで働かせていただく、北條美沙と申します！」

昨夜から何度も練習した挨拶を口にする。ガチガチに固まった上、声がやけに大きくなってしまった。周りを歩く社員の人たちが驚いたように私を見る。

やばい、いきなり失敗してしまったかもしれない。今の私は『お嬢様』なんだから、もっとしとやかに、小さな声で言うべきだったかな。

私が心の中で焦っていると、受付の女性は目を丸くしてから「少々お待ちください」

と言い、どこかに電話をしはじめた。そして通話を終えると、再び私を見る。

「本日より、設計開発部に配属される契約社員の北條美沙さんですね。ただいま責任者がまいりますので、お待ちください」

「は、はい」

次は小声で答えることができた。ちゃんと、お嬢様として見られているかな。

前髪を軽く整えていると、後ろから「おはようございます」と、低く通る美声が聞こえた。振り返ったら――そこには、目を剥くほどの美形男性が立っていた。

今までに見たことがないほどの端整な顔を前に、私はごちんと固まってしまう。

美形が微笑む。彼がかけているオーバル型の眼鏡がきらりと光った。

「設計開発部部長を務めております、紗月誠です。あなたが北條美沙さんですね。今日からよろしくお願いします」

私は思わず、目の前に立つ彼を凝視する。

ふんわりと後ろに撫でつけたオールバック、シャープな輪郭に、整った眉目。背は私より頭ひとつ分高く、スラリとした体つきはビジネススーツの魅力を引き立てている。完璧だ。一ミリの隙間もなくカッチリとはまった金型みたいに、パーフェクトに綺麗な男の人。

彼は不思議そうな表情で、私に声をかけてくる。

「北條さん？　どうかしましたか？」

「ほ、ほうじょう？」

耳慣れない姓を呼ばれ、私は首を傾げた。

「え、北條さんですよね？　今日からうちに配属される予定の」

「あっ、あ——そ、そうです。私が北條美沙です！」

自分が置かれた立場を思い出し、シュタッと片手を上げて挨拶する。紗月さんはほっとしたように微笑み、「職場に案内します」とビルの出入口に向かった。

え、このビルの中に職場があるんじゃないの？　そう思ったけれど、私は黙って彼についていく。すると、高層ビルから少し離れたところにある、こぢんまりした二階建ての白い建物に案内された。

「設計開発部は企業秘密の多い部署なもので、他部署と隔離されているんです。どこから情報が流れるかわかりませんからね」

「そ、そうですね。企業秘密が漏れたら大変ですものね」

こくこくと頷く。まさに私が、その企業秘密を探ろうとしているスパイなのだが……

それにしても、入社して早々そんな重要部署に配属されるなんて、珍しいだろう。さすがは専務のはからいだ。

私は、一歩前を歩く男性をそっと見上げた。

——この人が私のターゲット、紗月誠。紗月社長のひとり息子で、鷹野さんからもらったデータによると三十歳の独身らしい。

こんなに顔がよくて優しそうな人なら、モテるに違いない。恋人はいないのかな？　しかし……私、大丈夫なのだろうか。こんな美形を色仕掛けで陥落させる自信は、まったくない。

うっふんなんて言った日には、鼻で笑われてしまいそうだ。

桂馬重工もえらい無茶ぶりをしてきたものだ、とげんなりしてしまう。彼らは私の何を見て、ハニートラップを仕掛けられると思ったのだろう。つい、「はぁ」とため息をつく。

すると紗月さんが建物の入り口のドアを開けながら、心配そうに振り返った。

「どうしました。疲れましたか？」

「いっ、いいえ！　体力だけはありあまってるんで、大丈夫……じゃなくて！　も、問題、ないですわ。……オホホ」

口に手を当ててお嬢様っぽく笑ってみると、紗月さんがなぜか私をまじまじと見てから、「そうですか」と言った。

やばいな。こんな調子で、私はやっていけるのか。お嬢様のフリをするのがこんなに難しいとは思わなかった。無意識のうちに、ちょっとした仕草で素の自分が出てしまう。

でも、後戻りすることはできない。家族のため、工場のため、私はなんとしても、この完璧美形の御曹司を籠絡しなければならないのだ。

ごごご……と気合いの炎を燃え上がらせ、紗月誠の背中を睨みつける。すると、彼がまたクルッと振り返った。私は慌てて笑みを浮かべる。ちょっと顔が引きつったかもしれない。

「まずはメンバーに紹介して、部署内を案内しますね。それから守秘義務についての誓約書を確認していただきます。その後は、さっそく仕事に入ってください」

「わかりました」

「それから北條さん。ひとつ質問してもよろしいでしょうか」

「はい、なんでしょう?」

軽く首を傾げた。今のは、お嬢様らしい仕草だった気がする！

「失礼を承知でうかがいますが、あなたは、うちの株主である北條家の関係者なのでしょうか。あなたが契約社員として入社することになった経緯を調べたところ、どうも最近入社した他の社員の情報と紛れてしまったようで、素性調査が曖昧なんですよ」

『北條美沙』がどのようにして紗月重工に入社したのかは、専務によって隠蔽されていると聞いた。彼や北條家が桂馬重工に手を貸したというのは、絶対にバレてはならない秘密なのだ。

私は鷹野さんからもらった指示書の内容どおり、返事をする。

「はい、私は北條家の娘です。父の教育方針で、幼少の頃から海外で生活していました。最近日本に帰ってきたのですが、よいご縁があってこちらに入社させていただきました」

「ふぅん。……よい、ご縁、ね」

紗月さんは私から視線を外し、意味ありげに呟く。「どうかしましたか？」と聞くと、「なんでもありません」と微笑まれた。

「ずっと海外で過ごされていたのですね。北條家とは何度か食事をご一緒したことがあったのですが、あなたにお会いした記憶がなかったもので、不思議だったのです」

「そ、そうなんですよ。びっくりされたでしょう。オホホ」

「ちなみに、どの国で暮らしていたんですか？」

「えっ」

想定外の質問に、体が固まった。どの国……どの国だ？　指示書には『海外』とだけ書かれていて、国名の指定はなかった。ええと、どうしよう。どこにしたらいいんだろう！

「カ、カーボベルデです！」

「カーボベルデ」

私の答えを繰り返す紗月さん。

たらりと冷や汗が流れる。つい、先週テレビの旅番組で観た国の名を口走ってしまった。私がカーボベルデについて知っていることなんて、テレビで数十分流れた情報しかない。

私が心の中で焦っていると、彼は「なるほど」と頷く。

「アフリカ大陸の西側、大西洋に浮かぶ島国ですね。自然が豊かな国だと聞いています」

「そ、そうなんですよ。のんびりしたところで」

「確か公用語はポルトガル語ですが、実際にはその言語がクレオール化したカーボベルデ・クレオール語が広く使われているのですよね。うちは海外事業も展開していますので、カーボベルデと取り引きする機会があれば、是非、北條さんの知識を貸してください」

「は、はい。どんとお任せくださいませ。オホホ」

どうしよう。ポルトガル語もカーボベルデナントカ語もまったくわからない。本当にかの国と取り引きするようなことになったら、私は全力で逃げるしかない。

「では、こちらが設計開発部になります。みなさん、集合してください」

建物に入るなり、紗月さんが声を上げた。その声で、中にいた人たちが集まってくる。

「今日から、うちで働いてもらう北條美沙さんです。自己紹介は各自で適当に済ませてくださいね」

「は、はじめまして。北條美沙です。よろしくお願いいたします」

挨拶(あいさつ)をしてから周りを見る。設計開発部の人数は紗月さんを合わせて十人らしい。大企業のわりに少ないような気がする。機密情報の多い部署だから、少数精鋭って感じなのかな。

「部長～。北條さんって、あの北條さんですかあ？」

妙にだらりとした声が飛んできた。声がしたほうを見ると、明るい茶髪で吊り目の男性が、ポケットに手をつっこんで立っている。

「そう、あの北條さんです。彼女は幼少から海外で暮らしていたようで、最近日本に戻られたそうですよ」

「ふぅん、北條さんにはもうひとり、娘がいたのね。初耳だわ」

紗月さんの説明にボソッと呟(つぶや)いたのは、部署内で唯一の女性。彼女は私を興味深そうにまじまじと見てくる。私は居心地の悪さに俯(うつむ)いた。

『もうひとり、娘がいた』ということは、北條家には本物の令嬢がいるのだろう。そんな話、資料にはまったく書いていなかった。驚くと共に、本物について尋ねられたらどうしようと身が竦(すく)む。

「そんなわけですから、みなさん、くれぐれも『大人の対応』でよろしくお願いしますね」

　ニッコリと紗月さんが微笑み、全員が「は～い」と間延びした返事をした。

……なんだか、独特というか、大企業という感じのしない雰囲気だ。

「さて、北條さん。この建物の中を案内しますね。それから守秘義務の誓約書を書いていただき、仕事内容についてもう少し詳しく話をします」

「わかりました」

　私が返事をすると、紗月さんはさっそく歩き出した。部署のメンバーはそれぞれの仕事に戻っていく。

……どうやら、設計開発部は北條家と所縁（ゆかり）ありそうだ。紗月さんの物言いも何かを含んだような感じがしたし、過去に何かあったのかもしれない。

「この建物は、一階に設計室と仮眠室、休憩室があり、二階に実験室、会議室があります。北條さんの仕事は、主に一階で事務仕事をしていただくことです」

「はい」

　説明しながら歩く紗月さんの後ろに続いて、二階への階段を上（のぼ）る。内装は白を基調としていて、清潔感があった。しかも、一階の半分くらいが吹き抜けの天井になっていて、天窓から日が差し込んでいる。

私が天窓をジッと見ていたからか、紗月さんも同じように天井を見た。

「この設計開発部は去年に改装しましてね。吹き抜けの天井と天窓は、私の提案で取り入れてもらいました」

私は「なるほど」と頷く。

「これなら、日中は自然光が照明代わりになりますし、電気代が浮きそうですね。節電効果は出たのでしょうか？」

そう聞くと、なぜか紗月さんは私をジッと見た。な、なんだろう、変なことを言ったかな。

けれど、彼はすぐにニッコリと微笑む。

「はい、目に見えて効果がありましたよ。また、吹き抜けの天井は開放感もあるので、リラックスしやすいという利点がありましたね」

「根を詰めて仕事をしても、いい結果が出ないこともありますからね」

「ふふ、そうですね。でも、逆に閉塞感のある部屋でじっくり仕事がしたいという意見もあって、うちは個室も用意しているんですよ」

「気分に合わせて仕事ができるのはいいですね。自分を追い込みたいという気持ちもわかります」

さすが大企業だ。社員目線で職場を作っている。社員がよりよい仕事ができるように、いろいろと工夫されているらしい。私が感心して頷いていると、紗月さんはクスクスと笑い出した。

「わかるんですか？　自分を追い込んで仕事をしたい気持ちが」

「え？」

笑われた理由がわからない。きょとんとした私に、彼は首を横に振る。

「いえ、なんでもありません。さて北條さん、こちらが二階の実験室です。企業秘密が多いもので、今は少しお見せする程度ですが」

白いドアを開けて、部屋を見せてくれる。入り口の内側に、付着した塵や埃を除去するエアシャワーが設置されていた。その奥にはガラス張りの実験室があり、最先端の工作機械が並んでいる。

すごい、さすが大企業だ。もっと近くで見てみたい。私が身を乗り出すと、紗月さんは再びクックッと笑い出した。さっきから、私の言動について笑われてる気がするんだけど、どうして？

私が不安になって彼を見上げると、「すみません」と謝られた。

「随分と機械がお好きなのですね。北條家の方は、機械に興味がないのだと思っていました」

北條家の人間が機械に興味があったら、変なのだろうか。なんだか妙に意味深に言われ、私は慌ててしまう。

「えっ。……あっ、あー……そ、その、海外育ちなものですから！　ドミニカ共和国で！」

「さっきカーボベルデっておっしゃっていませんでしたか？」

間違いなく、話すたびにボロが出ている。

「あっ、えっと、て、転々としていまして、その」

私がしどろもどろになりながら取り繕うと、紗月さんはドアを閉めて「ドミニカ共和国に住んでいたなら、スペイン語も堪能なんですね」と言った。

どうしよう、またドツボにはまった気がする。もちろんスペイン語なんてできない。

――施設の中を見たあとは、会議室で守秘義務についての説明を受け、誓約書にサインをした。かいつまんで言えば、この部署で見聞きしたことを外に漏らせば、相応の処罰を受けるという内容だ。

私はサインをして『北條美沙』の社員証を手渡されながら、少しだけホッとした。私がスパイであることに違いはないけれど、言い渡された指令は、あくまで紗月さんをたらしこんで情報を聞き出すこと。この部署内でドロボウみたいなマネをする必要はないと思うと、肩の力が抜けた気がする。

しかし、私はどうすれば紗月さんを口説き落とせるのだろう。

苦悩しながら紗月さんの後ろを歩いていると、彼は一階に戻り、デスクが並ぶスペースに移動した。

「さっそくですが、今日は北條さんのスキルを確かめさせてください。なにせ、あなたに関する資料がまったくないものですから、何をお任せしたらいいのかわからないんですよ」

「はー？　よくそんな契約社員をうちの部署に配属したね。いくらうちが人手不足だって言っても、人事部は何を考えてるの？」

横から声が飛んできた。見れば、先ほど挨拶した時も話しかけてきた、茶髪の男性だった。

「こら、手島。相手は北條家のご令嬢よ。さっき紗月部長から注意されたばかりでしょ」

彼をたしなめたのは、部署唯一の女性社員。手島と呼ばれた男性は「すみませんねえ」と心にもなさそうな謝罪をし、パソコンに顔を向ける。

「申し訳ありません、うちの部署はちょっと独特な社員が揃っていまして。気分を悪くしていませんか？」

心配そうに尋ねてくる紗月さんに、私は慌てて手を横に振った。

「いいえ！　こちらこそ、いろいろ気を使わせてしまってすみません。あの、私に何ができるかわかりませんが、できる限りのお手伝いをさせていただきます」

そう言うと、なぜだか部署内がざわめいた。メンバー全員が目を丸くして私を見ている。

な、なぜ、そんな反応をするんだ。変なことは言っていないよね!?

すると、紗月さんは優しく微笑んだ。そして私の背中を押し、空いた席に座るよう促してくれる。ここが私のデスクらしい。

「北条家の方からそんな言葉を言ってもらえたのは、初めてですよ。嬉しいです」

紗月さんの言葉に妙な引っ掛かりを感じる。彼はさっきも『北条家の方』に何か思うところがあるような言い方をしていた。

けれどその意味を考える間もなく、彼は話を変えた。

「さて、時間もないので、はじめましょう。設計図面の模写はやったことがありますか?」

「はい」

「……え、やったことがあるんですか?　やり方を教えなくてもできますか?」

念を押すように紗月さんが尋ねる。彼は動揺しているみたいだけど、なぜかわからない。おかしなことを言っていないよねと考えつつ、私は頷いた。

「で、できますけど、だめなんですか?」

声が震える。北条家の令嬢は、図面を引けてはいけないのだろうか……

その時、茶髪の男性――手島さんが、ぶはっと噴き出した。

「こら、手島！」

「ごめん、刈谷。でも、限界で」

手島さんが女性社員――刈谷さんに謝る。

私はうかがうように紗月さんを見上げた。図面が引けることで、私が北條家の令嬢でないとばれたのだろうか。初日で失敗するなんて、目も当てられない。

紗月さんは嬉しそうに微笑むだけで、特に私を疑うような言葉は言わなかった。

「すみません。少し驚いてしまいましたが、即戦力になってもらえそうで、とてもありがたいです。では、スキルを測りますので、模写をしてください。出来上がったら、あちらの女性社員の刈谷に見せてくださいね」

「わかりました」

私の席の斜め前に座る刈谷さんに頭を下げると、彼女は「よろしくね」と笑顔を向けてくれた。

私はパソコンを立ち上げ、さっそく作業をはじめる。

そして黙々と模写を進めつつ、考えこんでしまった。紗月さんと同じ部署に配属されたのはいいが、ここからどうやってアプローチをしたらいいのか、さっぱりわからない。

とりあえずお昼に誘ってみるとか？　それとも数日は様子見に徹するべき？　そんなこ

とを頭の片隅で考えながら、マウスを動かして図面を引き続ける。

しばらく作業をして、図面の模写が終わった。

「ふぅー」

長い息を吐き、凝りをほぐすように肩を揉む。ちょっと難しい図面だったけど、普段は見ない形のものだったから面白かった。知らない部品の構造を見るのは楽しいな。

「よし。刈谷さ……あれ、二時⁉」

顔を上げると、壁にかけられた時計は二時を指していた。図面を引きはじめたのは、朝の九時半くらいだったから――四時間以上図面を引いていたの？

あたりを見ると、私ひとりが立ち上がっていて、設計開発部のみんなに注目されていた。恥ずかしくなって「スミマセン……」と小さく謝り、椅子に座る。

すると、斜め前からクスクスと忍び笑いが聞こえた。刈谷さんだ。

「ごめんね、北條さん。お昼に誘ったけど、返事がなかったからそのままにしちゃったの。すごい集中力で、感心しちゃった」

「私の悪いくせなんです。集中すると周りの音が全然聞こえなくなってしまって……。せっかく誘ってくださったのに、すみません」

つい図面と考え事に夢中になっていた。私が謝ると、刈谷さんは「いいのよ」とニッコリ笑ってくれる。

「それだけ集中して取り組んでたのよね。謝らなくていいわ。これからは肩を叩いて誘うわね」

彼女の言葉に私はホッとした。そして出来上がった図面をプリントアウトして、刈谷さんに見せる。彼女はパソコン用の眼鏡をはずすと、「どれどれ」と見てくれた。

「へぇ～うまいものね。文句なしの出来よ。明日から、図面の清書をお願いするわね」

「はい、わかりました」

「あと、ミーティングの議事録の作成とか、雑用をいくつか頼もうと思っているの。でも、その日にできる範囲でいいからね。基本的にウチは残業禁止よ」

「そうなんですか？」

刈谷さんは「ええ」と頷く。

「社長の方針なの。残業しなくてはいけないほど仕事があるのなら、残業をしなくて済むシステムを構築するよう、それぞれのチームで検討せよってね」

「なるほど。人手が足りなければ、私のように臨時で雇い入れたりするんですね」

「そういうこと。それじゃあ、少し遅くなったけど、北條さんはお昼ご飯にしたらどう？」

「はい。では、お言葉に甘えますね。お弁当を持ってきていまして、食事をしてもいいスペースはありますか？」

バッグからお弁当箱を取り出すと、刈谷さんはマジマジとそれを見た。

「北條さん。それ、自分で作ったの？」

「はい」

そこで、手島さんがなぜか「クック……」と堪（こら）えきれないという様子で笑い声を上げた。彼は私の行動をよく笑う。きっと彼は、私のお嬢様らしくないところを笑っているんだろう。

つまり、彼が笑う時は、私が令嬢として間違えているということだ。そう考えると、私の振る舞いについて今後の参考になる気がした。今夜は反省会をして、しっかり改善と対策を考えよう。

「そこの休憩室で食べるといいわ。自販機はフリードリンクで、社員証をかざせば自由に飲めるわよ。あと、ビルのほうには五階に食堂があって、二階にはカフェもあるからね」

刈谷さんが丁寧に教えてくれる。私は礼を言ってからしずしずと休憩室に移動し、遅いお昼休みを取るのだった。

お昼休みの後、刈谷さんが指示してくれた細々とした仕事をやっていると、あっという間に終業時刻になった。

「お疲れ様。終業時刻になったら、残った仕事は次の日に回してね。スケジュール的にどうしても厳しいものがある場合は、その都度相談して。今日お願いしたものは急ぎじゃないから、続きは明日進めてね。今日はもう帰って大丈夫よ」

刈谷さんの言葉に頷いて、私は帰り支度をはじめる。周りを見れば、みんなも片付けをしていた。

本当に残業のない会社なのだと驚く。工場では毎日のように残業をして、納期と格闘していたというのに。やっぱり大企業は余裕があるというか、悠々とした雰囲気があって羨ましい。

そんなことを考えながらバッグを肩にかけたところで、「北條さん」と声をかけられた。声がしたほうを向くと、そこには紗月さんが立っている。

「もしお時間がありましたら、夕食をご一緒してくれませんか？」

「……え？」

ぽかん、と紗月さんを見上げた。帰るところだった他の社員も、興味深そうにこちらを見ている。

紗月さんは、ほれぼれするほど爽やかな笑みを浮かべて言葉を続けた。

「後日、設計開発部のみんなで正式な歓迎会を開こうと思っているのですが、今日のところは私に付き合ってもらえませんか？　上司として親睦を深めておきたいんです」

紗月さんのお誘いに、私は密かに感動した。お金持ちで、社長である親の仕事を継ぐような立場の人は、傲慢な人が多いのだろうと、思い込んでいたからだ。

けれど彼は大企業の社長の息子であるにもかかわらず、驕ったところがまったくない。それに、言葉遣いが丁寧で態度も柔らかく、とても部下思いな人だ。人柄のよさが全体からにじみ出ている。

私はこんなにいい人を騙して、たらしこんで、情報を聞き出そうとしているのか。

そう気がつくと、自分という存在がとても汚く思えて、嫌悪感でいっぱいになる。こんなことはしたくない。そんな思いが心をよぎったけど、奥歯を噛んで踏みとどまる。

私がここにいるのは、両親と工場のため。私はみんなを守りたくて、この話を引き受けたのだ。

それなら、後戻りしてはいけない。紗月さんの誘いを、チャンスだと思わなければ。

「わかりました。ご一緒させてください」

そう返事をすると、紗月さんは嬉しそうに目を細めて「じゃあ、さっそく行きましょう」と私を促した。彼は車通勤だと言うので、設計開発部の建物を出て、駐車場まで一緒に歩く。

……なんだろう。妙に視線を感じるのだけど……

思わずあたりを見回すと、ビルから出てきた社員のほとんどが私たちを見ていた。中には私を睨みつける女性もいる。

「やはり、目立ってしまいますね」

紗月さんは苦笑まじりにそう言った。少し困ったような表情だ。

「部長はいつも、社内で注目されているんですか？」

「そうですね。ですが、今日は北條さんのほうが見られていると思いますよ。なにせあなたは、紗月重工において社長の次に影響力があると言われる北條家のご令嬢ですからね」

「あ……、そ、そう、ですよね」

私は俯き、どぎまぎしながら相槌を打つ。忘れていたわけじゃないけど、私はこの会社において、紗月さんと同じくらい目立つ肩書きだと偽っているんだ。

「みんなが噂していますよ。あなたが私の婚約者で、社会見学のために入社したのではないかと」

「こ、婚約者って。それに、社会見学で入社って……ちょっと失礼な話ですね」

「ふふ。それなら、あなたはどんな気持ちでこの会社に入ったのでしょうか？」

駐車場まであと少し。たくさんの視線を浴びているのに、紗月さんは悠々とした雰囲気で聞いてくる。彼にとっては、こんな視線は日常のことなんだろう。

一方の私はどうしても慣れない。居心地悪く感じつつ、どう質問に答えようか考えた。

私の本当の目的は、紗月さんにハニートラップを仕掛けること。でもそんなことは言えるはずがない。

それなら、社会人としてはどうだろう。私は今の部署に入って、何を感じたか――

「私がこの会社に入ったのは、お給料という対価に見合う仕事をするためです。会社をひとつの完成品と考えるなら、私はその一部を支えるネジのようなものでしょう。それならネジとして、目の前にある仕事を果たしたい。だから、社会見学のつもりはありません」

紗月さんがぴたりと立ち止まった。私も足を止め、不思議に思って見上げると、彼は口元を押さえて俯き、肩を震わせている。……これは、笑いを堪えているのかな。

「な、なんですか。私、変なことを言いましたか?」

今日は他人によく笑われる日だ。思わず眉をひそめると、彼は何かをごまかすように手を振り、再び歩きはじめた。私は慌ててその後を追う。

「い、いいえ。まったく変ではありません。むしろ素晴らしい。あなたは素敵な人だと思って、笑ってしまったんですよ」

なんだそれは。まったく意味がわからない。どうして素敵だと思って笑うのか……ん、素敵?

待って、素敵ってどういうことだろう。それって、私を好意的に見ているということ?

「あ、その、部長」

「はい? あ、着きましたよ。この車です。乗ってください」

紗月さんの真意を聞き出そうとしたところで、彼は車の助手席のドアを開けて促してくれる。

私がおとなしく車に乗り込むと、紗月さんは運転席に乗り込み、車を出した。

上司が部下とふたりきりで食事をするというのは、よくあることなんだろうか。こうやって車に乗って出かけるのも、一般的なことなのかな。高校を卒業してすぐに実家の工場に就職した私は、他の職場を知らない。妙に落ち着かないし、ドキドキしてしまう。

車は国内メーカーの有名な高級車で、シートの座り心地が非常によく、エンジン音や振動もほとんどない。おまけに、品のいい香りがして、お洒落な気分になってきた。

すごいなぁ、御曹司はこんな車に乗れるんだ。

「今から行く店は、北條家がよく使う店に比べたら大衆的かもしれませんが、味は保証しますよ。ところで、そんなにキョロキョロして、何か珍しいものでもありましたか?」

「いいえ! えっと、す、素敵な車だなぁって思ったんです」

「ありがとうございます。あなたのお父上の愛車に比べれば地味な車ですが、シンプルな内装が気に入っています。それに、この車には紗月重工が開発したエンジンが搭載されているんですよ」

「そうなのですか？　すみません、勉強不足で……」

私が紗月さんを見ると、彼は横目で視線を寄越し、静かに微笑む。

「謝らなくていいですよ。車種を見ただけで、そこまでのことは普通わかりませんしね。ちなみにすべてうちで開発したわけではなく、海外のメーカーと共同で研究したものなんです。従来のものより、排出ガスのクリーン化に成功したエンジンでして」

「へえ～！　すごいですね。きっと様々な試行錯誤（しこうさくご）があったんでしょうね」

ついうっとりしてしまう。この車に搭載されたエンジンには、見たこともない技術や、アイディアが詰まっているんだろうな……

「北條さんは、こういう機械の話が好きなんですか？」

「……はい。好きですね。エンジン……バラしてみたいなぁ……」

頭の中で夢のようなエンジンを想像しながら、ぼんやりと答える。すると紗月さんがくすりと小さく笑う。私はハッと我に返った。

「う、嘘です！」

「え、嘘なんですか？」

「はい。エンジンをバラしたいなんて、少しも思っていません！　わ、私が好きなのは、お洒落（しゃれ）な洋服とスイーツです！」

昨日雑誌を見て必死に考えた『北條美沙』の設定を口にする。そう、私はお嬢様なんだ。北條家の令嬢はエンジンをバラしたいなんて思わないだろう。……たぶん。

女性向けの雑誌をいくつか読んでいたら、ほとんどがお洒落な洋服の紹介と、季節のコーディネートで埋め尽くされていた。また、人気のスイーツが特集された雑誌もあったので、おそらく年頃の女性は、お洒落な洋服とコーディネート、スイーツに傾倒しているのだ。それならきっと北條家のお嬢様も好きなはず。

私が必死になって言い募ると、紗月さんはクックッと肩を震わせた。

「そうですか。今から行くお店は、流行りのスイーツもあると思うので、よかったらどうぞ」

「は、はい。是非！」

膝に乗せた手をギュッと握って答える。お嬢様のフリは、難しすぎる。本当に私は、紗月さんを騙せているのだろうか……

紗月さんが連れて行ってくれたのは、ビジネス街のはずれにある、落ち着いた雰囲気のカフェバーだった。中に入ると、私たちのような仕事帰りの社会人が、楽しげにお酒を飲んだり食事をしたりしている。

こんなにお洒落なお店には初めて来た。私はきょろきょろと店内を見回す。すると、紗月さんは振り返って声をひそめた。

「本当は、もっと格式の高いレストランを探していたのですが、今日はなかなか予約が取れなくて。大衆的なお店しか選べず、すみません。気を悪くしていませんか？」

「ええっ⁉　そんなことありません！　すごくお洒落ですし、素敵なお店ですよ。どんなお料理が出てくるのか、とても楽しみです！」

……って、待てよ。私は北條家のお嬢様なんだから、もっと高級なお店に行き慣れた感を出さないと駄目だよね。

「ふぉ、ふぉあぐら、とか、あるんですか？」

「え？」

「たっ、食べ慣れてますけど！　フォアグラとか、キャビアとか、トリュフとかが使われているお料理があると、なおいいです、わね！」

思いつく限りの高級食材の名を口にする。紗月さんはクルリと前を向いて私に背を向け、ゲホッとひとつ咳をした。……紗月さん、風邪をひいているのかな。彼はすぐにまた振り返ると、「そうですね」と微笑んだ。

「多分あると思いますよ。前にここに来た時、メニューで見ましたから」

「そ、そうですか。なら、ここは五つ星ですね。ご、合格です」

私の言葉に、また紗月さんは前を向いて咳をした。やっぱり風邪だろうか。よく効くのど飴をすすめるべきかな。

そう考えているうちに、私たちは個室に案内される。白いソファが向かい合わせに置かれていて、その真ん中には丸い木製テーブルがあった。部屋は防音なのか、外のざわめきはまったく聞こえない。

私たちはテーブルをはさんで向かい合わせに座り、紗月さんがメニューを渡してくれた。私がそれを眺めていると、お店のスタッフが小さなワイングラスを「食前酒です」と言ってテーブルに置く。

「私は運転があるので飲めませんが、遠慮なくどうぞ」

そうすすめる紗月さんに、私は驚いて尋ねる。

「え、い、いいんですか？　上司が飲めないのに、部下がお酒を飲むなんて」

「ささやかですが、北條さんの歓迎会ですからね。私は次の機会にゆっくり飲ませてもらいますよ」

ニッコリと優しく微笑まれ、私はおずおずとグラスを手に取った。精緻なガラス彫刻が施されたグラスは、ダウンライトに反射してきらきらと輝いている。

……すごいなぁ。なんだか、世界がまったく違うから、怖くなってしまう。

「いただきます」

頭を軽く下げてから、お酒を飲んだ。するりと喉を通る白ワインは、とろけるように甘い。

「おいしい！」

「お口に合ってよかった。今スタッフを呼びましたので、注文しましょうね」

慌てて再びメニューを見る。令嬢らしいものを自然に注文しないと。でも、令嬢って、どんな料理を好むんだろう？

悶々（もんもん）と考えていると、スタッフが来てしまった。あわあわと慌て、とにかく高いものを頼もうと、目に入ったメニューをビシッと指す。

「で、では、こ、これ、ください」

「はい、トリュフスフレオムレツですね」

トリュフスフレオムレツ。なんだろう……よくわからないけど、トリュフっていうくらいなのだから、高級な感じがする。令嬢としてはまずまずの品だろう。

紗月さんはブルスケッタの盛り合わせと、サイコロステーキを注文した。そして、私に声をかけてくれる。

「お酒、おかわりはいかがですか？　他にもいろいろありますよ」

「あまり強くないんですけど、この食前酒みたいに甘くて飲みやすいものはありますか？」

「では、ドイツワインなんてどうでしょう。甘いワインが多いですよ。銘柄（めいがら）はどうしますか？」

「……え、と……め、銘柄(めいがら)」

アルファベットがズラッと並ぶワインリストを渡されるが、さっぱりわからない。令嬢って、こんなことも知っていないとだめなの？　うう、ワインの名前なんてひとつも知らない。

「あの、じゃ、じゃあこれを……」

もう何もかもわからなくて、適当なワインを指さした。

しばらくすると、スタッフが料理を運んでくる。まずは紗月さんの前にブルスケッタ——薄切りバゲットの上に様々な具材が載ったものが、そして私の前にトリュフスフレオムレツが置かれた。

まじまじと眺めてしまう。ふわふわしたスフレオムレツの上に、黒くて薄っぺらいものが無造作に振りかけられている。この黒いのがトリュフだったはず。

私はフォークを手に取り、スフレオムレツとトリュフをすくった。そして、思い切って口に入れる。

「……んっ」

低い声を漏(も)らした私を見て、紗月さんがブルスケッタを手に怪訝(けげん)な顔をした。

「どうしました？」

「……っ、ん、う、……ま……」

「ま？」

尋ねられて、私はぶんぶんと首を横に振る。思わず『まずい』と口にしてしまいそうになったが、思いとどまったのだ。口の中のものを、なんとかごくんと呑み込む。

トリュフって、こんな味なの？　いや、味じゃない、香りだ。とにかく匂いが強い。それも、ニンニクのような香味野菜の匂いの強さじゃなくて、なんというか、土くさい。

こんなのが高級食材だなんて理解できない。……どうしよう、食べるのがつらい。だけど自分が注文したものだし、ちゃんと食べなきゃ。

泣きそうになりながらフォークでスフレオムレツをすくい、息を止めて食べる。鼻から抜ける独特な香りのせいで、倒れそうだ。

「北條さん」

紗月さんの呼びかけに、なんとか答える。

「は、はい」

「これ、どうぞ。スフレオムレツは私が食べますから」

「え、でも……」

私が戸惑っている間に、紗月さんはサッとスフレオムレツを自分のほうに寄せ、小皿にブルスケッタを二枚載せて渡してくれる。

彼の顔を見ると、『すべてお見通しだ』とでも言いたそうな目をしていた。

「トリュフ、初めて食べたんですね？」

「……はい」

「トリュフは味よりも香りを楽しむ食材です。好きな人にはたまらないですが、実は口に合わない人も多いんですよ。得意でないなら、無理はしないでください」

「そ、そうなんですか。部長は、お好きなんですか？」

紗月さんはスフレオムレッをすくっていた手をぴたりと止めた。そして少し困ったような表情を浮かべる。

「勤務時間外に役職で呼ばれると堅苦しい気分になってしまいますから、部長はやめてください」

「え、あ……はい。紗月、さん」

言い直すと、彼が「はい」と笑った。彼の笑顔を見ると、ドキドキしてしまう。彼をたらしこまなければならないのに、私のほうがドキドキしては駄目だろう。

そんな私をよそに、紗月さんは先ほどの質問に答えてくれる。

「私は、まぁ、普通ですね。積極的に食べたいとは思いません。そういえば、以前うちの部署に来た北條家のお嬢さんは、トリュフを好んで食べていましたね」

少し懐かしそうに話し、紗月さんはトリュフスフレオムレツを食べる。

彼の言葉に、私は息を呑んだ。以前、北條家の令嬢が設計開発部へ来たことがあったのか。北條家に令嬢がいることも知らされていなかったし、どうしてそんな重要な話を資料に書いてくれなかったのだろう。

しかし、そんなことを考えていても仕方がない。下手に彼女のことを話すとボロが出てしまうかもしれない。私は困って言葉を濁す。

「すみません。私は長い間、家族と離れて海外に住んでいたものですから……」

「ええ、何か事情があるんですよね。詮索するつもりはありませんよ」

スフレオムレツを食べ終えた紗月さんがニッコリと微笑む。

えっ、今の一言で納得してくれたの？　あまりに話があっさり終わり、拍子抜けする。でも、助かった。彼が大人な人でよかったと、心から思った。

それから、紗月さんはサイコロステーキをすすめてくれる。それはびっくりするほど柔らかくてジューシーだった。私が適当に頼んだワインは微炭酸の白ワインで、こちらもおいしい。

トリュフ以外は口にするものすべてがおいしくて、私はついすすめられるままに食べては飲んでしまった。

「お肉、おいしいですね。いいお肉なんでしょうね」

気づけば、私は少し酔っているらしい。ふわふわした心地よさを感じながら、ステーキを口に入れる。

「有名なブランド牛が使われているようですね。ところで北條さん、手が汚れていますよ」

「え……わ、すみません！」

いつの間にか、フォークを持つ手にソースが飛んでいた。味わうのに夢中で、全然気づかなかった。

私がバッグからハンカチを取り出そうとすると、紗月さんに「待って」と止められる。

「おしぼりで拭いたほうがいいですよ。ハンカチに染みがつきます」

紗月さんは席を立ち、個室を出ていく。しばらくすると白いおしぼりを手に戻ってきて、私の隣に座った。

突然、至近距離に来た彼に、どきりと胸が鳴る。

「手を出して」

真剣なトーンの紗月さんの言葉に抗（あらが）うことができず、私はおずおずと手を差し出した。

彼はそっと私の手を握（にぎ）り、おしぼりで優しく拭いてくれる。

「す、すみません。こんなことさせてしまって」

「いいえ。……北條さんは、きれいな手をしていますね」

ソースがついた部分だけでなく、彼は手のひらや指先まで丁寧に拭いてくれた。

「そ、そんなことありません。ふ、普通の手です」

ドキドキしながら答える。昨晩、マニキュアを塗っておいてよかった。

それにしても、紗月さんの対応は、ただの部下に対するものとしては丁寧すぎる。それは、私を北條家の令嬢だと思っているからこそなのかな。

それとも……もしかして、今がチャンスなのかな。

悪い考えが頭をよぎる。むしろ、今しかチャンスはないんじゃないか。こうやって紗月さんとふたりきりで食事をする機会なんて、もう二度とないかもしれない。

私が動かないと、いつまで経っても目的は果たせない。これは私がやると言い出したことだ。

出会ったその日にこんなことを言ってしまったら、紗月さんは私を軽蔑するかもしれない。怒り出すかもしれない。……呆れて、馬鹿にするかもしれない。

それでも、家族や工場を守るためにはどんなことでもやると、決めたのだ。

私は、男を誘う女にならなければいけない。たとえそれに抵抗があったとしても。

「さ、紗月、さん」

「はい？」

私の手をじっと見ていた紗月さんが、顔を上げる。緊張で胸が張り裂けそうになる。

喉からせり上がるものを堪えるように、私は胸元を手で押さえた。

「い、いきなりこんなことを言ったら……驚かれるかもしれませんが、わ、わ、私、と」

自分の声が震えている。酔いもあるのか頭がくらくらして、目はグルグルと回る。

「デッ、デート！　し、してくれませんかっ‼」

ありったけの勇気を出して言った。そう、デートだ。男をたらしこむには、デートをして、自分をたくさんアピールしなくてはいけない。そして私にメロメロになってもらうのだ。

実際には、そこまでできないかもしれない。むしろ成功する可能性は限りなくゼロに近い。それでも、私は努力しなくてはいけない。行動し、できるだけのことをやる必要がある。

紗月さんは私の手を握（にぎ）ったまま、ジッと見つめてきた。

しばらく黙って視線を交わし——沈黙を打ち破ったのは、紗月さんだ。

「……そういったところで積極的なのは、なんとも北條家のご令嬢らしい」

ぽつり、と彼が何か言ったが、緊張しすぎて聞き逃（のが）してしまった。

「え？」

「いいえ、北條家の令嬢である美沙さんからの誘いを、断るわけにはまいりません。紗月重工も父も、あなたのお父様にとてもお世話になっていますから」

思わず黙り込む。

『北條美沙』が紗月誠を誘うということは、彼にとって拒否権のない、命令に等しいものなのだ。大株主である北條家の権威を笠に着た、浅はかで傲慢な言動だろう。

それでも、私は誘いを撤回するわけにはいかなかった。

桂馬重工は私に、『北條美沙』という立場を与えた。それは、与えられた立場を利用しろということだ。そうする以外に、私が大企業の社長のご子息に近づく方法なんてない。

本来の私と紗月誠には、接点がまったくない。住む世界が違うと言ってもいい。

彼を陥落させるために、私はどんな卑怯な手でも使わなければいけない。

覚悟を決めて紗月さんを見つめると、彼は私の視線をまっすぐ受け止め、ふっと笑みを浮かべた。

「すみません、少し意地悪なことを言いましたね」

彼はそう言って、目を伏せる。

「個人的には、あなたの誘いはとても嬉しいんですよ。私も、あなたのことをもっと知りたいと思っていますから」

「……そうなんですか？」

意外なことを言われて、目を丸くする。紗月さんははにかむような笑顔で「はい」と頷(うなず)いた。

「北條美沙さん。あなたはとても興味深い。私に、あなたのことを教えてください」

そう言うと、紗月さんは私にプライベート用のメールアドレスを教えてくれたのだった。

第二章

翌朝、私はローテーブルに置いたタブレットを前に、腕を組んでいた。

今は午前六時半。出社時刻まではまだ余裕がある。

そんな時間に私が何を悩んでいるかというと、報告書をどうまとめようかということだった。

日曜日を除いて毎朝、私は経過報告を桂馬重工に送ることになっている。紗月さんから得た情報を逐一（ちくいち）報告せよ、と鷹野さんに指示されているのだ。

昨日のことを思い出す。会社で見聞きしたこと。そして紗月さんとふたりで食事をしたこと。デートに誘い、彼のプライベート用のメールアドレスを教えてもらえたこと。

それらを並べると、順調な滑り出しに見えた。なにせ出社一日目で進展があったのだ。僥倖（ぎょうこう）とも言えるだろう。

うまくいきすぎている……そんな気もするけれど、それはきっと『北條家』の影響力が私の想像を超えていたのだ。改めて、株式会社における株主の影響力はすごい。

「企業で一番偉いのは社長のはずなのに、その息子よりも株主のほうが発言力は上だなんて、変な話だよね。……っと、よし、こんなもんかな」

報告書を作成し、メールで送る。それから朝食を食べ、三十分かけてお化粧をして、さらに二十分かけて髪の毛を整えた。つくづく、お嬢様の皮を被るって時間がかかる。

普段はノーメイクで髪をヘアゴムでひっつめ、作業着を着て工場に行くだけだったから、すべてが慣れない。

マンションを出て電車に乗り、一駅で降りる。昨日とまったく同じ道順だ。

とりあえず今日は、紗月さんに昨日のお礼のメールを送ってみようかな。そこからデートの打ち合わせもできたら万々歳だ。

今後の予定を考えながら紗月重工の敷地に入り、設計開発部の建物に向かう。

建物に入ろうとドアへ手を伸ばした時に、ヒソヒソ声が聞こえた。

「あれが……」

「地味……これなら、前のほうが……」

「でも前は、紗月部長が……北條……」

複数の女性の声。そちらのほうを向くと、少し離れたところから女性が三人、私を見ていた。首から社員証を下げているので、紗月重工の社員なのだろう。

内容はあまり聞こえなかったけれど、私のことを話しているのかな。

こういう時はどうすべきかと私が戸惑っていると、後ろから肩を叩かれる。

「オッハヨー！　北條ちゃん！」

びっくりして振り返ると、そこにはチャラい雰囲気の手島さんがニコニコして立っていた。

「あっ、おはようございます。……手島さん」

「あはは、こんな適当な挨拶でもちゃんと返してくれるんだね。あの人たちのことは気にしなくていいよ。北條のお嬢様を目の敵にしてるだけだからさ」

そう言いながら、手島さんがドアを開ける。私は彼の後ろに続きながら「目の敵に、ですか？」と尋ねた。彼は振り向き、意地悪そうな顔で頷く。

「彼女たちは、ずっと前から紗月部長を狙っているんだよ。だから、ぽっと出のお嬢様が許せない。前もいろいろやらかしてねえ。まぁ、あの時の北條のお嬢様もなかなかのやり手だったけど……」

含みの多い手島さんの言葉に、首を傾げる。その時、どこからか紗月さんが現れた。

「手島さん、朝から饒舌ですね？　おはようございます」

「げっ、紗月部長！　お、おはよーございますー」

手島さんはなぜか裏声で挨拶をする。紗月さんはニッコリと微笑んだ。

「こちらの北條さんは前の北條さんと違うと、昨日の仕事ぶりでわかったでしょう。余計なことを言って彼女を不安にさせないでくださいね。うちは人手不足ですから、逃げられたら困ります」

「あははっ、そうですよねーすみません！　じゃあ、俺はこれで、はっはっはっ」

乾いた笑い声を上げて、手島さんが自分のデスクに逃げていく。私が彼の背中を見ていると、紗月さんが「すみません」と謝ってきた。

「実は、一年ほど前に北條家の令嬢が入社したことがありましてね。その時も、あなたと同じように契約社員で、設計開発部に配属されたんですよ」

「そうらしいですね」

あたかも知っていたことのように相槌を打つ。

「年齢的に、おそらくあなたのお姉さん……ご結婚されていない、ふたり目のお姉さんのほうだと思うのですが……」

チラ、と紗月さんが意味ありげに視線を寄越す。私は彼から目を逸らし、俯いた。

彼の言葉によると、どうやら北條家には娘がふたりいるらしい。しかし私はその存在すら知らなかった。

「すみません。実はその……会ったことがなくて」

私は懸命に言葉を選んでごまかす。ただ、うまくごまかせている気はしない。姉妹なのに会ったことがないだなんて、普通ではありえない話だ。

「……美沙さんはずっと海外に住まれていたのでしたね。すみません、野暮な詮索をして。この話はもうしないことにしましょう」

紗月さんは大人の笑みを浮かべた。

幼少の頃からずっと海外に住んでいた妹と、会ったこともない姉たち。彼はその話から、何か複雑な事情があると考えたのだろう。もちろん、全部嘘だけど。

その後、朝礼がはじまって、紗月さんが朝の挨拶と今日のスケジュールを伝える。紗月さんは、午前中は本社ビルで会議、午後は外出するという。

そして、私の今後の仕事についても伝えられる。設計開発部は三つのチームに分かれているそうで、私は刈谷さんがいるチームに入ることになった。

朝礼が終わると、自然とチームのメンバーが集まり、刈谷さんが口を開く。

「改めて挨拶するわね。このチームは第三開発班。この冴えないオジサンが班長の倉敷。そっちの眼鏡が六道ね」

彼女の言葉に、ひょろりとした中年男性――倉敷さんが口を尖らせる。

「おい、勝手に紹介するなよ。あと冴えないって言うな。……えっと、よろしくお願いします、北條さん」

「六道です」

黒ブチの眼鏡をかけていて、もさっとした髪型の若い男性が六道さん。

私が特徴と名前を覚えていると、倉敷さんが少し複雑そうに頭を掻いた。

「なんか変な気分だな。北條のお嬢さんとまた仕事をするなんて。しかもこっちはかなりマトモそうだし。……正直言って、戸惑うよ」

「前ので、さすがに向こうも反省したんじゃないですか。ごめんね、前に入ってきた北條のお嬢さん、はっきり言って仕事がまったくできない子だったんだ。だからみんな持て余してね」

倉敷さんと六道さんが遠慮がちに話す。その内容は、なんとなく察していたとおりだった。

私も仕事ができないように振る舞ったほうがいいのかな。立場としては、同じ令嬢なわけだし。

そう迷っていると、刈谷さんが「よし！」と声を上げる。

「そろそろはじめましょう。班長、仕事を割り振ってくださいね」

「刈谷が仕切るなよ〜。俺と六道は先日部長からオッケーもらった図案の詰め。刈谷は使用候補の原材料の金属疲労算出と、データと対策のまとめ。北條さんは、えっと……」

倉敷さんが言葉に詰まる。私にどんな仕事を任せればいいのか悩んでいるようだ。

「北條さんは、私の補佐につけてください」

刈谷さんが口添えすると、倉敷さんは目を丸くして彼女を見る。

「……刈谷がそう言うなら、任せようか。じゃあそれでお願いします」

その言葉を合図に、倉敷さんと六道さんは自分のデスクで仕事をはじめた。

刈谷さんが資料ファイルを手に私を誘う。

「よし、じゃあ実験室に行こっか。パソコンを持ってきてね」

どうしよう。この状況では、仕事ができないお嬢様を演じるのは難しい。だって今、知識がないフリをしたり、仕事に手を抜いたりしたら、刈谷さんが責任を負うことになる。

せっかく私を補佐につけてくれたのに、期待を裏切るような真似はできない。たとえそれが北條家の令嬢として間違った行動だとしても。

私はデスクの上にあったノートパソコンを持ち、小走りで刈谷さんの後を追いかけた。

「製造部に頼んでさ～、いくつか特殊鋼(とくしゅこう)の金属片を用意してもらったのよ。とりあえずそれの疲労試験をして、満足いく結果が出なければ、対策を練らないといけないね」

金属疲労の試験は、金属がだめになるまで負荷をかけ続けて、金属の耐久力を測るものだ。

「その金属を使って、なんの部品を作るんですか？」

「風力発電の発電機軸。部品改良に苦戦しててさ～。なかなか大変なんだよね～」

紗月重工は風力発電も手掛けているんだ。

発電機は長期にわたって稼働させることが多い。部品の取り替えにかかるコストを考えるなら、できるだけ長持ちする材料で作るのがセオリーだ。金属疲労試験はそのために行う（おこな）のだろう。

いろいろと手広くやっていて、すごいな。

私が感心していると、刈谷さんは実験室の扉をガチャリと開けた。実験室は二重扉になっていて、まずはガラス張りのクリーンルームでエアーシャワーを浴びる。それからさらに中へ入ると、刈谷さんが白衣を貸してくれた。

「はい、じゃあさっそく実験をはじめましょう。北條さんは、データをパソコンでリスト化して」

刈谷さんが金属疲労試験機に金属片をセットして、負荷をかける。そのデータをパソコンに転送し、私がリスト化していく。それをしばらく繰り返した後、刈谷さんは私の作成したリストを眺めて「うーん」と唸（うな）った。

「期待した数字が出ないなぁ。もう少し耐久力を上げたいんだよね。どうしてここで割れちゃうかなあ」

私は、試験に耐えきれずに割れてしまった金属片をいくつか手に取る。それらを近くにあった顕微鏡で観察した。

「……これ、割れ目の切り口が平坦ですね。すぱっと綺麗に切れています」

「ん、どれどれ。……あ、ホントだ。でもこっちの金属は……溶けたような跡があるね」

「それはきっと、摩擦熱が原因で切れてしまったんでしょう。でもこっちは、強度の高い特殊鋼だから摩擦には強いんです。でも、こんな風に綺麗な形で切れたということは……」

「なるほど。しなりが足りないのね。もう少し柔らかい金属を増やしてもらおうかなぁ」

金属はとにかく頑丈で硬ければいいというものじゃない。

部品の使い道に応じて、あえて柔軟な金属を使うことで、耐久力を伸ばすこともできる。硬い金属は負荷の限界がくると、一気に壊れてしまうのだ。

「よかったら金属のリストアップをしましょうか？　しなりも重要ですが、錆に強い金属も大事だと思います。風力発電機は海辺に設置することが多いですよね？」

「確かにそうね。リストアップしてもらえたら、とても助かるわ。お願いするね」

刈谷さんは金属を箱に片付けながらにっこりと微笑む。

それから、白衣を脱いで一緒に実験室を出る。刈谷さんは階段を下りつつ、嬉しそうに言った。

「北條さんと仕事してると、すごく楽しくなる。話していてとても気持ちがいいわ」

「気持ちがいい、ですか？」

「そう。知識があるから話が通じやすいのはもちろんだけど、それだけじゃない。あなたは好きなんでしょう？　こういうことを考えるのが」

思わず言葉を失くしてしまう。そんなにいろいろなことを話したつもりはないのに、そこまでバレているなんて。

「仕事を楽しんでる人と話をしているとね、私も楽しくなるからわかるのよ」

「そ、そうですか……」

機械の仕事が好きなご令嬢はアリか否か、私は頭を悩ませ、曖昧に頷いた。

その後、デスクに戻ると刈谷さんと一緒に報告書をまとめて、金属のリストアップをする。それが丁度終わったところで、正午のチャイムが鳴った。

「お昼か～。北條さんはお弁当を持ってきたの？」

刈谷さんが引き出しからサイフを取り出しながら聞いてくる。私は「いいえ」と首を横に振った。

昨晩、私はどうやったらお嬢様らしく振る舞えるのかを改めて考え、ちゃんと反省したのだ。そして、手作りのお弁当はお嬢様にふさわしくないと判断した。

「あの、昨日は気の迷いでお弁当を作ってしまいましたが、本当は私、お料理が苦手で」

「気の迷いでお弁当を作ったの？　あはは、北條さんは面白いね。じゃあ今日は、一緒に食堂へ行きましょうか」

刈谷さんに誘われるままに、本社ビルにある社員食堂に行くことになった。

そういえば、昨日は受付に行ったきりで、本社ビルにちゃんと入るのは初めてだ。改めて中に入ると、本当にこのビルは大きくて、ため息が出てしまう。

何度も思うけど、世界が違う。私の働いている小さな工場（こうば）が、ちっぽけなものだと思えるほどに。きっと桂馬重工もこんな感じなんだろうなぁ。

私たち下請け工場は、縁の下の力持ちだ。大会社を支える、大事なネジのひとつ。そんな誇りを持って仕事をしてきたけれど、今、こんな状況に立たされていることを考えると少し虚（むな）しくなってしまう。

企業にとって、下請け工場はどんな存在なんだろう。取るに足らないと思われているのかな……

若干（じゃっかん）へこみながらエレベーターで五階に行くと、そこにはとても広い食堂があった。ビュッフェスタイルで並んだ料理を、みんな思い思いに皿に取っている。まるでホテルのレストランのようだ。

「北條さんは、普段もっといいものを食べていそうだけど、ここの食堂も結構おいしいのよ。特に塩パンが人気でね。焼き上がりのタイミングを見計らって取りに行かないと、なかなか食べられないくらい！」

機嫌よく話しかけてくれる刈谷さんを見ると、少しだけ元気が湧いてきた。

「それはおいしそうですね。是非食べてみたいです」

「じゃあ、焼き上がりの時間に取りにいきましょう。こっちがお皿ね、飲み物はあっち」

刈谷さんに続いて、料理の列に並ぶ。おいしそうな料理ばかりで、私は目移りしながら、バランスを考えてお皿に盛りつける。

いつもなら山盛りにするところだけど、少なめにした。私はお嬢様。お嬢様は小食。これは鉄板のはずだ。

そんな私のお皿を見て、刈谷さんは心配そうに言う。

「もっと食べたらいいのに。夕方まで持たないわよ？」

「そ、その、これくらいでお腹いっぱいになってしまうので」

本当は全然足りないけど、ガツガツ食べるなんてお嬢様のイメージに合わない。お昼は我慢して、夕飯の時にいっぱい食べよう。

料理を取り終えると、刈谷さんとあいている席に隣合わせで座る。「いただきます」と手を合わせ、私はさっそくお豆のサラダを口にした。

「おいしい！」

「そうでしょ。ここのサラダ、ドレッシングもこだわってるんだよね」

「はい。これ、レモンドレッシングだと思ってたんですけど、ゆずなんですね。和風でさっぱり食べられます」

あっという間にサラダを食べ終える。次に狙うのは、ほうれん草とクリームチーズのケークサレ。これは前にテレビで見て、お洒落な料理だと気になっていたものだ。パウンドケーキのような形をしたそれをフォークで切り分け、ぱくんと一口食べる。

「わあ！　しょっぱいケーキがこんなにおいしいなんて、びっくり！」

「……北條さん、ケークサレを食べるの、初めてなの？」

意外そうに刈谷さんが聞いてきたので、私は慌てて首を横に振る。

「あっ、その、う、うちのシェフが作ったケークサレは、イマイチで、ホホホ」

「へ～、それは残念。おいしいケークサレに出会えてよかったわね」

ニコニコと相槌を打つ刈谷さんに、内心ホッと胸を撫で下ろす。お嬢様のフリって、本当に難しい……。

「あっ、塩パンが来た！　北條さんの分も取ってくるわね」

ガタッと刈谷さんが立ち上がって、パンを取りに行ってくれる。後輩の私が行くべきではと思った時には、彼女はパンを待つ列に並んでいた。素早い。お言葉に甘えて、待っていることにしよう。

塩パンか、きっとおいしいんだろうな。焼き立てが食べられるなんてすごく贅沢だ。

楽しみだなぁ。

カリカリベーコンがたっぷり載ったスクランブルエッグを食べながら、私はほわほわとパンに思いを馳せる。すると後ろでヒソヒソ声が聞こえてきた。

「恥知らずもいいところね。男に媚を売るために入社するなんて」

「社長でも北條には逆らえないって聞くもの。でもねえ、自分の父親の立場を利用して、好き放題よね」

「最低～。紗月部長も本当に可哀想だわ。こんな小娘に気を使わなきゃいけないなんて」

私に聞こえるように、すぐ後ろで囁かれている陰口。間違いなく私のことだ。

朝、見かけた人たちだろうか。それとも違う人だろうか。怖くて後ろを振り向けない。

とにかく落ちつけと自分に言い聞かせ、水が入ったコップに口をつける。――その時、ガツッと椅子の足を蹴られた。

「あっ」

パシャンとコップの水がこぼれ、料理にかかる。スカートも濡れてしまった。

クスクスと後ろで笑われる。

「どんくさっ」

「自分カワイソ～って泣いちゃうかも。まあ、北條の娘なんか、誰も慰めないけどね」

「紗月部長に泣きつくつもりかもよ。なにせ、北條のお嬢様だもん。前だってさぁ……」

「いいご身分だよね。仕事しないで男に色目を使ってるだけなんて」

やまない陰口。背中に突き刺さる悪意の目。

――どうしてこんなに嫌われているの？　紗月さんに近づいているから？　それとも、私が彼の婚約者だと噂されているから？

私がハンカチでスカートを拭いていると、また椅子の足を蹴られた。ガツ、ガツ。椅子が揺れる。明らかに私は囲まれていて、嫌がらせを受けているのに、周囲のテーブルで食事をしている社員たちはこちらを見ようともしない。……いや、見て見ぬふりをしている。

私は抗議の声を上げることができないばかりか、涙が出そうになるが、気合いで耐える。

何があっても逃げ出すことだけは許されない。この会社の人に何をされようが、私は紗月さんに近づき、情報を得る必要がある。

我慢しないといけないのだ。私は……スパイなんだから。

その時、感情のない、平坦な声が響いた。

「何してるの？」

それは刈谷さんの声。私の椅子を蹴る振動がやみ、周りが少しざわめく。刈谷さんはカツカツと靴を鳴らして近づいてくると、塩パンが載ったトレーをテーブルに置いた。

「陰険な嫌がらせもいい加減にしなさい。北條さんが彼女のお父様に告げ口したら、立場が悪くなるのは、そっちなんだからね」

「な、何よ。その女の肩を持つ気？　あんた、北條は嫌いだって、前に言ってたじゃない」

「そんなことは言ってないわ。私は仕事をしない子が嫌いだって言ったのよ。この北條さんは仕事をやる子だから、好きなの。家名で人を判断していじめるなんてどうかと思うわ」

刈谷さんが、後ろにいる女性たちを怒りのこもった目で睨みつける。

「はあ？　いじめなんてしてないわよ。紗月部長が迷惑しているから――」

「何、頓珍漢なことを言ってんだ。紗月部長は少しも北條ちゃんを嫌がってないよ。あんたら、単に北條家のお嬢様に嫉妬してるだけだろ。あんたらは紗月部長に近づくこともできないからさ～」

けらけらと笑う軽い声。いつの間に来ていたのか、そばには手島さんがトレーを持って立っていた。ちなみにトレーには山盛りの塩パンが載っている。

女性たちは、一斉に手島さんを睨みつけた。怒りの矛先は私から彼にシフトしたようだ。

「ば、馬鹿なこと言ってるんじゃないわよ、チャラ手島！　あんたたち、頭おかしいんじゃないの。北條はこの会社で好き放題やってるのよ！　肩を持つなんて、どうかしてる。設計開発部はいつのまに、北條の太鼓持ちになったの⁉」

女性のひとりが大声を上げると、さすがにあたりがシンと静まった。声を出した女性は我に返ったように「あっ」と小さな声を出す。

「……設計開発部は、別に北條家に尻尾を振ってるわけではありませんよ」

ポツリと聞こえる声。それは同じチームの六道さんのものだった。

彼の隣には班長の倉敷さんと紗月さんも立っている。

「さっ、さっ、紗月部長……っ！」

女性たちが一斉にざわつく。そういえば、紗月さんは今日の午前中、本社ビルで会議に出ると言っていた。ここで食事を取ってもおかしくない。

紗月さんは柔和な笑みを浮かべて、騒然とするあたりを見回した。

「何か誤解をされているようですが、そこにいらっしゃる北條美沙さんは、とても仕事熱心な方ですよ。金属や部品に関する知識も豊富で、班長も驚くほどでしたね」

彼の言葉に倉敷さんは頷き、私を見た。

「北條さんが作成した金属のリストには、とてもわかりやすい説明がついていました。知識を披露するためのものでなく、気遣いが見られるものです。こういった書類を書いた経験があると一目でわかる出来栄えでしたね。……彼女は北條家の人間であっても、とても勤勉で真面目な方ですよ」

思わぬ言葉に私は驚く。手島さんは茶化すように口笛を吹いて、刈谷さんに「こら」とたしなめられた。あたりはヒソヒソとざわめく。私の悪口を言っているというより、「意外だ」とか「北條家にもそんな人がいるんだな」などと、私という存在への認識を改めるような内容に変わっていた。

嫌がらせをしていた女性たちは悔しげに私を睨み、踵を返すと早足に去っていく。

「すみません。助けてくれて、ありがとうございます」

私がみんなに向かって頭を下げると、ニコニコした手島さんが向かいに座る。

「助けたなんて大袈裟だよ。彼女たちの認識が間違っていたから、正しただけさ～」

そして私の隣に紗月さんが座り、手に持っていたトレーを置いた。

「服が濡れませんでしたか？　大丈夫ですか？」

「あ、大丈夫です。ハンカチで拭きましたし、あとは勝手に乾きますから」

「ふふっ、勝手に乾くだって。本当に北條さんって、お嬢様っぽくないわね」

刈谷さんがくすくすと笑うので、しまったと俯いた。そうか、お嬢様はそんなことを言わないのか。……こういう時、どう言えば正解なんだろう。

「それが北條さんの魅力でしょう。さ、気を取り直して、ご飯を食べましょう」

「あははっ、みんな、示し合わせたように塩パンを取ってきてる。部長まで！」

手島さんが楽しそうに笑った。確かに、全員トレーに塩パンを盛っている。

「塩パン、好きなんですよ。知りませんでしたか？」

紗月さんはそう言って首を傾げた。

「部長って、滅多に食堂で食べないじゃないですか～！」

おかしそうにみんなが笑う。紗月さんは困ったように「食堂は落ち着かないんですよ」と言った。そして、私の前から水浸しのスクランブルエッグの皿を取り上げる。代わりに自分のトレーから塩パンをふたつ取り、新しいお皿に載せて置いてくれた。

「はい、北條さん。どうぞ」

「あ、部長。私が北條さんの分も取ってきたのに～」

刈谷さんが抗議の声を上げると、紗月さんはしれっと返す。

「私も北條さんにおすすめしようと思って、多めに取ったんですよ」

「え～、じゃあ仕方ないか……。私も北條さんに塩パンをあげる。はい」

刈谷さんが私のお皿に塩パンをふたつ載せる。私のお皿には塩パンの山ができ、六道さんが呆れたような声を出した。

「いくらおいしくても、盛りすぎでしょ」

「いやいや、ここの塩パンは四個くらい余裕だ！　ほら、食べてみなって。ウマイから」

手島さんがパンを頬張りながらすすめてくる。私はあつあつの塩パンを手に取ってちぎり、口に入れた。

「んっ、おいしい！」

バターロールのような形をした塩パンは、外側がパリッと歯ごたえがあり、中はふわふわだ。

「バターがたっぷり練り込まれていて、甘味と塩気が絶妙なバランスですね。こんなにおいしいと、四個どころか、十個くらい余裕で食べられそうです」

「だよね～！　ここの塩パンは最高なんだって。みんなが狙うのもわかるでしょ！」

「部長まで楽しみにしてたほどだもんな」

周りが笑い声に包まれて、私も笑いながらおいしい塩パンを頬張った。

さっきまで、ここは私の世界と違うのだと思ったり、見知らぬ女性たちに嫌がらせを受け、とてもみじめな気持ちになったりしていた。それなのに、そんな気持ちは笑い声ですっかり消え去った。

大企業に対して、自分は場違いだと感じていた。けれど、そこで働く人は、うちの工場で働く従業員とほとんど変わらない。気のいい、楽しい人たちもいる。

私は温かいものを感じて、ほんの少し、鼻の奥がツンとした。

昼食を終えると、設計開発部のみんなは思い思いの場所で休憩するようだ。

みんなとご飯を食べたら、元気が出てきた。まだ時間に余裕があるから、せっかくだし、二階にあるというカフェに行ってみようかな。もしもさっき私を囲んだ女性社員がいたら、そのまま設計開発部に戻って休憩室で過ごそう。

私がエレベーターを待っていると、後ろから「北條さん」と声をかけられる。

振り向くと、そこには穏やかな笑みを浮かべた紗月さんが立っていた。

「あれ、紗月部長。先に行かれたのかと思っていました」

「実は総務部長に声をかけられまして、先ほどの経緯を説明していたんですよ」

チン、と軽快な音がして、エレベーターが開く。私と紗月さんは並んで入った。

「先ほどの経緯って、私が囲まれたことについて……ですか？」

「ええ。彼女らは総務部に在籍していますからね。監督不行き届きだったと謝っていましたよ」

私は目を丸くする。いち社員のいざこざを部長クラスの人間が謝るなんて、思ってもみなかった。

「実は、前に北條家の令嬢が契約社員として入社した時も、総務部の女性とトラブルになったんです。あの時は、トラブルに関わった社員が解雇になったので、部長としては心配だったんでしょう」

「解雇ですか⁉」

思わず素っ頓狂な声を上げてしまった。慌てて口に手を当て、コホンと咳払いをする。

トラブルが原因で解雇されるなんて、めちゃくちゃだ。北條家の影響はそこまで強いのか。

紗月さんは、少し困ったような笑みを浮かべた。

「こう言ってはなんですが、前の北條家の令嬢はとても計算高い女性でしたからね。総務部長は気が気じゃないんですよ」

「わ、私は、嫌な思いはしましたけど、彼女たちに辞めてほしいなんて思ってませんよ」

慌ててそう言うと、紗月さんはホッとしたように微笑んだ。同時にエレベーターが二階に停まる。

「北條さんは二階に行くつもりだったんですか？」

「はい。ちょっと探検……じゃなくて、カ、カフェが気になったものですから」

ほんの少しの言動で、すぐにお嬢様の皮が剥がれそうになる。いかにも田舎者丸出しであちこち探検して回っていたら、おかしいと思われるよね。

「コーヒーでも飲んでゆっくりしてみようかと思いまして。それではお先に……あれ？」

私が二階でエレベーターを降りると、なぜか紗月さんもついてくる。

「私もご一緒していいですか？」

「ええっ⁉　あの、その……それは、別にいい……ですけど」

しどろもどろになりながらも頷く。

本社ビルの二階はフロア全体がリフレッシュルームになっていて、ここが会社であることを忘れてしまいそうな内装だった。

「すっごい……！　あっちにあるのはトレーニングルーム？　こっちはお洒落なカフェ……。わ、仮眠室が広い！」

思わずあたりを見回すと、隣で紗月さんがクスクスと笑った。

「トレーニング機器は、社員証さえ持っていれば、好きなだけ使えますよ。仮眠室は防音壁を使用していまして、アラーム機能がついています。カフェは、特に女性社員に人気があるようですね」

「はい。お洒落ですし、落ち着いた雰囲気で素敵ですね」

ほう、と息をついてしまう。こんな職場なら、毎日楽しく働けそうだなぁ。

ぼんやりとカフェを眺めていると、そっと肩に手を置かれる。

「ドリンクやケーキもなかなかのものですよ。おすすめは日替わりスコーンです」

その言葉に頷きかけ、私はハッと我に返って顔を上げた。すると、私の肩を緩く抱き寄せた紗月さんが、まぶしいほどの笑顔で私を見つめている。

――えっ、なんか、距離が近い……ような？

「ほら、休憩時間は残り少ないですから、頼んでしまいましょう。今日はなんのスコーンかな」

並んで歩き、注文カウンターまで連れていかれた。紗月さんは真剣な顔でメニューを眺めている。見た目はキチッとしたビジネスマン然としていて、いかにも理想の上司といった紗月さんだが、意外と可愛いところがある。塩パンが好きだったり、スコーンの種類で悩んだり。

なんだか御曹司としてじゃない、彼自身の姿を垣間見た気がした。

「うーん、悩みますね。ヨーグルトとブルーベリーのスコーンもおいしそうですし、カレンツとクリームチーズのも捨てがたい」

「本当ですね。じゃあ半分こしませんか？　私が片方を頼みますので」

自然とそんな提案をしてから、ハッとする。いやいや、御曹司と令嬢がスコーンを半分こするって、どうなんだ。ふたつ購入して、食べられなければ片付けてもらうほうがスマートなのかな。

でもそれだともったいないし……って、北條家の令嬢は、もったいないなんて考えないのかな？

思わずグルグルと悩んでいると、紗月さんは嬉しそうに「それはいい案ですね！」と手を打った。

あれ、半分こって、お金持ちでも普通にするものなのかな？

戸惑う私をよそに、紗月さんはカレンツとクリームチーズのスコーンとエスプレッソを注文してしまった。私も慌てて、ヨーグルトとブルーベリーのスコーンとミルクティーを注文し、支払いを済ませる。

ほどなく、紗月さんは店員から注文の品とお水が載ったトレーを受け取って、ニッコリと微笑んだ。

「そこの窓側に座りましょうか」

日当たりのいい、明るい窓際の席。そこに向かい合わせに座ると、紗月さんはさっそくスコーンのひとつを手で半分に割った。私も残りのひとつを手で半分にする。

「半分に分けるっていいですね。両方の味が試せて、得した気分になります」

「紗月部長もそんな風に思うんですね」

上機嫌な様子でエスプレッソを口にする紗月さんに、私は少し驚く。すると、彼は「え？」と眼鏡の奥にある目を丸くした。

「それはそうですよ。お腹に入る量には限りがありますからね。でも、こんな風に半分こしてくれるような方は今までいなかったので、嬉しいです」

「そ、そうなんですか？」

問い返しながら、私はヨーグルトとブルーベリーのスコーンを食べてみる。ヨーグルトの爽やかな酸味とブルーベリーの甘酸っぱい味が口の中に広がり、思わず「おいしい！」と声を上げた。

「こ、これ、びっくりするくらいおいしいですね。ミルクティーにぴったりです」

「ふふ、気に入ってもらえてよかった。なかなか男一人で社内カフェに入る勇気がなくて、今までは差し入れでもらったものを食べるくらいでしたが、これからはたびたび楽しめそうですね」

紗月さんが嬉しそうに目を細めながら、スコーンを口に入れる。あれ、なんだか今、気になることを言われたような……

「ん、おいしい。北條さん、カレンツとクリームチーズのスコーンもいけますよ。あっさりした甘さが食後に丁度いいですね」

紗月さんの言葉に首を傾げていると、彼は幸せそうな顔をして頷く。

「うん……確かに、カレンツはすごく甘いけど、クリームチーズがいい仕事してますね。それにしても、たびたび楽しめそうって、どういうことですか？」

もぐもぐとスコーンを食べながら聞くと、紗月さんは優しく微笑む。

「これからは、北條さんを誘って入れるじゃないですか」

そんなことを言うものだから、私は「ムグッ」とスコーンを喉に詰まらせた。

「あ、大丈夫ですか？　お水をどうぞ」

「す、すみませ……ん」

ありがたく紗月さんからお水をいただき、スコーンと一緒に喉へ流し込む。はぁ、と息をついて、改めて紗月さんを見る。

「あ、あの、紗月部長」

「はい」

「そ、そういうこと、誰彼構わず言ったらだめですよ。……結構、破壊力がありますから」

「破壊力？　誰彼構わずなんて言わないですよ。北條さんは私の恋人になったんですから、お茶に誘うくらい構わないでしょう？」

「こっ、こ、い、びと!?」

次は素っ頓狂な声を上げてしまう。すっかりお嬢様の皮が剥がれた私は、慌ててゲホゲホと咳払いをしてミルクティーを飲んだ。

恋人って、どういうこと？　私たちはいつお付き合いをはじめたのだろう？

もしかして、昨日私がデートに誘ったことは、紗月さんの中で交際の申し込みとして受け取られたということだろうか。それとも、御曹司とご令嬢という立場では、デートに誘うことがイコール遠回しな告白だったりするのかな？

気になるし、彼に聞いてみたい。しかし、それを尋ねるのは失礼にあたるかもしれない。『恋人になった』発言を撤回されたりしては困るし、聞くに聞けない状況に陥ってしまった。

……それにしても、いきなり恋人にしてもらえるなんて、いいのかな。恋愛経験がない私は、その響きが照れくさくて、顔がどんどん熱くなってきた。

何も言えずに、もくもくとスコーンを食べる。そんな私をしばらく見ていた紗月さんは、くすっと小さく笑った。

「可愛いですね」

「へっ？」

「いえ。……このスコーン、ミルクティーも合いそうですが、エスプレッソもおいしく味わえますよ。よければ一口どうぞ？」

紗月さんのエスプレッソを渡される。えっとこれは、間接キス……？　って、何を照れてるんだ。少女漫画でも普通にやるやりとりだよね。私たちが恋人同士になったという状況なら、これくらい普通にやらなきゃ。

私はカレンツとクリームチーズのスコーンを食べてから、ゆっくりとエスプレッソを飲んでみた。エスプレッソの苦味が、クリームチーズのまろやかさとカレンツの甘さに和らげられる。

「……ん、はい、おいしいです」

顔は赤くなっていないだろうか。紗月さんとのやりとりに、ドキドキして仕方ない。

動揺を隠しながらエスプレッソを返すと、紗月さんは「よかった」と笑ってエスプレッソを口にした。

「スコーンと同じように、エスプレッソのおいしさも分け合いたかったんです」

次はそんなことを言い出す紗月さん。私はまた、スコーンを喉に詰まらせてしまった。

笑顔の紗月さんから再びお水をもらってゴクゴクと飲み、はぁ、と息を吐く。

紗月さんのそれは素なのか、それとも私が『北條の令嬢』だからこそのリップサービスなのか。チラリと見上げると、彼はとても楽しそうに残りのスコーンを食べている。

……どうしよう。私は紗月さんをたらしこまなければならないのに、どんどん彼にたらしこまれている気がする。

そんな危惧を覚えつつも、ドキドキと早鐘を打つ胸の鼓動は、どうすることもできなかった。

その日も無事に仕事が終わって、私は駅の地下にあるスーパーに寄ってからマンションに帰る。

家の中にいる間は、北條家の令嬢を演じなくてもいい。私は部屋に帰ると窮屈なスーツを脱ぎ、綿のハーフパンツとパーカーを着た。

次に、夕食の準備に取りかかる。私の料理の腕は母の手伝いレベルといったところ。スマートフォンで適当なレシピを検索し、家にある食材で作れる料理を探す。

メニューを決めたら、予約炊飯して炊き上がっていたご飯をかきまぜる。フライパンに油をひいて、豚コマを炒めたあとに、カットしたアボカドを投入。塩コショウを振りかけ、レモン汁をひとまわし。

そして、どんぶりに盛りつけたご飯の上にのせて、特製豚アボカド丼のできあがり！

マンションには、冷蔵庫や一通りの調理器具、そして食器が用意されていた。ちなみに食器はどれもペアでふたり分揃っているところに、言いしれない意図を感じる。

他の家具はベッドとローテーブルのみ。私が持ち込んだ服や化粧道具は、クローゼットに仕舞ってある。

「テレビはないんだよね……。テレビを見る暇があったら、彼を落とす算段でも立てろってことなのかな」

ふぅとため息をついて、豚アボカド丼を食べはじめた。何事も体力が資本なのだ。お腹いっぱい食べて、明日の英気を養わなければ。

「そうだ。紗月さんにメールしようと思ってたんだった」

昨日の食事と、今日のお昼に助けてもらったこと、お茶をしたことも、お礼を言おう。

そしてあわよくば、デートの打ち合わせもできたら嬉しい。

それで仲良くなって、うっかり紗月さんが企業秘密を漏らしてくれたら……いや、そんなにうまくはいかないかな？

「そこまで脇が甘いとは思えないよね」

とはいえ、悩んでいてもはじまらない。大した策略を考えられない私には、とにかく行動するしか道がないのだ。

夕食を食べ終わってから、ベッドに座ってスマートフォンでメールを打つ。

「昨日はご馳走様でした。今日もお昼に、声をかけてくださって、ありがとうございます……と。よかったら、今度のお休みに、どこか遊びにいきませんか……」

男性をデートに誘うなんて初めてだ。この文面でいいかと何度も見返してから、送信する。

その後、食器を洗って再びスマートフォンを手に取ると、さっそく紗月さんから返事が来ていた。

「わ、本当に返事をくれた。すごい。なんか順調だよね。こんなものなのかな」

御曹司とデートをするのは、もっと難しいことだと思っていた。こんなに順調なのは、紗月重工にとって北條家の影響力が強いせいなんだろうけど。

メールは、紗月さんらしい気遣いと優しい口調でつづられていた。

『昨日はとても有意義で楽しい時間を過ごせました。今日は災難でしたね。彼女たちは悪い人ではないのですが……北條さんには嫌な思いをさせてしまい、申し訳ありません。今日のことであなたを理解し、受け入れてくれる人は多いはずですよ』

私のことを気遣いつつ、社員のフォローも欠かさない。彼はやっぱり、素敵な人だ。

私はうんうんと頷きながら、メールの続きを読む。

「えっと、『お誘いありがとうございます。それでは、今度の日曜日はいかがでしょうか。どこか行きたいところがあったら、教えてもらえると嬉しいです』……。うん、デートの誘いはオッケーだね。よし。でも、行き先は考えてなかったな。どこがいいんだろう」

もちろん、お嬢様が行きそうなところがいいよね。私自身は、アスレチックで遊んだり、釣り堀でニジマスを釣ったり、工作展示会に行ったりするのが好きだ。けれど、北條家のお嬢様はそんなことを言わないはず。

そう思うものの、お嬢様の行きたいところなんて、少しも思いつかない。仕方がないので、「場所はおまかせします」と返信した。私にとって、デートの場所はどこでもいい。

とにかく紗月さんと仲良くなって、機密情報を得るのが目的なのだから。

ひとまず一歩前進したことを喜ぶうちに、夜は更けていったのだった。

——お化粧よし、服よし、髪型よし。

びし、びし、と鏡に向かって指をさし、自分の姿を確認する。

約束を交わした日から数日後の、日曜日。今日は私にとって勝負の日だ。

デートでたくさんお色気アピールをし、紗月さんをメロメロにして、陥落させないといけない。

……お色気。

私から程遠い言葉だ。とりあえず服装は、秋らしいタータンチェックのワンピースにした。中身はともかく、外側だけならお嬢様っぽくなった気がする。

髪型はサイドアップにして、後ろをバレッタで留めた。鞄の中には、ハンカチにティッシュ、スマートフォン、化粧直しポーチ、財布。忘れ物はないよね？

確認してからマンションを後にする。

待ち合わせ場所は、マンションの最寄り駅から五駅離れた繁華街にある、ホテルのラウンジだ。

格式の高い、歴史ある高級ホテル。もちろん、入るのは初めてだ。ドキドキしながらラウンジに向かうと、紗月さんがふたり席のソファに座り新聞を読んでいた。

ただいま九時四十五分。約束は十時だ。早めに来たつもりだったが、さすが紳士な紗月さんだった。

「紗月部長……あ、紗月さん、おはようございます」

「ああ、おはようございます。北條さん」

紗月さんは顔を上げ、目を細める。私がしずしずと向かいの席に座ると「何か頼みますか？」とメニューを差し出してくれた。

「いえ、結構です。あの、紗月さん。今日はよろしくお願いします」

ぺこりと頭を下げると、紗月さんはクスクスと笑った。

「北條さんは本当に真面目ですね。今日はデートなんでしょう？　もう少し肩の力を抜きましょう」

「は、はい。その、デートというのが初めてなもので、緊張しちゃって」

かりかりと頭を掻くと、紗月さんは少し目を丸くして「初めてなんですか？」と聞いてきた。

――またやっちゃった？　お嬢様は、デートのひとつやふたつ経験していないと駄目なのかな。

「あの、デートは……事前に誰かと行っておいたほうが、よかったですか？」

「クッ……あはは！」

おずおずと聞けば、紗月さんが笑い出す。彼は私のなんでもない言動に、よくこうやって笑う。笑わせるつもりも、おかしなことを言ったつもりもないのに。

……やっぱり、私が北條のお嬢様らしくない言動をしたからなんだろうな。

思わず俯くと、紗月さんは「すみません」と慌てたように謝ってくる。

「馬鹿にしているわけじゃないんです。ただ、どうしても可愛いと思ってしまって」

「か、可愛い、なんて。ど、どこが可愛いのかまったくわかりません」

「ええ、あなたに自覚はないでしょうね。でも、その自覚がないところが可愛いんですよ。今日のデートも、とても楽しみにしていました」

彼がニッコリと微笑む。私は恥ずかしくなって顔をそらし、彼に尋ねた。

「えっと、今日はどうしますか？　場所はお任せしてしまいましたけど……」

「はい、私なりにあなたが喜びそうな場所を探しておきました。まずはそこに行きましょう」

紗月さんは立ち上がると、手を差し出してくれる。私はおずおずと彼の手を取って腰を上げた。

恥ずかしい。なんだか、お姫様になったみたいだ。

紗月さんは今日も車だというので、ホテルの地下駐車場に向かう。そこで車に乗り込むと、彼はゆっくりと出発した。

「そういえば、私が喜びそうな場所って、どこですか？」

「さぁ、どこでしょう？　着いてからのお楽しみにしましょうか」

紗月さんは少し意地悪くそう言って、楽しげに運転を続ける。私が喜ぶところって、どこだろう。……あ、私じゃなくて、北條家のご令嬢が喜びそうな場所を選んでくれたということかな。

車は繁華街の大通りを走り抜けていく。しばらくして、紗月さんはとある展示会場の駐車場に車を停めた。

「ここですか？」

「はい。行きましょう」

車を出ると、紗月さんは私の半歩前で肘を曲げる。これはエスコートしてくれる、ということだろうか。お姫様扱いに再びドキドキしつつ、彼の肘に手をかける。

そのまま、私たちは展示会場の中に入った。ここは私も何度か訪れたことがある。

年に一回、ここで工作展示会が行われているのだ。

国内海外問わず、様々な工作機械や最先端の技術を展示し、セミナーを行う工作機械見本市。私も毎年楽しみにしている。

それにしても、北條家のご令嬢が喜びそうな展示会って、どんなものだろう。お花の展示会とか？　天然石、宝石の展示会ということもありそうだ。……あ、絵だったらどうしよう。私は芸術に疎い。前衛的な絵画など、単なるラクガキに見えてしまう。

いろいろと想像しながら歩いていると、やがて紗月さんが「着きましたよ」と足を止めた。

「こ、これは……っ」

私は唖然として立ち尽くす。紗月さんが案内してくれた展示会場は、歯車機械の展示会だった。

周りすべてが、歯車工作、歯車時計など、部品に歯車を多く用いた作品だらけ。

カチカチと音が聞こえてそちらを向くと、そこには大きな壁時計が振り子を揺らしていた。

作品の内部構造がわかりやすいように、駆動部分が透明ケースになっている工作品もたくさんある。大好きな歯車や小さな部品たち。すごく見たい。歯車が動く様を、凝視したい。

でも、これは北條美沙が喜ぶものじゃないはず。私、伍嶋美沙が好きなものだ。

ゆっくりと顔を向けると、紗月さんはニッコリと柔和な笑みを浮かべた。

「あ、あ、あの」

「はい？」

「こ、ここが、私の喜びそうな場所、ですか？」

「はい。お気に召しませんでしたか？」

心配そうに首を傾げる紗月さん。

いや、めちゃくちゃお気に召しています。大好物です。だけど、北條家の令嬢という設定の私が、そう答えていいのかどうか。

「あなたと話したり、仕事ぶりを見たりして、こういった工作品や歯車機械が好きなのではないかなと思ったんですよ」

「う、そ、それは」

「北條さん。歯車や機械が好きなことは、恥じることではありませんよ？　知り合いの社長令嬢にも、こういったものが好きな人がいます」

「……そうなんですか？」

意外に思って顔を上げると、紗月さんは「ええ」と頷いた。

「高級ブランドの服に身を包みながら、作業服を羽織ってネジと睨めっこしてるお嬢さんもいますよ。ウチのような業種に就いていると、多いのかもしれませんね」

なるほど。確かに……機械好きなお嬢さんがいても、おかしくないのかもしれない。

そっか、私、機械好きなことは隠さなくてもいいんだ。

「では、少し見て回りましょうか」

「は、はい」

「展示会の目玉は、奥に飾られている大きな天文時計なんですよ。いろいろ見ながら、そこを目指して行きましょう」

紗月さんにエスコートしてもらいながら、様々な工作品を見て回る。

歯車の歴史がわかるコーナーや、駆動部分がシースルーになった自動車。さらには電車のパーツまで展示されていた。

大小様々なギアが忙しなく動き、綺麗に嚙み合うことで、大きなパーツがクルクルと動いている。

なんて美しい世界なんだろう。歯車ひとつが、機械の動きを左右する。ひとつでも歯車が外れたら、その機械は無力になる。それぞれの歯車に大切な意味があるのだ。

夢中になって見ていると、紗月さんがクスリと笑って声をかけてくる。

「熱心に見入ってますね。北條さんは歯車機械のどのようなところに魅力を感じるんですか？」

「そうですね……このたくさんの歯車の中に、ひとつとして無駄なパーツがないところでしょうか」

大切な機械の部品たち。孤独に回っているように見える歯車でさえ、ちゃんと意味がある。

「私はそんな歯車機械がとても美しいと思えるんです」

部品を工作し、研磨して、使われる機械の用途に合わせて耐久性を上げたり、あるいは錆に強くしたりと試行錯誤を繰り返す。そうやって部品は作られる。私が手掛ける大切な仕事だ。

「……まったく。あなたは、本当に……」

紗月さんが呟く。私が「え？」と首を傾げると、彼は展示会場の先を指さした。

「北條さん、あっちにも行ってみましょう。懐中時計のコーナーですよ」

「懐中時計！」

紗月さんが指をさす方向に顔を向けると、ショーケースの中にたくさんの懐中時計が並んでいた。

歴史をたどるように、古いものから最新の懐中時計まで揃っている。年代の古いゾーンでは、見るからに年季の入った手巻き式懐中時計が、カチカチと秒針を刻んでいた。

「はぁ……もう、懐中時計って、本当に素敵ですね」

「ええ。きちんとメンテナンスをすれば、こんなに古くても針を動かし続ける。ロマンを感じますね」

「手間がかかるからこそ、愛着が湧くんですよね。なんて綺麗な歯車の配置……」

駆動部分が開かれた懐中時計の中では、複雑で小さな歯車たちが忙しそうに回っている。どれだけ見ていても飽きない。

「ふふ、ショーケースにかじりついてる北條さんはとても可愛らしいですが、そろそろ目玉の展示品を見てみましょうか。ほら、あれですよ」

そっと腕を引かれ、つられるように見れば、そこにはとても大きな天文時計が鎮座していた。

私が両腕を広げたくらいの大きさをした壁時計。その文字盤の下側にガラス窓がついていて、内部構造がよく見える。ガラス窓以外の盤面には、生花が敷き詰められていた。文字盤はいくつかのパートに分かれていて、パートごとに花の色が違う。

「この、青い花の部分が地球を表しているようですね。そして、この部分は地上、橙(だいだい)の花は太陽。外環に描かれた紋様は、星座の十二宮。これで、地球の動きを読むことができるんですよ」

「花の配置にも意味があるなんて、素敵ですね。この時計は、地球そのものなんですね」

「そうとも言えますね。この天文時計は、プラハにある有名な天文時計をモチーフにしているのでしょう。海外に時計を見に行ったりはしないんですか？」

「海外旅行はしたことがないんです」

時計に見蕩(みと)れながら答えると、紗月さんは「そうですか」と言った。

「とても美しい時計なんですよ。北條さんにも見ていただきたいです」

彼の言葉に、私は「ぜひ、いつか」と頷きながらも、視線はたくさんの歯車に釘付けだ。

存分に時計を眺めてから、ふと顔を上げてあたりを見る。ずっと隣にいたはずの紗月さんが、いつの間にかいなくなっていた。……どこに行ったのかな？

天文時計から離れてあたりを探すと、ほどなくして紗月さんを見つけた。ポストカードや置物を販売しているスペースで、小さな紙袋を手にしている。

「紗月さん、どうしたんですか？」

近寄ると、彼はにっこりと微笑んだ。

「素敵なものを見つけたので。北條さんは、満足いくまで時計を見られましたか？」

「はい！」

「では、そろそろ行きましょうか」

そう言うと、彼は私の肩を抱いた。いきなり距離が縮まって、私はドキドキが止まらない。彼は会場を出ると、ガレージに停めてある車の助手席のドアを開けて私を誘い、自分は運転席に乗り込む。そして「はい」と紙袋を渡してきた。

「え？　私にですか？」

「はい。気に入ってもらえるといいのですが」

紙袋の中に入っていたのは、手のひらサイズの四角いケースだった。そのふたを開けると、銀色に輝く懐中時計が入っている。

「えっ……こ、これ」

「デザインが素敵でしょう？　あの展示会の限定品だそうですよ」

それは内部構造が透けて見えるフルスケルトンの懐中時計だった。表からも裏からも構造を眺めることができるので、歯車機械が好きな人にはたまらない。さらに懐中時計を華やかにしているのが、ネジやゼンマイにあしらわれた宝石だ。歯車が動くたび、それらがキラキラと輝く。

「き、綺麗……です」

「よかった、気に入ってもらえたようですね」

ふふ、と紗月さんが微笑む。私は戸惑いつつ、彼を見上げた。

「あ、あの、これ……もしかして」

「はい、プレゼントですよ。手巻き式なので、毎日ねじを回してくださいね」

「え、いや、その、こ、こんなの、いただけないです！」

「……お気に召しませんでしたか？」

残念そうに目を伏せる紗月さん。私は「とても素敵ですけど！」と声を上げる。

「こ、こんな高価なものは、いただけません。私にはもったいないです」

「……北條さんがお持ちの宝飾品に比べたら、大したものではありませんよ？」

本当ですか。どれだけ金持ちなんですか、北條家。そういえば私、そういった高価なものは一切身に着けてないんだけど、大丈夫なのかな？

様々なことを考えつつ、私は懐中時計のケースを紗月さんに押しつけた。

「と、とにかく受け取れません」

「でも、買ってしまいましたから」

「それはそうですが……でも」

居心地悪く俯く。すると紗月さんは、「北條さん」と優しく声をかけ、ケースを持つ私の手ごと大きな両手で包んでくる。

「わっ、あの……っ」

驚く私に、紗月さんは顔を近づけてきた。胸がドキドキと大きく音を立て、思わず目をぎゅっと瞑ってしまう。彼は私の耳元で、囁くように声をかけてきた。

「あなたに喜んでもらいたくて選んだんです。ですから、どうかこの時計は、あなたのそばに置いてください。そしてねじを回すたび、私のことを考えてください」

「ひえ!?」

飛び上がるほど甘い言葉に、変な声が出てしまった。

な、なに？　御曹司って、そんな気障なセリフがサラッと言えちゃうものなの？　まるで物語に出てくる王子様みたいだ。

「北條さん、もらっていただけますか？」

「あっ、は、ハイ……」

私は頭から湯気が出そうなほどの熱を感じつつ、コクコクと頷いた。

助手席のシートベルトをつけ、膝の上に置いていた懐中時計をもう一度眺める。

……何度見ても、ため息が出るほど綺麗な時計だ。私には本当に過ぎたもの。

紗月さんを騙しているというのに、こんな素敵なものをいただいてしまうなんて……どうしよう。

これは『北條美沙』にプレゼントされたものであって、伍嶋美沙にくれたものじゃない。本来の私は、紗月さんには近づくこともできない存在だ。

彼の甘い言葉に乗せられて受け取ってしまったけれど、やっぱり返したほうがいいよね。でも、一度もらった以上、すぐに返すのは悪い気がする。

しばらく経ったら、さりげなくお返ししよう。立派な懐中時計だし、私が持つより紗月さんが持っているほうがよっぽど似合うだろうから。

静かに懐中時計のケースを閉じて、バッグの中に仕舞う。

デートは今のところ、順調に進んでいるような気がした。あまりお嬢様らしく振る舞えていないかもしれないが、機械好きなお嬢様もいるという話だし、ボロは出ていないはず。

だけど、これで終わりでは目的が果たされない。

紗月さんがポロッと機密情報を口にしてしまうほど、私に気を許してもらわなければならないのだ。

そのために、彼に色仕掛けをして、たらしこむ。それが私の役目だとわかっていたが、今さらになって尻込みしてしまう。

やっぱり体で陥落させないと、紗月さんは機密情報を口にしてくれないのだろうか。

悶々と考えていると、紗月さんが声をかけてくる。

「少し遅くなってしまいましたが、お昼にしましょうか。北條さんはどんな料理が好きですか？」

「えっと……その」

ごにょごにょと呟き、膝の上で指を動かす。

どうすればいい？　数少ないチャンスを有効活用して、早く任務を終えなければ。

北條美沙という人間の存在は偽りだと、いつバレるかもわからないのだ。私には悠長にしている余裕はない。なりふり構わずあらゆる方法を使って、彼を籠絡しなければならない。

惜しむような体ではないし、この身ひとつで、何か情報がもらえるなら……

「あ、あの！」

顔を勢いよく上げ、紗月さんを見つめる。

「はい。何か食べたいもの、ありますか？」

「い、いえ。食べたいものではなく……」

膝に置いた手をぎゅっと握る。こういうのって、どうやって誘ったらいいんだろう。

紗月さんみたいに、ロマンティックで甘い言葉を口にできたらいいのに。

男性と付き合ったこともなければ、情緒溢れる恋愛小説を読む機会もなく、ドラマティックな映画も見たことがない。そんな私には、難しすぎる。

ネジや板金だけじゃなくて、もう少し、男女の機微について勉強しておけばよかった。

「あの、私、も、もっと、さっ……紗月さんのことを、知りたい、です。ふ、ふふ、ふたりっきりに、なりたい」

結局私は、そんな拙い言葉しか思いつかなかった。

けれど、こんなセリフを口にして、紗月さんに軽蔑されたらどうしようと怖くなる。

「それはどういった意味で？」

紗月さんが、間髪を容れずに尋ねてくる。私は緊張で額に汗をかいてしまい、鞄からハンカチを取り出した。

「その、紗月さんと、仲良くなりたくて。い、今よりも……もっと、親密な仲に……」

これ以上あけすけに言わなければならないのだろうか。私にはこれが限界だ。恥ずかしすぎる。

汗を拭いたハンカチを強く握りしめていると、紗月さんは「ふぅん」と静かに相槌を打った。

先ほどまで笑顔で優しく話しかけてくれていたのに、一転して冷めたような声に変わっている。

怖くてたまらない。おそるおそる顔を上げて紗月さんを見ると、意外にも彼は微笑んでいた。

「わかりました。では、場所は私に任せていただけますか?」

「は、はい。あの……すみません」

「どうして謝るんですか」

くすくすと控えめに笑う紗月さん。冷たい感じがなくなって、私はどこかホッとしながら俯いた。

「いきなりこんなことを言われて、戸惑っているんじゃないかと。い、嫌でしたら……」

「嫌ではありませんよ。少し驚きましたが、別に構いません」

「そうなんですか?」

私が問いかけると、彼は前を向いて車を発進させながら「ええ」と頷いた。

「前にも言ったでしょう。北條家のお嬢さんからの誘いを断れるはずがないと」

穏やかな口調で、そんなことを言ってくる。

……確かに、デートに誘った時もそんなことを口にしていた。でもその言い方で、胸にチクリとトゲが刺さる。

北條家のお嬢様の誘いを断れるはずがない――

明確な立ち位置の言及。北條家の影響力。紗月重工社長の息子という立場。

それは理解できる。紗月重工が北條家に頭が上がらないということをわかっていて、私はその立場を利用しているのだから。

でも、紗月さん自身はどう思っているのだろう。社長の息子という立場を抜きにしたら、やっぱり嫌なのか。仕方なく私に付き合っているのかな。

あの懐中時計も、どうしてプレゼントしてくれたんだろう。気を使ってくれたのだろうか。

――ううん、深く考えたらだめだ。自分のやるべきことを思い出せ。

彼と体を重ねたら、何かが変わるはず。きっとすべての事柄がうまくいく。男性経験なんてないけれど、男女の関係に持ち込むことがハニートラップを仕掛けるということなんだから。

覚悟を決めて前を見ると、車は来た道を戻るように繁華街へ向かい、待ち合わせをした高級ホテルの駐車場に入っていった。彼のエスコートで車を降り、ホテルのロビーに入る。

緊張で鼓動はドラムみたいに鳴り、心臓が口から飛び出てしまいそうだ。

そんな私をよそに、紗月さんはフロントで手続きをし、カードキーを手にそばへやってきた。

促(うなが)されるままに彼の腕に手をかけ、並んで歩く。私の脚も手も小刻みに震えていた。

——体を売るようなこと、私たちが許すわけないでしょ？

ふいに頭の奥で、母の声がよみがえった。そう、これは情報を得るための対価。後になれば『そんなこともあったね』と、苦い思い出として流せるはずだ。私の体の価値は、そのくらいのものだろう。

……あれ？　でも、私の体の価値が低いなら、それっぽっちで本当に情報を得ることができるの？

エレベーターに乗ろうとしていた足が、ピタリと止まる。紗月さんが不思議そうに私を見た。

私は慌てて首を横に振り、エレベーターに乗り込む。

今さらだ。そんなことを考えたって仕方がない。私にはもう、これしか方法がないんだ。

チン、とエレベーターが軽快な音を立てて停まると、扉が開く。ふかふかの絨毯が敷かれた廊下を紗月さんと並んで歩き、とある部屋の前で立ち止まった。

「開けますよ」

彼は、そう声をかけてくる。覚悟はできているのか、と尋ねているようにも聞こえた。

私が頷くと、紗月さんはカードキーで部屋のロックを解除する。彼に促されて中に入る。その部屋はとても広くて綺麗だった。

特別にいい部屋だと気づき、私は怖気づいて一歩後ずさってしまう。でもお腹に力を入れて、無理矢理足を進めた。

「シャワーを浴びましょうか」

「い、いえ、こ、このまま、で」

口の中が渇いて、うまく声が出せない。自分が思っていたよりもずっと、声が震えている。

紗月さんは部屋の奥へ進んでいくと、大きなベッドの前で立ち止まった。

私は彼の背にソロソロと近づいていく。そこで彼は、「はあ」とため息をついた。

「……まったく。無謀なのか強情なのか。それとも、必死なだけなのか」

ぽつりと呟く紗月さん。私が「え？」と聞き返した時、紗月さんはグルリと振り向いた。

そして、私の手首を勢いよく掴み、ドサリとベッドに押し倒す。持っていたバッグが床に落ちる音が聞こえた。

「きゃ！」

ふかふかのベッドに、私の体が沈み込む。紗月さんは何も言わず、私のお腹から肩にかけてゆっくり撫で上げると、首筋に吸いついた。

「ひ……っ」

ゾクゾクとした感覚に、悲鳴を漏らす。怖い。ドッドッと音を立てる心臓は、ただひたすらに未知の恐怖を訴えている。

紗月さんは少し乱暴に、私の背中に片手を回した。もう片方の手が私の手首を押さえていて、彼の唇は首筋を這いまわる。

怖い。本当にしてしまうの？　私はそれでいいの？　私の体にたいした価値はなくても、後悔するのは間違いなく私自身だ。

もらえるかどうかもわからない情報のために、よく知らない大人の思惑に踊らされて、追いつめられて、こんな風に流されるように——彼に私の本当の名前も告げないまま？

私はこの身を捧げるの？

ちゅ、と肌を啄む音がした。ちろりと首を舐められ、恐怖で身体がビクビクと震える。

そしてジーと音を立ててワンピースのファスナーを下ろされていき——

「やっ、や、やだーっ！」

私は思わず全力で身をよじり、そのままベッドから転げ落ちてしまった。慌てて身を起こすと、ベッドの上で紗月さんが唖然とした表情をしている。

「ご、ごめんなさい。私……あの、ごめんなさい!!」

しまった！　つい……

脱げかけていたパンプスを履き、バッグを掴んで、私は逃げるように部屋から出る。

否、完全に逃げ出した。

……体を触られるのがこんなにも怖いなんて、思わなかった。心臓がまだ早鐘を打っている。

「ど、どうしよう」

後ろ手でワンピースのファスナーを上げ、乱れた服装を整えた。そしてしばらく廊下を歩いて、立ち止まる。ソロッと後ろを振り返るが、紗月さんのいる部屋のドアが開く気配はない。

彼はびっくりしただろうか。今度こそ引いたかもしれない。自分から誘っておいてなんだ、と思われていてもおかしくない。

「どうしよう……」

再び呟く。謝りに戻るべきだろうか。でも、なんて言えばいいの？　ごめんなさいしか、謝る言葉が思いつかない。どうして逃げたのかと聞かれて、怖かったからと答えたら、紗月さんは怒らないだろうか。

それからもし仕切り直されたとしても、私は逃げずにいられる？　――多分、無理だ。

「どうしよ……ああ」

部屋に戻ることなどできず、私はふらふらと力ない足取りでホテルを後にする。

失敗した……絶対に、失敗した。私のハニートラップは失敗した。

私の頭の中でぐるぐる回っているのは、再三呟いた「どうしよう」という言葉。

実家の工場が潰れたらどうしよう。そう思ったら何もやる気が起きず、無気力にその日を過ごしたのだった。

翌日の月曜日。私は朝一番に桂馬重工へ提出する報告書のデータを開き、苦悶の表情を浮かべていた。

「なんて書こう。とにかく、失敗したなんて書けないから、うまくごまかして……」

ごまかすもなにも、紗月さんが『お付き合いをやめよう』と言ってきたら、すべてが終わる。これ以上は、ハニートラップを仕掛けようとすることも難しいだろう。

しかしそれでも、失敗したとは書く勇気が出ず、昨日デートした旨だけを簡潔に書いた報告書を送った。

その後、どんよりした足取りで会社に向かう。落ち込んでいても、会社に行かないといういことはできなかった。紗月さんに会うのが怖くても、やっぱり一言くらいは謝るべきだ。

「はぁ……」

私がため息をついてトボトボと歩いていると、後ろから「北條さん」と声をかけられた。

ビクンと体が震えて、足が止まる。振り向いたら、そこに立っていたのは少し真面目な表情の紗月さんだった。

「あ……っ、あ、おはようございま……じゃなくて、ご、ごめんなさい。あの、昨日は」

「はい。私もそのことで話をしようと思って、あなたが出社するのを待っていたんです。申し訳ありませんが、少しだけ時間をもらえませんか？」

「は、はい！」

背筋を伸ばして返事をすると、紗月さんは少し表情を緩めて「こちらにどうぞ」と会社の敷地の外へ歩いていった。そしてすぐそばのカフェに入る。

紗月さんが「あの席に座っていてください」と隅の席を指さすので、私はそこに腰掛ける。すると彼はテイクアウト用のコーヒーをふたつ買って戻ってきた。そして私の向かいの席に座り、ペコリと頭を下げる。

「北條さん、昨日はすみませんでした」

私は慌てて両手を横に振る。

「い、いえ！　私こそ、とても失礼なことをしてしまって、本当に申し訳ないと思っていて」

「違うんです。そうじゃないんです。あなたは何も悪くありません」

私の謝罪を遮るように、紗月さんが言葉を重ねる。彼は目を伏せ、テーブルに置いた手をグッと握りこんだ。

「あなたは、本当はとても怖がっていた。私はそれに気づいていたのに。つい、あなたが誘うならと乗ってしまった。酷いことをしたと、反省しています」

「そんな……！　誘ったのは私です。それなのに怖くなって逃げ出して、そのまま連絡もしないで……酷いのは私です。ごめんなさい」

「いいえ、気遣いが足りなかった私が悪いんです。嫌われてしまったかと、昨日はずっと悩み通しました」

私は突拍子もなく誘った挙句、失礼にも悲鳴をあげて逃げ出したのだ。私こそ、嫌われたと思っていた。彼と仲良くなるという目的は果たせず、ハニートラップは失敗したと。

それなのに、紗月さんは怒らないばかりか、謝ってくれるなんて。

菩薩だ。釈迦だ。こんなに性格がよくて、優しい人がいるのか。まさに慈愛の化身だ。更に大企業の御曹司で、顔もよくて、スタイルもよくて、紳士で、部下からの信頼も厚いとは。完璧である。

世の中にこれほど素敵な人が存在しているなんて、信じられない。

私が紗月さんをぼんやりと眺めていると、彼はそっと私の手に触れてきた。

「北條さん。もし、許してくださるのでしたら、もう一度はじめからやりなおしませんか？」

「え……どういうことですか？」

「紗月家の息子と北條家の令嬢という立場ではなく、個人として付き合いたいんです。あなたも私も、家柄に囚われすぎていたのではないかと思いまして」

確かに、私は北條家の令嬢らしくしなければと思って、無理をしていた。

紗月さんは紗月重工の人間として、大株主である北條家を気遣っていた。

でも、その付き合いをやめたいと、彼は言っている。

「これからは、『紗月さん』『北條さん』という呼び方はやめて、名前で呼び合いませんか？　そうしたら、もっと自然に付き合える気がするんです」

「紗月さん……いいえ、えっと、誠さん、と？」

「はい。私もプライベートでは敬語をやめて、普通に話します。……美沙」

彼の手が、そっと私の頬に触れた。ドキリと、鼓動が大きく高鳴る。彼は内緒話をするように、そっと耳元に唇を近づけてきた。

「俺に、もっと心を許して。美沙」

かぁっと顔が熱くなった。耳の奥へダイレクトに伝わってくる艶めかしい低音に、照れくさくなって俯いてしまう。

「あ、あの……よ、よろしく……お願いします」

蚊の鳴くような声で返すと、彼は至近距離でニッコリと微笑んだ。

「よかった。じゃあまた、メールするよ」

「う、うん」

私はこくりと頷く。紗月さん……いや、誠さんは眼鏡の奥の目を細めて、コーヒーを片手に「行こうか」と私を促した。

ふたり並んでカフェを出て、設計開発部に向かう。足元が妙にふわふわして、顔が火照っていた。

第三章

私のハニートラップ作戦は大失敗だと思われたが、誠さんの菩薩(ぼさつ)のような優しさに救われ、なんとか続行できることになった。

あれ以来、私たちは頻繁にメールや電話でやりとりをし、次のデートの打ち合わせをしながら世間話をする。個人として付き合いましょうと言ってから、彼は本当に気さくになった。それは聖人君子(せいじんくんし)然とした御曹司の誠さんではなく、ありのままの、ひとりの男性だった。

そのおかげで、私もずいぶんと気楽に話ができるようになった。それまで緊張してばかりいたのが嘘みたいだ。

夜に電話で話すのは、好きなものや趣味、休日の過ごし方、仕事の笑い話なんかの気楽な話題。

誠さんと話すのは楽しくて、ドキドキと胸が高鳴る。本来の任務は忘れていないけれど、私は、彼との時間が好きになっていた。

誠さんと打ち解けてから一週間ほど経った今日。無事に仕事を終えてマンションに帰った私は、簡単な夕飯を作ってお風呂の用意をしていた。

その時、スマートフォンが鳴る。鷹野さんから支給されたスマートフォンは、今のところ誠さん専用電話だ。

「はい、もしもし！」

「ふふ、仕事お疲れ様。美沙は家に帰るとすごく元気になるな。会社で仕事をするのは窮屈か？」

「そ、そんなことないですよ。仕事はすごく楽しいです。でも、みんな家に帰ると元気になるでしょう？」

「まぁ、肩の荷が下りた気分にはなるかな。俺も早く帰りたいよ」

「……まだ仕事中なんですか？」

「うん。重役会議が延びてるんだ。秋の株主総会に向けて、いろいろ問題があってね」

「そうですか……お疲れ様です」

大変だなと思いながら労うと、電話の向こうでクスクスと笑い声が聞こえて、「ありがとう」と返してくれた。

「美沙はもう夕飯を食べたのか？」

「あ、今作ってるところです」

「ふうん……。何を作ってるの？」

その質問に、ドキッとする。一応これでも、お嬢様だという設定は貫いていた。お金持ちのお嬢様でも料理くらいするだろうけど、私が作っているのは豚肉入りの野菜炒めだ。調理台にはどんぶりに盛ったご飯が待ち構えていて、野菜炒めを載せたら、肉野菜炒め丼が出来上がる。

お嬢様の夕食がこんな所帯じみた料理だとは言えない。

「えっ、とー……、て、天ぷらです！」

「天ぷら？　すごいね」

「ええ、すごいでしょう……じゃなくて、た、大したものじゃありませんけど。伊勢海老とか、立派なアナゴとかを、揚げてるんですよ」

「さすが、具材が豪華だね。天ぷら屋みたいだ」

誠さんが楽しそうに笑うので、私はホッとした。ちょうど野菜炒めができたので、スマートフォンをスピーカーモードに設定して調理台に置き、丼を完成させる。

「あ～、腹減ったな～。そういえば、今度の休み、どこかに行かないか？」

「特に用事はないので、構いませんよ。でも、どこに行きましょうか……」

空になったフライパンを洗い桶に浸けながら、「うーん」と悩む。前は私の好きなところに連れて行ってもらったし、今度は誠さんが行きたいところがいいな。

「誠さんはどんなものが好きなんですか？」

「俺？　うーん、笑わない？」

少し困ったように尋ねてくる誠さん。人の趣味を笑う気はないけど、そんな風に聞くなんて、どんなものが好きなんだろう？

好奇心がくすぐられた私は、「笑いませんから、教えてください！」と意気込んだ。

「ま、美沙ならわかってくれるかな。実はね、船が好きなんだ」

「船？　……といっても、いろいろありますよね」

軍艦からヨットまで、船には様々な種類がある。鉄道でいうと、最新型の新幹線が好きな人もいれば、古い蒸気機関車が好きな人もいるように、船好きも棲み分けがありそうだ。

「ふふ、やっぱり美沙はそう返してくれると思っていたよ」

「やっぱり、って、どういう意味ですか？」

「君は聞き上手だからね。意外かもしれないけど、そんな風に俺の話を聞いてくれる人って少ないんだよ」

「え、でも、船ってすごく種類が豊富でしょう？」

「うん。俺が好きな船はね、レトロなほう。帆船が好きなんだ」

帆船。船にはあまり詳しくないけど、なんとなくわかる。まだ蒸気船やディーゼル船が登場する前、大海原を独占していた船だったはず。船にたくさんのマストを立てて、帆で風を受けて走るタイプだろう。

「へぇ……ちょっと意外です。船の中でも、もっと最新型が好きなのかと思ってました」

「そう？　でも、俺は歯車機械も好きだよ」

「あ、そういえば、展示会でも興味深そうに見ていましたね」

　私は妙に納得して頷く。

「じゃあ、次のデートは帆船関係のところに行きますか？」

「でも、美沙は退屈じゃないか？　帆船には、君の好きな機械は全然ないよ」

「私、帆船にだって興味はあります。だから教えてくださいよ」

　私の言葉に、誠さんは「ははっ」と笑った。

「いいね、美沙は教えがいがありそうだ。じゃあ次は、帆船を見に行こう」

「はい！」

　大きく返事をして、私たちは休日の約束を交わす。電話を終えると、私は肉野菜炒め丼とお箸を持ってローテーブルにつき、食べはじめた。

「帆船かあ。ちょっと調べておこうかな。基礎知識の有無は大きいもんね」

　もぐもぐと咀嚼しながら、タブレットで検索サイトを開く。テレビがないので、鷹野さんから借りているタブレットは私の暇つぶしアイテムと化していた。

お行儀が悪いのは承知で、食事をしながらタブレットで帆船について調べる。

「へえ、帆船って綺麗な船が多いんだ。……ガレオン船も素敵。スマートなキャラベル船もいいなぁ」

検索して出てきた画像を眺めながら、画面をスクロールしていく。

「あれ、これはボトルシップか。へぇ〜、帆船の模型って人気があるのかな。可愛いし、パーツが細かくて見ていて飽きない……ん？」

小さな帆船の模型が入ったボトルシップを眺めて、ふと思いついた。

これなら私でも作れそうじゃない？　さすがに次のデートには間に合わないけど、チマチマした細かい作業は大好きだし。

「設計の勉強がてらに図面を引いて、船体は実家で作って、工具をこっちに持ってきたら、寝る前とかに作業できそう。よし、さっそくスケッチからやってみよう」

思いついたら即実行だ。私はご飯を手早く食べ終えるとお風呂に入る。それから寝るまでの間はタブレットで帆船の画像を検索し、ひたすらノートに書き写した。

紗月重工の設計開発部に勤める日々は、非常に充実していた。

刈谷さんと実験室で缶詰になって実験したり、設計図を清書したりと、工場でやるのとは全然違う仕事だけど、毎日がとても楽しい。あっという間に時間が過ぎて、気づけば終業時刻という毎日だ。

ちなみに昼食は、週の半分を本社ビルの食堂で過ごし、あとはお弁当を持参している。というのも、やっぱり一部の女性社員が怖かったのだ。毎朝、設計開発部の近くで陰口を叩かれるし、食堂に行けば、後ろでヒソヒソ言われる。余程、北條家のお嬢様が嫌いなんだろう。

だから私は、刈谷さんが一緒に行ってくれる日だけ、食堂を利用していた。

でも、悪意を持つ人もいれば好意を持ってくれる人もいる。私にとって心の憩いは、やっぱり設計開発部のみんなだ。ちょっと意地悪だけど手島さんは明るくて面白い人だし、刈谷さんはいつも親身になって仲良くしてくれる。六道さんや班長の倉敷さんも優しいし、他のチームの人たちも、気さくに話してくれる。それにもちろん、誠さんも。

同僚に恵まれると、多少のことではへこたれずにいられる。それに、仕事をしている間だけは、ハニートラップを仕掛ける役割を忘れることができるのも気が楽だった。

北條のお嬢様として振る舞わなければならないという緊張感はあるけれど、それ以外では、普通に仕事をする契約社員として過ごしている。

そして、今日は休日の土曜日。誠さんとデートを約束した日だ。

不思議と、最初のデートで感じたような緊張はない。部屋でお化粧をしていると、そばに置いていたスマートフォンが鳴った。

「はい、もしもし」

「おはよう、美沙」

電話の相手は誠さんだった。私も「おはようございます」と返す。

「今日は車で少し遠出しようと思っていてね。君の家まで迎えに行っても、大丈夫かな？」

誠さんの提案に、私は内心ヒヤッとした。

桂馬重工から住む場所を貸してもらってよかった。いくら名前を偽っていても、実家にいたら、迎えに来てもらう時点で私の正体がバレてしまう。

私は内心の焦りを隠しつつ、「ありがとうございます」と礼を言い、マンションの住所を伝えた。マンションに着いたら、誠さんはまた電話を鳴らしてくれるという。

電話を終えると、お化粧の続きをして、髪をセットする。それからタブレットで今日の報告書を作成した。

「昨日は、会社では特に問題なし。今日は、紗月誠とデートに行きます……と」

簡潔に必要事項だけを書いて送信すると、しばらくしてピロンと軽快な電子音が鳴る。

「あれ、珍しい……返信が来た」

スパイ生活をはじめてからの三週間、返信は一度もなかった。妙に緊張して、おそるおそるメールを開く。メールの差出人は鷹野さんで、その内容はとても短かった。

『そろそろ、紗月誠から情報を聞き出してください』

ごくりと喉が鳴る。

とうとう来てしまった。会社では問題なく過ごしており、さらには誠さんとのデートも二回目。そろそろ時期的に大丈夫だと判断したのだろう。

緩んでいた気が一気に引き締まる。次の報告書では、何かしらの情報を書かなければいけない。

「情報……えっと、会社の機密情報だよね。でも、何を聞き出せばいいんだろう。確か……」

部屋の中をグルグル回りながら思い出す。

「社長が交代して以降、紗月重工は業績が好調なんだよね。紗月重工が具体的にどんな改革を行ったのか、桂馬重工は知りたがっている……と」

うまく聞けるだろうか。いや、なんとかして情報を得なければならない。しかし、『会社の改革の内容を教えてください』とストレートに聞くのは、怪しすぎるし……

私がうんうんと唸っていると、スマートフォンが再び鳴り出した。

「あっ、やばい。もう行かなきゃ！」

鞄をひっつかんでスマートフォンを手に部屋を出る。一階に下りると、マンションのエントランスに誠さんが立っていた。

「誠さん、おはようございますっ」

「おはよう。今日は晴れてよかった」

　今日の誠さんは髪を下ろしていて、グレーのスキニーパンツにざっくりしたニットを着ていた。シンプルだけど、顔がいいから何を着ても似合う。

　いつもはオールバックにしている髪が下ろされているから、ラフな印象だ。なんだか色気がにじみ出ている。

　マンションの前に停めてあった車に乗り込むと、誠さんが運転をはじめた。今日のデートは、車で一時間弱の港街に行くらしい。そこに帆船があるのだろうか。

　車をスムーズに走らせながら、誠さんは口を開く。

「昨日は遅くまで会議が長引いてね。おかげで寝不足だよ」

「お疲れ様です。最近、会議が続いてますね」

「トラブルっていうほどじゃないけどね。会社が大きいと、それだけ人間関係が複雑になってしまう。今は特に専務……叔父の口出しが露骨でね」

　はぁ、と誠さんがため息をつく。専務とは、なぜか私をこの会社に斡旋した人物だったはずだ。彼の思惑は、私にはわからない。

　それはともかく、誠さんが仕事の話をしている今がチャンスだ。少し探りを入れてみよう。

「えっと、確か紗月重工は、去年社長が代わったんですよね。誠さんの、お父様に」

緊張しながらそう言うと、誠さんは至って普通に「そうだね」と相槌を打った。ドッドッと少しずつ速まっていく心拍を感じながら、私は膝の上でぎゅっと握りこぶしを作った。

「その、社長が交代してから、紗月重工が好調だと、父……が話していたんです。業績が上がって、去年よりも株の配当が見込めそうだって」

「ああ、美沙のお父さんならそう言うだろうね。まさに今、社内で揉めてるのがそれだから」

「どういうことですか？」

私が尋ねると、誠さんは「うーん」と顎に指を添え、悩むような表情を浮かべる。

「……株主と経営者は、どうしてもわかり合えない部分がある、ということかな」

「はあ……」

曖昧に頷く。どうも、揉めている内容についてはあまり話したくないようだ。

「父が代表を務めるようになってから、いろいろと社内体制を変えてね。いや、変えたというより、整えたという表現が正しいのかもしれない。今までおざなりにしていた部分や、いつの間にか不平等になっていたところを見直したんだ」

「た、例えば、どういった部分を？」

「とても基本的なことだよ。従業員がより一層仕事に励むことができるように、働きやすい環境を整えたんだ。残業ゼロの徹底もそれに当てはまるね。福利厚生の充実、社内食堂やカフェのリニューアル、出産や育児休暇、有給休暇の取得推進と、それに伴うチームのフォロー」

誠さんがひとつずつ例をあげて説明してくれる。頭の中でメモをとりつつ、私は頷いた。

「従業員の満足度が業績に反映されて、いい循環が生まれた。今のところは、うまくいっているみたいだ。でも、それだけではいずれ限界がくる。まだ、根本的なところが改善されていないからね」

「根本的なところ……」

「単純な話だ。ベースアップだよ。会社が好調になれば、従業員にも利益を還元させるのは、当たり前の話だ。でも、それがうまくいかないのが現実でね。父も俺も話し合っているんだけど……」

役員にもいろいろな人がいるんだよ、と誠さんがぼやく。

なるほど、賃金や役員報酬、そして株主の配当金。お金の話はシビアだ。それこそ、会社が大きくなればなるほど、話が複雑になっていくのだろう。

会社や従業員を守るのは、会社の規模にかかわらずやっぱり苦労するところなんだなぁ。

その後も、誠さんは仕事の話をしながら車を走らせた。高速道路のサービスエリアで休憩を取るとき、私はトイレでスマートフォンにメモをした。

聞いた話が改革の内容と言えるのかはわからないが、ひとまずまとめて送ったらいいだろう。

ちくりと、胸にトゲが刺さったような錯覚に陥る。……痛い。実際にはトゲなんか刺さってないのに、すごく胸が痛い。

誠さんと話をするたび、彼を知るたび、この痛みが強くなっている気がする。

彼と楽しい時間を過ごすと、その分、ひとりになった時に反動が来て、酷い自己嫌悪に陥るのだ。

……このまま誠さんを騙し続けることに、果たして私の心は耐えられるのだろうか。

この例えようもない罪悪感を押し込んで、誠さんを欺けるのだろうか。

ギュッと目を瞑って、スマートフォンをバッグに仕舞う。今はまだ、この歩みを止めてはいけない。

従業員のことを考える誠さんと同じように、私にも、守りたいものがあるのだから。

目的地に到着すると、誠さんは港近くの博物館の駐車場に車を停めた。

「美沙にぜひ見てもらいたいものがあるけれど、それは後で。まずは博物館に行こうか」

その博物館には、港の歴史パネルや帆船(はんせん)の模型が展示されている。私は誠さんの丁寧な説明を聞きながら、展示物を見て回った。

「……こんな感じで、日本の港は時代に翻弄(ほんろう)されつつも進化を遂げてきた。船もまた、同じように変わってきたんだよ」

「戦争によって効率が重視され、規格化して大量生産に繋がったというのは、皮肉な話ですよね」

「そうだね。だからこそ俺たちは、過去の遺産を平和利用しなくてはいけないと思うんだ」

「私もそう思います。……ふぅん、コンテナ輸送がはじまったのは意外と最近の話なんですね」

「うん。イギリスの有名な豪華客船が入港したのは、七十年代だから……って、あ……」

並べられた展示パネルを見ながら話していると、突然、誠さんが口をつぐんだ。不思議に思って見上げると、彼は少し困ったような顔をして俯(うつむ)いている。

「その、ごめん。夢中になって話してしまった。美沙もさすがにつまらないよな。こんな、歴史の話なんて」

彼はばつが悪そうに頭を掻いている。私は「えっ」と声を出して、首を横に振った。

「全然つまらなくないですよ。とても楽しいです」

「本当に？　歴史の授業を聞いてるみたいだって、思わない？」

「歴史の授業って面白いじゃないですか。私は好きですよ」

私がそう言うと、誠さんは驚いたように目を丸くした。

「人類の歴史は、技術の歴史でもあります。歴史を知ることで、私の技術をもっとたくさんの人の幸せにつなげたい——そう、強く決意できるから、歴史の話を聞くのは好きですよ」

展示物を見ながら言ってみる。すると誠さんは、黙ったままジッと私を見つめてきた。

「え、あの、なんですか？」

「……いや。美沙は……本当に」

誠さんが何かをぼそぼそとこぼす。よくわからなかったので聞き返そうとしたその時、彼のポケットに入っているスマートフォンがブブブと震えた。

「っと、しまった。もう時間だ」

「時間？」

「見逃してはいけないと思って、アラームをかけておいたんだ。これから外に出て、帆船を見に行こう」

少し急ぐのか、誠さんが私の手をぎゅっと握って引いた。ドキンと胸が高鳴って、顔が熱くなる。

彼と博物館を出て、公園をしばらく歩くと、大きな船が見えてきた。

「あれが、帆船ですか？」

「そう。……間に合ったな。よかった」

誠さんがホッとした声を出す。そして巨大な船の全体を見られるくらいの距離で立ち止まり、私の肩を抱き寄せてきた。

「えっ」

突然のことに私は慌てる。しかし誠さんは構わず、「はじまった」と船を指さした。

晴れ渡る空の下に鎮座する、白亜の大きな船。甲板には三本のマストが立っていて、ゆっくりと白い帆が下りていく。

「わあ……！　素敵！」

「壮観な眺めだろう？　総帆展帆といって、展示用にすべての帆を広げているんだ。なにせ三十枚近くの帆だから作業が大変でね。日にちや時間を決めているんだよ」

完全にすべての帆が広げられた巨大な帆船は、思いがけず感動的だった。これが目的の観客も多いらしく、周囲の人々はこぞって写真を撮っている。

私も記念に一枚撮りたいな。

バッグからスマートフォンを取り出すと、誠さんが「どうしたの？」と聞いてきた。

「写真、撮りたくて」

「ああ、いいね。一緒に撮る？」

「え……っと、は、はい。誠さんがいいなら」

貸して、と誠さんに言われて、私はスマートフォンを渡す。彼はカメラ機能を起動させ、インカメラに設定すると、私の肩をぐっと抱き寄せた。

「ひゃっ！」

「ほら、もっとくっつかないと、見切れちゃうよ？」

顔が妙に熱くなって、目がグルグル回ってしまう。頬がくっつきそうなほど、誠さんと接近する。

「美沙、カメラを見て。笑顔ね」

「は、はい」

言われるがまま、にへらと笑った瞬間、誠さんはシャッターを押した。私の顔は、真っ赤になっているかもしれない……

写真を撮り終えると、誠さんの体が離れる。スマートフォンを返してもらって、ホッと一息ついた。

誠さんは、「写真、後で送ってね」と微笑んでくる。私はドキドキして頷くことしかできなかったが、彼は普段と変わらない態度だ。彼にとって、これくらい接近するのは大したことではないのだろうか？　だとしたら、恐ろしい人である。

私がスマートフォンをバッグに仕舞うと、誠さんは手を繋いでくる。そして、帆船の中に入った。どうやら船内も見学することができるらしい。

なじみのない船の部品が珍しくて、気づけば見入ってしまう。

操舵室にはレプリカの舵輪があって、自由に触ってもいいらしい。私がつやつや光る舵輪を眺めていると、誠さんがくすりと笑った。

「写真、撮る？」

「あ、いえ！　大丈夫です！　でも、ちょっと触りたいなぁ……なんて」

順番を待って、私は舵輪に触れた。

「こんな部品ひとつで大きな船を動かせるなんてすごいですね。構造はどうなっているんだろう」

「基本は車と同じだよ。違うところを挙げるとするなら、船にはブレーキがないことかな」

「それは聞いたことがあります。接岸は高い操舵技術が必要なんですよね。う〜ん、職人技って感じ。私も船を動かしてみたいなあ。おもかじいっぱーい！」

勢いよくくるくると舵を回して、ハッと我に返る。いつの間にか滅茶苦茶、素に戻っていた！

「す、すみません……今のは、ナシで……」

「くっく……美沙は、面白いね」

誠さんが口元を手で押さえ、堪えるように笑う。私はその場をごまかすように舵輪から離れ、早足で残りの船室を見学して回った。

ランチは、誠さんおすすめの海が見えるカフェで、おいしいパンケーキのセットをいただく。

「スイーツが好きなんだろう？　パンケーキは鉄板だよな」

そう言われたけど、それはお嬢様の設定として無難そうだったから、言っただけだ。私はお店でパンケーキを食べたことなんてない。

でも、そこのパンケーキは驚くほどおいしくて、感動してしまった。

「な、なにこれ！　すごくおいしいです。家で作るホットケーキと全然違います！」

私が夢中になって食べていると、誠さんも同じパンケーキを食べながら「おいしいね」と微笑んだ。甘いパンケーキのあとに飲むコーヒーは、ほどよい苦みとコクで口の中がさっぱりする。

「コーヒーもおいしいですね。パンケーキにとっても合います」

「ああ、ここの店主はコーヒー豆にもこだわっているようだね。食事に合わせて豆の種類を選んでいるところが、非常に好感を持てる。また来ようね」

ニッコリと微笑まれて、私はドキドキしながら「はい」と頷いた。

ランチを終えると、駐車場に戻って車に乗り込む。運転をはじめたところで、誠さんは「そうだ」と思い出したように声を上げた。

「美沙、これからの予定なんだけど」

「はい」

「よかったら、うちに来ないか？」

「え？」

目を丸くすると、誠さんは照れたように笑う。

「船の模型を飾っていてね。美沙に見てもらいたいんだ」

そう言った直後、赤信号で車が停まる。誠さんは、横目でチラリと視線を送ってきた。その流し目のような視線に照れて、私は俯く。

「い、いいんですか？　お付き合いしてまだ間もないのに、いきなりおうちなんて」

「いいんじゃないか。だって、恋人同士だろう？」

くす、とからかうように笑われて、私はますます照れてしまう。

でも確かに、誠さんの言う通り……私たちは付き合っている。それなら、家に遊びにいくのも、おかしくはないのかな？　それに船の模型を見たいし、誠さんの住んでいる家がどんなところか、ちょっと見てみたい。

「じゃあ、あの、お言葉に甘えて……お邪魔します」

もじもじと了承すると、誠さんは「よかった」と笑った。

それから高速道路をしばらく走り、一般道に降りる。そこは紗月重工のあるビジネス街の隣街で、目もくらむような高層マンションが並んでいた。

「このあたりは、規模が小さいながらも住宅地になっていてね。近くに大きな噴水公園があるんだ。そこの近くにはいろいろな雑貨屋があって、暇つぶしに見て回るのが好きなんだよ」

「へえ、雑貨屋さん。きっとお洒落(しゃれ)なお店なんでしょうね」

車窓からの景色を眺めながらそう言うと、誠さんはクスクスと笑った。

「美沙にとってお洒落(しゃれ)なお店って、どんな感じなんだ？」

「え？　えーと、内装が洗練されていて、扱っているものもこだわりがあるところ、ですかね？　たとえば、自分好みのシリアルを作れるお店とか、蜂蜜(はちみつ)専門店とか……」

テレビで見たままの知識を口にすると、誠さんは楽しそうに笑う。

「残念ながら、シリアルの店はないな。でも蜂蜜(はちみつ)専門店はある。そのうち一緒に行ってみよう。蜂蜜(はちみつ)の種類が豊富で、自分好みのものを見つけるのが楽しいんだよ」

「それは面白そうですね。誠さんはお気に入りの蜂蜜(はちみつ)を見つけたんですか？」

「うん。まだ家にあったはずだから、後でご馳走(ちそう)するよ」

誠さんの好きな蜂蜜(はちみつ)かぁ。ちょっと気になる。

そんなことを考えながら車の振動に身を任せていると、やがて目的地に到着した。それは階数を数える気にもならないほどのタワーマンション。誠さんはそこの広い駐車場に車を停める。

エントランスはまるでホテルのロビーみたいな内装で、高級感が溢(あふ)れていた。そしてフロントには男性がひとり立っている。もしやこれは、コンシェルジュというやつだろうか。

「おかえりなさいませ、紗月様。手紙と小包を預かっております」

「ありがとう」

誠さんが礼を言うと、男性はカウンターに四角い小包と数通の手紙を置く。誠さんはそれを手に取り、「行こうか」と私に微笑みかけた。

コツコツと靴音の響くロビーを歩き、エレベーターに乗って誠さんが押したボタンは最上階の三十階。

「このマンションの上層部は、一階層に一部屋という造りになっていてね。プライベートが完全に守られるところが気に入っているんだ」

しばらくすると、エレベーターはチンと軽快な音を立てて三十階に到着する。扉が開くと、目の前には重厚な玄関ドアがあった。なんだか、すごい。

しかも、誠さんがボタンを押しただけで、カチンと鍵が開錠する。どうやら電子錠がついているらしい。

存在は知っていたけれど、実際に見るのは初めてで、思わず「おお」と感嘆の声を上げてしまう。

「これって、身につけている鍵に、電子センサーが反応するシステムですよね?」

「そう、車の解錠に似ているね」

誠さんがドアを開けると、白を基調とした玄関が広がっている。高い天井には天窓がついていた。

「天窓は、最上階の特権というところだね。設計開発部の建物も、これがヒントだったんだよ」

「なるほど。確かに、日差しがまっすぐ玄関に注(そそ)がれると、お昼は照明いらずですね」

感心しながら靴を脱ぐと、誠さんがスリッパを貸してくれる。

「そこはトイレで、こっちがパントリールームに繋がっているんだ」

「ぱ、ぱんとりーるーむ?」

「うん。君の実家にもあるだろう?」

あたかも当然のように言ってくる。おそらくお金持ちの家には必ず、『ぱんとりーるーむ』があるのだろう。

「そっ、そう。そうですね。当然ありますよ。ぱんとりーるーむ。パ、パンとか、いっぱい置かなきゃならないですからね」

なんとなく、パンを置く場所かなとあたりをつけてそう言うと、誠さんは「うんうん」と頷いた。よかった、意味は合っていたようだ。

「パントリールームはキッチンと直通になっていてね。たくさん食料を買い込んだ時に便利なんだ。まあ、一人暮らしだからそんなに買い込まないんだけどね」

引き続き、誠さんは「そっちが洗面所、お風呂」と指をさして教えてくれた。私は頷きながら、彼について歩く。そして彼は、玄関から見て正面にあるガラスの観音扉を開けた。

「わっ、わぁ……！」

無意識に声が出てしまったのは、不可抗力だ。

今の自分は『北條のお嬢様』なのだから、本当は驚かないほうがいい。そうわかっていても、無理だった。感動を抑えきれないくらい、そのリビングは素敵だったのだ。

まるでドラマや映画に出てくるお部屋みたい。窓側は扇形になっていて、アーチの曲線をたどるように窓が並んでいる。さらに天井を見上げれば、丸くて大きな天窓がついていた。

左側にはカウンターのある大きなキッチン。右側は一段高くなっており、黒いソファと大きなテレビが置かれている。天窓の下にはふかふかの白いラグが敷かれていた。

「ここ、夜は星空や月が見えるんだ。逆に太陽が照り付ける日なんかは、リモコンで天窓にシャッターを閉めることもできるんだよ」

「すごい！　便利にできてるんですね。うわぁ……プラネタリウムみたい。夜は本当に綺麗なんだろうなあ……」

このふかふかのラグに寝転がって星空を眺めるなんて、最高の贅沢だろう。私が空を見上げていると、誠さんはくすりと笑って、テレビやソファがあるほうを指さした。

「そこに船の模型を飾ってあるから見ておいで。俺は紅茶を淹れてくるね」

そう言ってキッチンに行く誠さんを見送り、私はソファのほうへ向かった。壁を背にして置かれたガラス窓付きの大きな書棚の中には、たくさんの船の模型が飾られている。

「うわ～素敵。しかもこれ、手作りだ……。誠さんが作ったのかな？」

思わず声を漏らしてしまう。誠さんが小さな部品にボンドを塗る姿が、どうにも想像できない。

「あれ、でもこれ……ちょっと、ヘタかも」

ぽつりと呟く。細かいパーツが曲がっていたり、ボンドの塗りが足りなかったのか、パーツが少しずれている模型もある。

それらを見ていると、誠さんがティーセットを用意しながら声をかけてきた。

「どう？　船の模型」

「あ、とても素敵です。……でも」

もじもじと手を組み合わせ、言いよどむ。誠さんは不思議そうに私を見た。

こういうのって、正直に言っていいのかな、それとも言わないほうがいいのかな。

うーん……普通におだてて持ち上げたほうが、向こうもいい気分になるだろう。

「あの、とっても綺麗な模型ばっかりで、見入ってしまいました。これ、誠さんが作ったんですか？」

「うん。暇を見つけて自分で組み立てたよ。でも、美沙？」

「はい。……わっ！」

誠さんが近づいてきて、書棚のガラス窓に手をついた。私は彼の体と書棚の間に挟まれる。彼の上品なオーデコロンの香りがわかるほど近づかれて、私は慌ててしまった。

「思ったことは正直に言ったほうがいい。俺は、君のそういうところが好きなんだから」

「すっ、好き!?」

顔がかーっと熱くなる。そのまま硬直していると、クックッと耳元で笑われた。

「遠慮する必要はない。思ったことを言ってみて？」

みぞおちにぞくんとくる低い声が、耳の中にダイレクトに響く。そして彼に手を引かれ、私はソファに座った。誠さんは「どうぞ」と私の言葉を促す。

「あ……あの。船の模型なんですけど、下のほうに飾られている模型は、作りが甘いところがあったので、気になったんです」

懸命に言葉を選びながら言う。ミルクのピッチャーを手に取った誠さんは、「ああ」と笑いながら相槌を打った。

「そう、俺は手先が不器用なんだ。ずっと下手の横好きでね。……ミルク、いる？」

「あ、はい、入れてください。誠さんが不器用だなんて、信じられないですけど……」

なんでもソツなくこなす超人みたいだと思っていた。誠さんは照れ笑いをして、私のカップにミルクを注いでくれる。

「会社では何かと注目されるからね。他人を落胆させないようにごまかすので、精一杯だよ。本当は不器用だし、暇があれば家の中で模型と格闘してるインドア派だし、書斎の中も船の図鑑でいっぱいなんだ。そんなことを知られて、友人に呆れられて、趣味を変えたほうがいいと苦言を呈されたこともある。……幻滅したかな？」

穏やかな目で問われて、私はフルフルと首を横に振る。幻滅なんてまったくしていない。手先が不器用なのはがっかりするほどではないし、趣味に熱中するのは素敵なことだ。

それにしても、誠さんは結構人の目を気にするタイプだったのか。人から常に注目される立場って、大変なんだろうな。

私の反応を見て、誠さんはホッとしたように肩から力を抜いた。

私は淹れてもらったミルクティーをコクリと飲む。誠さんはテーブルの上に置かれていたハニーポットを持ち上げた。

「これ、さっき話してた蜂蜜。入れてみる？　この茶葉のミルクティーにぴったりなんだ」

「入れてみます！」

誠さんはハニーポットのふたを開け、ハニーディッパーで金色の蜂蜜を私のカップに入れてくる。

「とてもいい香り……」

「これはラベンダーの蜂蜜なんだよ。はい、飲んでみて」

すすめられるままに、飲んでみる。すると、口の中に優しい甘味と香りが広がった。

「わあ！　おいしい！　すごくまろやかな感じがします！」

「そうだろう？　食事によってコーヒーの豆を変えるみたいに、蜂蜜も、使う料理や飲み物によって種類を使い分けると、本当に楽しくなるんだ。気に入ってもらえてよかったよ」

ニコニコと誠さんが微笑む。私も嬉しくなって、ミルクティーをじっくり味わった。穏やかで心地よい、のんびりした時間が流れる。

正直、外でデートをしているよりも、ここでゆっくりしているほうが好きかもしれない。誠さんが地道に作り続けた模型も、飽きずにずっと見ていられる。

そんな私に、誠さんはなんだか落ち着かないようだ。

「家に誘ったのは俺なのに、そんな風にじっと模型を見られると、恥ずかしくなってくるな」

「あはは。あんまり見ないほうがいいですか？」

「いや、そんなことはない。嬉しくて……その、むずがゆい感覚なんだ。そんな風に見てくれる人は、今までいなかったから」

照れくさそうに頭を掻いて、ミルクティーを飲む誠さん。彼の照れ顔にあてられたみたいに、私の顔も熱くなっていく。

「あ、あの、正直言って私は、帆船のことはほとんど知りませんでした。でも、今日は本物の帆船を見せてもらって、こうやって誠さんの家で模型を見ることができて、とても好きになりました」

恥ずかしくて顔を逸らしたくなるのを堪えて、誠さんを見つめる。彼は少しぽうっとした様子で、私を見返してきた。

「誠さんの作った模型も素敵です。確かにところどころ不器用そうなところがありましたけど、それは逆に味があって、いいと思いました。何より、誠さんは本当に船が好きなんだなぁって伝わって、嬉しくなったといいますか。……その、誠さんを、ちゃんと知ることができた気がして」

だんだんと、恥ずかしさに耐えきれなくなる。思わず俯（うつむ）くと、誠さんの指が私の顎（あご）に添えられた。そして、ゆっくりと上に向かされる。

「……美沙」

「は、はい」

「キス、していいかな」

私は、「へっ!?」と間（ま）の抜けた声を漏（も）らした。しかし誠さんは真剣な顔をしている。

私が驚きのあまり固まっていると、彼はしばらくして穏やかに微笑んだ。

「俺たち、付き合っているんだよね。……それとも、キスはまだ待ったほうがいい？」

「あ……」

「君を怖がらせたくないから段階は踏むつもりだよ。無理強（むりじ）いもしない。でも、少しずつでもいいから、俺に慣れてほしいって、思ってる。……だめかな？」

とろけそうなほど優しい、誠さんの目。彼は本当に、私と真面目に付き合っているんだ。

――私は彼を騙していたのに。偽りの立場で、部屋にまで上がり込んでいるのに。

一度は怖くて逃げてしまった私に、少しずつ歩み寄ろうとしてくれている。

例えようもなく申し訳なくなって、ごめんなさいと謝りそうになった。でも、すんでのところで思いとどまる。

膝に置いていた手を、ぎゅっと握った。大丈夫……今なら、怖くない。キスだけなら、クリアできるはず。

「わ、わかりました。初めて……なので、やり方はよくわかっていませんけど……どうぞ」

覚悟を決めて誠さんを見つめると、彼は目を丸くした。今時、キスが初めてという女に驚いているのだろうか。それとも、北條のお嬢様はキスくらいスマートにできて当たり前だと思っていたのか。彼の表情だけではわからない。

ただ、誠さんは横を向くと「まったく……」と呟いた。その呆れた口調に私が不安を覚えたと同時に、彼はぐっと私の体を引き寄せる。

「あっ、んっ……！」

驚いたのは一瞬。あとは、初めての感覚に体中がびくついた。

誠さんの柔らかい唇が私の唇と重なる。口紅がつくかなと心配したが、そんな余裕はすぐに吹き飛んでしまった。

「ふっ、ン、……んんっ」

息を継ぐ間もない。誠さんは食むように唇を重ねると、次は大きく口を開けて、噛み付くようにキスをしてくる。

ぐちゅりと音がしそうなほど濃厚に啄んで、はぁ、と誠さんの熱い息が私の口の中に入った。チュ、と軽い音が鳴って、唇がぴったりと合わさる。

ほのかに香るのは、誠さんの上品なフレグランスと、甘い蜂蜜の匂い。

息苦しくて、体が熱くて、頭がくらくらして。私はすがるように誠さんのシャツを掴む。

誠さんの唇はあくまで優しく、何度も私の唇を啄んでは、ねっとりと重ねてきた。

「……は、ぁ」

唇の隙間から、息を吸い込む。

ちゅ、ちゅ、と軽く唇を食まれ、チロリと柔らかく舐められる。

ぞわりと全身に走る初めての感覚は、ただひたすらに甘く、息が上がった。

その時、私の腰を抱きしめていた誠さんの手が、ゆっくりと動き出す。腰からお腹に手のひらが移動し、それはやがて、そっと胸を包み込んだ。

「ん、あっ……！」

ビクッとして、体が震え出す。誠さんは服の上から私の胸に触れ、その形を確かめるように撫でてきた。

「はっ、ま、まこと……さん」

「……嫌？」

誠さんが耳元で囁く。私は無言で首を横に振った。体は震えているけれど、以前感じた恐怖はない。

「い……や、じゃ、ない」

恥ずかしさに目を瞑りながら答えると、フ、と誠さんが小さく笑う気配がした。

そして私の体がふわりと浮き上がる。

「ひゃっ!!」

驚いて思わず目を開けると、誠さんは私を軽々と抱き上げていた。そして彼の膝の上で横抱きにされる。

「俺を見て」

誠さんは、私の頬に触れる。そして顔を近づけ、キスをしてきた。

「……ん……ふ……っ」

ちゅ、ちゅう。かすかに聞こえる、秘めるような水音。

誠さんは私の下唇を何度も啄み、胸をくにゅ、と手の内でこねた。

「あ、……はっ、ン！」

びくんと体が震えて、えも言われぬ感覚がぞくぞくと体中を襲う。

「や……っ……、あ……あの、まこと……さん……っ」

「ん？」

ちゅく、と濃密に唇を合わせてから、誠さんが切れ長の目をゆっくりと開く。

「こっ……いうの、……ふっ……みんな、付き合ってると……するの？」

「どうかな？」

フフ、と小さく笑って、誠さんは服の上から優しく胸を揉みほぐした。

「付き合い方は千差万別だから、みんなが同じようにするわけじゃないと思うよ。ただ、俺はしたい。……だって、美沙をよく知りたいし、もっと仲良くなりたいから」

「ハ……っ、なか、よく……、ん、……ふぅ……っ」

また唇を落とされる。彼はくちゅりと大きく吸い付き、はぁ、と熱い息をかけてきた。

「美沙は、俺と、仲良くなりたい？」

ジー……と、ワンピースのジッパーをゆっくりと下ろされる。ドキドキしすぎて、胸が痛くなりそう。でも、今は嫌じゃない。ここが、誠さんの部屋だからだろうか。

この場所は不思議と安心感があった。すぐそばに、彼の好きなもの――船の模型が置かれていて、温かい家の匂いがするからだろうか。

「仲良く……なりたい。あ、でも……ま、だ……」

「大丈夫、急ぐつもりはないよ。少しずつ俺に慣れたらいいって、言っただろう？」

誠さんはくすりと笑って、ワンピースを肩までずらす。そしてブラのホックを外し、襟口(えりぐち)から大きな手を差し込んだ。

「……あっ！」

「俺を見て」

震えながら誠さんを見上げる。すると彼は唇を合わせながら、胸をじかに触ってきた。

「はぁ……っ、んん……っ！」

体がビクビクと勝手に反応し、変な声が出る。どうして私……こんな声が出るの？

「気持ちよさそうだな。よかった、嫌がられなくて」

「嫌、じゃ……なっ……ん！　でも、きもち……い、い？」

私の疑問に、誠さんは「ああ」と頷(うなず)く。

「気持ちよさそうな声を出してくれてるからね。悦(よ)かったのは……ここ？」

きゅっと胸の尖(とが)りを抓(つね)られた。甘い痺(しび)れが、体全体に響き渡る。

「あっ、あぁ！」

名前のわからない、ゾクゾクする感覚。そうか……これが、気持ちいいってことなんだ。

「可愛い、美沙。キスしよう」

「ん、ん……っ」

私が答える前にキスを落とされる。誠さんは唇をぴったりと合わせ、薄く開いた私の口の中に、とろりと舌を差し込んできた。

「ひゃ、んンっ！」

驚いたのもつかの間、誠さんは舌先で私の舌をたどり、ヌルリと歯列を舐（な）める。同時に私は胸の尖（とが）りをくりくりと扱（しご）かれ、甘い気持ちよさがぐんと強まった。

体中を愛撫（あいぶ）されているみたい。体がビクビクと震えて、気持ちがいい以外のことを考えられなくなる。

ちゅ、ぬちゅ、くちゅ。水音を立てながら、深いキスは私を翻弄（ほんろう）する。

やがて大きく舌がうねり、私の舌を再び絡めとった。そして濃厚に触れ合った後、ちゅうと淫（みだ）らな音と共に舌を吸う。

ぐり、と胸の尖（とが）りが抓（つね）られ、緩く引っ張られた。

「あっ、あぁ……っ、……ふ……っ、んん、は……ぁっ」

自分の口から、信じられないほど高い声が出る。それは吐息すら甘く感じる声。

いつの間にか汗をかいていた。体は熱く、心臓が早鐘（はやがね）を打っている。

はぁ、と息を継ぐと、誠さんは口づけをやめて、私の首筋にちゅうと吸いついた。

「や、ぁ……ん！」

「……美沙らしい、可愛い胸だな」

耳元で囁かれる。「え」と呟きながら下を見ると、いつの間にか片方の胸が露わになっていた。ぷっくりと膨らんだ赤い尖りは、ツンと上を向いている。

「や……っ、あ……はずかし……い」

「うん。恥ずかしがる美沙はたまらないな。もっと、恥ずかしがらせたくなる」

「……誠さん、ちょっと……いじわる……あぁっ！」

コリリと胸の尖りを摘まれる。私がびくんと体を震わせて声を上げると、誠さんは耳朶に唇を這わせ、チュ、と音を鳴らした。

「ん、ん、耳……はっ」

「美沙は弱いところがたくさんありそうだな。……ふふ、少しずつ君を知っていくのが、とても楽しい。ほら、俺がずっと弄ってたところ。君が可愛い声を上げてくれたところ。……ここだよ？」

「あっ、ヤ、……んっ！　はぁ……っ、あぁっ」

ツンツンと尖りをつつかれる。さらに彼の親指は赤い頂をころころと転がした。震えるような快感が私を襲ってくる。

胸を弄られるなんて、恥ずかしい。でも、気持ちがいい。

どうしたらいいかわからなくなって、フルフルと首を横に振った。すると誠さんは

「ちょっと悪戯しすぎたかな」と呟き、胸から手を離して唇を重ねてくる。

「ん……」

優しい。最初にしてくれたような、触れ合うだけのキス。

心地よいキスに身を任せていると、そっとブラを整えられ、ワンピースを元の位置に戻されて、ジッパーを上げられた。

まるでさっきまでの時間が特別だったかのように、あたりはシンと静まり返る。

ちゅ、ちゅ、という小さな水音だけが、その場を支配した。

やがて誠さんがゆっくりと唇を離し、優しい目で言う。

「本当はもっとしたいんだけど、今日はこのあたりでやめておこう」

「は、はい……」

私はコクコクと頷くことしかできない。顔はきっと、ゆでだこみたいに真っ赤になっているだろう。

「ほんと、美沙は可愛いな。自制するのが大変なくらい、たまらなくなるよ」

誠さんはどさりとソファの背もたれに身を預けると、私の頭に手を添えて抱き寄せてくる。ふわんと彼のオーデコロンの香りがして、ますます恥ずかしくなった。

なんだか、本当の恋人同士みたい。誠さんの胸、広くて気持ちいい。

「まったく……君には敵わない」

ポソリと誠さんが呟く。よく聞こえなくて、私が「え？」と顔を上げると、彼はニッコリと微笑み「なんでもないよ」と額に口づけてきた。


休みが明けた月曜日。

時刻は朝の六時半。私はいつもどおり、出社前に報告書を書かなくてはいけない。しかしタブレットをテーブルに置いたまま、ぼーっと虚空を眺めていた。

誠さんと……キス、した。

その様子を思い出し、思わずテーブルに突っ伏して頭を横に振る。

「わーっ！」

恥ずかしい！　あの時は流れに身を任せるようにキスをしてしまったけど、冷静になって思い出すと、とても恥ずかしい。

しかも誠さんは私の胸を触ってきて……

「うわあああ！」

彼の手の感触をリアルに思い出して、今度は床をゴロゴロ転がった。

私は一昨日の土曜日、誠さんにマンションまで送ってもらってから、ずっとこんな調子である。昨日なんて一日中ぼんやりして、ふわふわと彼とのやりとりを思い出してしまっていた。そして恥ずかしさにうろたえたり、うめき声を上げたりと、挙動不審な行動を繰り返していたのだ。報告書も書こうと思っていたのに、まったく手につかなかった。

でも、そろそろ気合いを入れて報告書を書かないといけない。会社に行く時間に間に合わなくなってしまう。

「とりあえず、誠さんから聞いた会社の情報をまとめよう。えっと……」

スマートフォンを取り出して、メモした文章を表示させる。確か、紗月重工の業績が伸びたのは、福利厚生を充実させたからなんだっけ。

「残業の廃止と、人材の確保、育成……それから、出産や育児休暇、有給休暇を、積極的に取るよう……社員を促し……と。うーん、よく考えてみると、これって結構普通のことじゃない?」

完成した報告書を眺めて、渋面になる。

誠さんが話していた改善点は、ニュースでよく言われているような働き方改革、そのものだった。

確かに、社員にとって理想的な職場に近づいただろう。それによって社員のモチベーションが上がって、いい結果に繋がったというのもわかる。現実的に、こんな風に職場環境を改善してくれる会社は、多くないだろう。

でも……これくらいの改善で、あんなにも業績が伸びるものなのだろうか。

「私に言ってないだけで、まだ何かあるのかも……」

その可能性は大いにある。特別な施策を行ったのであれば、おいそれと口にしないだろう。

となれば、まだまだ誠さんから情報を聞き出さなくてはいけない。

「は～……」

メールを送信してから、ぺたんとテーブルに突っ伏す。

心が、痛い。

酷くきしむようだ。私はギュッとブラウスの胸元を握りしめると、下唇を強く噛む。

誠さんを知れば知るほど、この痛みは強くなっていく。

罪悪感――そして、明確な言葉にできない、何かの感情。そのふたつは、誠さんと共に過ごすたびに大きくなる。おかげで、心が痛い痛いと泣き叫ぶ。

誠さんはとてもいい人だ。優しくて、紳士で、気遣い上手で、世の中にはこんなに完璧な人がいるのかと思うほど、できた人だった。

だからこそ、つらい。いい人だから苦しい。

彼を騙している自分が最低な人間だと思い知らされて、時々……消えてしまいたくなる。

でも、それでも……私は、まだ、この生活を続けなければならない。

「あと少し……そう、もう少しで終わるはずだよ。こんな綱渡りみたいな偽りの生活が長く持たないなんて、桂馬重工だってわかってるはず。とにかく、やるべきことをやればいいんだ」

テーブルにはタブレットの他に、小さなケースがひとつ、置いてある。

それを手にとってふたを開けた。中に入っているのは、コチコチと時を刻む美しい懐中時計。前に誠さんが買ってくれて、いつか返そうと思いながら、そのままになっている……大切な宝物だ。

私は懐中時計を手に取ると、キリキリとねじを巻き上げた。この時計はぜんまいを動力とするねじまき式で、リューズと呼ばれるねじを毎日回さないと、時計が止まってしまう。

巻き上げる時間は、毎日同じ時間が望ましい。ゼンマイで動くため、ねじを巻き上げると中のトルクが速くなり、動力が少なくなると遅くなる。ねじまきの懐中時計は、毎日のメンテナンスが欠かせない、とても繊細で面倒臭い品なのだ。

「まぁ、私は……そういうところが好きだけど」

キリキリキリ。リューズを回すのは、まるで時計に命を吹き込んでいるかのようだ。リューズを摘まんだまま、次は反対方向に一回転させ、またキリキリと巻き上げる。ねじは速く巻いてもいけない。ゆっくり、時間をかけて、余裕をもって巻く。

そうすることで、内部の機械摩耗が少なくなるのだ。つまり、時計が長持ちする。

――このねじを回すたび、私を思ってください――

ふいに、誠さんの声が頭に響いた。顔が熱くなって、首を横に振る。

ねじを巻いても巻かなくても、私は誠さんのことばかり考えている。

こんな綱渡りのような生活は長続きしない。……それはわかっているのに、今日も会社で誠さんに会えるのを楽しみにしている。こんなに不安でいっぱいなのに、彼を見るとなぜか嬉しくなる。

その感情の名前が何か。私はすでに、答えを得ていた。

でも、認めたくなくて、思考にふたをする。そう、考えてはいけないんだ。

キリ、と懐中時計のリューズを最後まで巻いた。すると、カチカチと先ほどよりも元気のいい音で、針が動きだす。

――これ以上深みにはまってはいけない。私は伍嶋美沙。でも、誠さんの前では北條美沙だ。

それがすべて。私は紗月重工に潜入し、彼を騙して機密情報を得ようとしているスパイであり、そのために北條の名を騙っている。

そんな私が、こんな気持ちを持つことは……許されない。

――紗月誠さんが好きかもしれない、だなんて。

朝の用事を終えて出勤し、いつも通りの仕事をはじめる。はじめは戸惑うことも多かったけれど、三週間を超え、だいぶ慣れてきた。

私の主な仕事は、設計開発部の雑務全般。そして刈谷さんたちのチームでのお手伝い。今日は細かいファイリングの雑用を終えた後、倉敷さんから渡された試作部品の図面を起こす。お昼は刈谷さんと一緒に食堂で食べて、午後はずっと図面を引いていた。

明るいチャイム音がフロア内に響く。それは終業時刻のお知らせだ。私はちょうど出来上がった図面のデータを倉敷さんのパソコンに送ってから、ウーンと背伸びをした。

今日も無事に終わった。仕事だけは順調だなあ。刈谷さんもみんなも教え方が上手だから、どんどん仕事を覚えてしまう。それが楽しくて、とてもやりがいを感じる。

偽りの姓で潜入しておいて、仕事に充実感を覚えてどうするんだ、と自分でも思うけど、まあ、実家の工場ではやらないような仕事を体験するのも、いい経験だろう。

「北條ちゃーん。来週の金曜日なんだけど、夜、空けてもらえる？」

机の上を片付けていると、手島さんがやってきて、ニッコリと笑った。

「来週……はい。かまいませんけど、どうかしたんですか？」

「北條ちゃんの歓迎会。まだやってなかったでしょ？　本当は今週にしたかったんだけど、今週末は大きなコンベンションがあってさ。みんなも紗月部長も準備でバタバタなんだよ。だから、来週の金曜日がいいかなって。ちょっと先になるけど、よろしくねー」

コンベンションとは、紗月重工では子会社や関連企業を集めて、新製品や新技術、開発中の事業などを説明したり話し合ったりする大規模な会議のことをいうらしい。確かに誠さんはいつになく忙しそうだし、まわりの雰囲気も慌ただしい。そんな中、私の歓迎会のことを考えてくれていたなんて、申し訳ない。

「わかりました。気を使っていただいて、ありがとうございます」

私がぺこりと頭を下げると、手島さんは「カタいカタい！」と笑った。

「ダメだよ～北條ちゃん。そろそろ肩の力抜いてよ。俺なんか、あだ名で呼んでいいんだよ～？」

「い、いや、さすがに会社でそういうのは」

「北條ちゃんは、細かい雑務も自分からやってくれるし、刈谷のチームもそつなく手伝うし、ほんと大助かりなんだよ。みんな、喉（のど）から手が出るほどそういう子が欲しかったんだよね～」

手島さんは嬉しいことを口にする。でも、そんなことを言ってくれるなんて意外で、まじまじと手島さんを見てしまった。

彼は三週間前に比べて、ずいぶんと優しく、斜（しゃ）に構えた感じがなくなった気がする。

私の戸惑いに気がついたのか、手島さんは「いやぁ、そんなにびっくりしなくても」

と笑う。

「みんな、最初は『北條家のお嬢様』に対して、かなり思うところがあったからね。俺も態度が悪かったし……。でも北條ちゃんと接しているうちに、先入観で決めつけてたってわかったんだよね。初めの頃のことは、ごめん。でもみんな、今は北條ちゃんと仲良くしたいって思ってるんだ」

「……あ」

私はぽかんとした。

気のせいじゃなかったんだ。私自身を見て、優しくしたい、仲良くしたいと思ってくれたのか。

それは手島さんだけじゃなくて、刈谷さんや倉敷さん、六道さん、他のチームのみんなも。

胸がじんわりと熱くなる。仕事を真面目に頑張ってよかった。ようやくみんなと同じチームになれた気がする。

私はスパイだけど……嬉しいって思っても、いいよね？

「ありがとうございます。私も、みんなと仲良くなりたいです」

自分の思いを口にすると、手島さんはにへらと口元を緩める。

「いい笑顔だね～。そういえば飲み会は来週だけど、俺、今週の週末も空いてるんだよね～。よかったらふたりでお酒でも飲まない？　親睦会ってことでさ」

「はい、手島さん。そこまでですよ」

その言葉と共に、ゴス、と手島さんの頭にチョップが刺さる。手島さんが「痛ぇ！」と頭を抱えながら振り返ると、そこにはにこやかな笑顔の誠さんが立っていた。

「げっ、紗月部長。本社ビルで会議だったんじゃ！」

「今終わったんですよ。手島さん、あなたが誰を口説こうと自由ですが、北條のお嬢さんに手を出すのは、さすがにやめておいたほうが身のためじゃないですか？」

「は、はは。いやー、俺、とりあえず声をかけとく派なんで。はは。そんじゃ、お疲れ様でしたー」

手島さんはカニ歩きをするようにカサカサと横に移動すると、そのまま鞄を掴んでぴゅーっと開発部を出ていく。慌ただしい彼を見送った後、誠さんは「ハァ」とため息をついた。

「調子のいいヤツめ。まったく油断できないな」

「えっと……紗月部長……？」

なんだか珍しく、誠さんの口が悪い気がする。私が首を傾げると、彼はこちらを向いてニッコリと微笑んだ。

「失礼。彼は仕事ぶりは評価できるんですが、軽薄さには手を焼いていましてね。気に入った女性には片っ端から声をかけるクセがあるんです。昔は刈谷にも声をかけていたんですよ」

「へ、へえ……刈谷さんはなんと返したんですか？」

私が誠さんに問いかけると、いきなり後ろからポンと肩を叩かれた。

「私、あなたの大嫌いな大酒飲みだけど、大丈夫？　って答えたのよ」

後ろにいたのは、刈谷さんだ。私は振り向き「なるほど」と頷く。

「手島さんは、お酒をたくさん飲む人が嫌いなんですか」

「というより、酔わせられない女が好きじゃないの。だって、口説けないでしょ？」

「お、お酒の力を借りて口説くのはどうかと……」

私が呆れ気味に言うと、刈谷さんも「そうでしょ～！」と笑った。

「そういうところがヘタレなのよね～。まあ、憎めないヤツだけど、もうちょっと大人の余裕が欲しいところね。そんじゃ、私もお先でーす！」

サッと手を上げて、刈谷さんが開発部を出て行った。ムードメーカーで明るい彼女がいなくなると、部屋の雰囲気が一気に静かになる。

「私たちも帰りましょうか。北條さん」

「あ、はい……。……え？」

頷きかけたが、驚いて誠さんを見上げる。約束はしていなかったはずだけど、どうして誠さんと一緒に帰ることになっているのだろう？

「あなたのマンションまで送りますよ。もし、帰り道でお買い物をされるのでしたら、荷物持ちくらいはさせてください」

「え……あっ、その。そ、そこまでしていただかなくても」

「一人暮らしでは買い物をするのも大変でしょう。車なら荷物を運ぶのも楽ですし、こういう時くらい、私を頼ってください」

誠さんはニコニコ笑顔で親切に言ってくれる。『結構です』と断りづらい雰囲気だ。

うーん、本当は実家にちょっと寄りたかったんだけど……仕方ないか。

「わかりました。じゃあ、お言葉に甘えて、お願いします」

「よかった」

荷物をまとめると、優しく促されながらふたり並んで駐車場に向かう。相変わらず、行き交う社員の視線を感じるが、最初ほどは緊張しなかった。誠さんを狙っている女性の視線はきついけど、それも私が警戒していれば、露骨な嫌がらせには繋がらない。

とはいえ、こんな風に気を張り続ける毎日なんて、長くは持たない。やっぱりここは大企業で、私とは世界が違うから。

……実家の工場が懐かしいな。早く帰りたい。

「なんだか元気がないね。仕事、大変だった？」

誠さんの車に乗り込んだところで、ふいに尋ねられた。私はハッと顔を上げて首を横に振る。

「いえ、そんなことは。えっと、今日の夕飯は何にしようかなって、考えていまして」

あはは、と軽く笑うと、誠さんは穏やかに微笑む。

「そうか。君が作る料理は、俺もすごく興味があるな。今日は何を作るんだ？」

のんびりとした口調で聞かれて、私は「えっ」と戸惑ってしまう。

「あ、えっ……その、た、大したものは作らないですよ」

「前は、アナゴや伊勢海老の天ぷらを揚げていただろう？」

「あれはその……。と、特別に、自分にご褒美をあげたい気分だったといいますか」

たらたらと冷や汗をかきながら嘘をつく。なんで私は伊勢海老やアナゴなんて口走ってしまったんだ。というか、これから誠さん、買い物について来るってことだよね？

もしや、高級食材を買わなければまずい状況なのだろうか。ど、ど、どうしよう。私、そんなにたくさん、お金を持ってない。

「ところで、買い物はどこでしているんだ？」

「え、駅前のスーパー……じゃなくて！　あの、本当にいいですから。駅までで大丈夫です。私、こう見えて力持ちなので！」

むん、と腕まくりをして言うと、誠さんはクックッと肩を震わせて笑った。

「本当に君は面白いお嬢さんだね。俺が手伝いたいだけなんだけど、迷惑だったかな？」

「め、迷惑だなんて思ってません。そうじゃないんですけど、あの……」

なんて言ったらいいんだ。お金があまりなくて、お嬢様が買うような食材が買えないなんて、絶対に言えない。

私がグルグル考えている間に、誠さんは車を走らせ、駅前のスーパーの駐車場に着いてしまう。

どうしよう。とりあえず、財布の中を確認しよう。

私は誠さんから隠れるように、サッと財布を開ける。入っていたのは三千円だった。しまったなぁ、せめてクレジットカードを持ってくればよかった。使わないと思い、実家に置いてきたのだ。

「美沙？　行かないのか？」

「あ、行きます！」

本当に、お嬢様のフリも大変だ。急いで車を出ると、彼は私の手をぎゅっと握った。

さて、ここが勝負所だ。お嬢様らしいお買い物をしなければならない。

スーパーに入って一番はじめにある野菜売り場で、私は北條のお嬢様が買いそうな食材を探す。

「あっ！」

やばい、もやしが一袋十円で激安だ。しかし、私はもやしからサッと目を逸(そ)らした。

「え？」

「……な、なんでもないデス」

あやうく手を伸ばすところだった。お嬢様は、激安のもやしを買ったりしないよね。

無難なリーフレタスや、パプリカ、アボカドのような、お洒落(しゃれ)っぽい野菜をカゴに入れていく。

……くっ、もやし……。これで二食は持っただろうに……

後ろ髪を引かれる思いで、次の売り場に移動する。そこは鮮魚コーナーだった。

「今から夕方のタイムセールがはじまりますよ～！」

カランカランと鐘の音を鳴らし、店員が元気よく声をかける。周りにいた主婦たちが、一斉にギラリとタイムセール品に目を向けた。もちろん、私も。

「えっ、サバの切り身が一パック百五十円⁉」

安い。滅茶苦茶、安い。その場に居合わせた主婦たちは、こぞってサバの切り身をカゴに入れている。

私も入れたい！　サバを竜田揚(たつたあ)げにしてほかほかのご飯にのせ、甘辛いしょうゆダレをかけて、竜田揚(たつたあ)げ丼にしたい！　……ああ、おいしそう。

「美沙？」

「ハッ!!　いや、なんでもないです。えっと……今日はその、お、お肉にしようかな」

よだれが出そうになって、私は慌てて口元を隠した。断腸の思いで鮮魚コーナーを後にする。

するると、精肉コーナーに向かう途中で、一パック十玉九十円の卵が現れた！

……どうなの。考えて、北條美沙。北條のお嬢様は、安い卵を買ってもいいの？　それとも隣にある、六玉三百円の高級卵を買うべきなの？

悩みすぎて頭がくらくらしてきた。お嬢様って本当に、何を買うの？

頭から煙が出そうになっていると、隣で誠さんが「ふぅ」と小さくため息をついた。

「美沙」

「は、はい」

「いいから、自分が買いたいものを買いなさい。君が無理をしていることくらい、すぐにわかるよ？」

「え、そ、そうなんですか？」

一体、いつからバレていたんだろう。もしかして前に嘘をついた天ぷらのことも、バレているのかな。

誠さんは私からカゴを取り上げると、スタスタと野菜売り場に戻っていく。そして一袋十円のもやしを手に取った。

「これが欲しかったんだろう?」

「あ、う……」

「別にもやしが好きだっていいじゃないか。俺だってもやしは好きだし、食べるよ。美沙はそれをおかしいって思うか?」

「い、いえ、思いません」

「そうだろ? ほら、次はサバだな。あと、卵が欲しいんだろう?」

「そ、そうです……」

勢いに押されて頷(うなず)くと、誠さんはサバのパックと安いほうの卵を取ってきて、カゴに入れる。

「次は肉だな」

「は、はい!」

スタスタと歩く誠さんの後ろを、慌てて追いかける。

お肉……お肉は何にしよう。できるだけお嬢様らしくと高級肉を見ていると、ふいに視線を感じた。おそるおそると横を見れば、なぜか誠さんが不機嫌そうな顔をして私を睨(にら)んでいる。

ど、どうして睨(にら)むの!? というか、そんな怖い顔の誠さん、初めて見たんですけど……

「ちゃんと、君が欲しいものを選ぶんだぞ」

「わっ、わかりました！」

思わずサッと敬礼してしまう。誠さんは上に立つ者にふさわしい威圧感を放っており、まったく反抗できない。私はお肉の棚を一通りを眺めて、広告の品と書かれた豚コマのパックを手に取った。

「他に欲しいものは？」

「あとは牛乳だけです」

私が答えると、誠さんはさくさくと乳製品の売り場に行って牛乳をカゴに入れる。そしてレジに並んで、私はお会計を済ませた。アボカドやリーフレタス、パプリカも買っちゃうことになったけど、これはこれで、なんらかの丼にしよう。

持ってきたエコバッグに買ったものを詰め終えると、誠さんはエコバッグを持ち、反対の手で私の手を握(にぎ)る。

すたすたと少し早足で歩く誠さん。彼はやっぱり機嫌が悪い。どうしよう……よくわからないけど、誠さんが怒っている。

私たちはスーパーを出て、駐車場をまっすぐに進む。車の前に着くと、誠さんがぽつりと呟(つぶや)いた。

「頼むから、俺に、あまり嘘をつかないでほしい」

その言葉に顔を上げると、誠さんは私を真剣な瞳で見つめていた。

「俺は、美沙がどんな人間であっても嫌わないよ。それだけは約束できる。だから、自分を偽らないでくれ」

「誠さん……」

ぼんやりと彼を見つめる。彼の言葉に反して、私は間違いなく、自分を偽っている。

――今ここで『私の本当の名前は伍嶋美沙です』と言ったら、彼はどんな反応をするだろう。北條のお嬢様ではなく、小さな町工場の見習い職人。本来なら彼と出会うきっかけすらなく、平凡で、住む世界が違う私。

そんなことを知ったら、驚くかな。それとも、騙したことを怒るかな。

彼の様子を想像した私は、ふっと笑ってしまった。何を馬鹿なことを考えているんだろう。彼に私の正体がばれたら、すべてが終わってしまうのに。

私が笑ったのが不可解だったのか、誠さんが訝しげな表情をする。

私はフルフルと首を横に振って、改めて誠さんを見上げた。

「もし、私が、とても嫌な人間だったら……どうするんですか？」

意地悪な質問だろうか。でも、どうしても聞いてみたかった。

あなたは私の何を見て「どんな人間であっても嫌わない」なんて言い切ったの？　あなたは私の本当の名前も知らないのに。

私がじっと彼を見ていると、誠さんは静かに見返してきた。そして、なぜか優しく目を細める。

「君は、俺の嫌いな人間じゃないよ」

「……会ってまだ一ヵ月も経っていないのに、どうして、そんなことがわかるんですか？」

「わかるさ。これでも俺は、たくさんの人を見てきたからね」

フフ、と意味深に笑うと、誠さんは車の助手席のドアを開けて私に座るよう促す。そして後部座席にエコバッグを入れると、運転席に座った。

「俺にも嫌いな人間はいる。でも、美沙のことは嫌いにならないよ」

「どうしてですか？」

「どう頑張っても、美沙は俺の嫌いな人間になれないからだ。なぜなら、そもそも君の人間性の基盤が、俺の好むものだからね」

誠さんは横目で私を見た。

「真面目で、責任感が強くて、仕事熱心で――そんな基盤を持つ美沙が、正反対の人間になれるわけがない。俺の嫌いな人間は、美沙とは正反対の人間だよ」

つまり、誠さんが思う『嫌な人間』は、不真面目で責任感がなく、仕事に不誠実な人間だということか。確かに私は、そうなれないだろう。いい加減な仕事をするなんて、自分自身が耐えられないだろう。

人間性の基盤――それは誠さんの言う通り、私の根幹であり、プライドだった。

なんとなく悔しくなって、私は俯く。

私はまだ、誠さんのことをすべてを知っているわけじゃない。それなのに、彼にはすべてを見透かされているような気分になった。やっぱり、私のほうが彼にたらしこまれているみたい。

――私はちゃんと、誠さんに『ハニートラップ』を仕掛けられているのだろうか？

第四章

数日が過ぎて、週末の金曜日。私は会社帰りに実家に戻っていた。

久しぶりだけど、実家はまったく変わっていなくて、なんだか胸がジンとしてしまう。

玄関のドアを開けると、母がぱたぱたとスリッパの音を立てながら出迎えてくれた。

「美沙！　……おかえりなさい」

「た、ただいま。へへ、いきなり帰るって連絡して、ごめんね？」

「どうして謝るの。ここは美沙の家なんだから、いつ帰ってきてもいいのよ。さぁ、上がって。夕飯食べていくでしょ？」

「うん」

靴を脱いでスリッパを履き、リビングに入る。そこには誰もいなくて、テーブルには一人分の夕食が並べられていた。私は席につきながら、母に声をかける。

「お父さんは？」

「お父さんは……ちょっと、お外へ飲みに行ってるの。美沙に、どんな顔をして会ったらいいかわからないんですって。お父さん、あれからずっと自分を責めてるのよ」

フゥ、とため息をついて、キッチンに入る母。

そっか……お父さん、私が桂馬重工からの依頼を引き受けたことに、責任を感じているんだ。

自分の娘が男性をたらしこむなんて、やっぱり父親としての本音は反対なんだろう。でも、工場のことを考えると依頼を断ることは難しくて、複雑な心境ということか。

「お父さんに言っておいてよ。今のところは、なんとかうまくやってるって。まあでも、桂馬重工が欲しがっているような機密情報を得られるかは、まったく自信がないけどね」

「そんなこと、いいのよ。たとえ失敗したって、私たちは美沙を責めたりしないわ。むしろ……今からでも、桂馬重工に断ってもいいのよ？」

「うん……」

母が私の前にご飯を盛ったお茶碗を置いてくれる。私は「いただきます」と手を合わせて、食事をはじめた。私の大好物のチキン南蛮、タコとキュウリの酢和え、あさりの味噌汁。

チキン南蛮をかじると、じゅわりとした肉汁と複雑な味わいが口の中に広がって、思わず笑顔になった。母の料理は相変わらずおいしい。

夢中になってご飯を頬張っていると、母が湯呑みを持って向かいの席に座った。

「それで美沙、どんな感じなの？　その、紗月誠さん……っていう人は」

　母の質問に、私はぴたりと箸を止めた。

「……びっくりするほど、いい人だよ。自分を偽って近づいているのが、申し訳なくなるくらい」

「そうなの……。悪い人ではないのね」

　ずず、と母がお茶を飲む。私はタコの酢和えをお箸で摘まんで食べた。

「優しくて親切で、部下への気遣いがあって、仕事への姿勢もすごく真面目な人なんだよ。おまけに、大企業の社長子息。独身で、顔もいい。そんなだから、社内の女性人気がすごいのなんの」

「はぁ、そんな人がいるのね。でも、美沙はそんな完璧な男性に相手にしてもらえるの？」

「そこはまあ、偽りの姓にかなり助けられているところはあるかな。正直、紗月重工の大株主である北條の姓がなかったら、近づくこともできなかったかも」

　ふぅん、と母が相槌を打つ。

「私、正直、お嬢様らしくなんか全然できてないと思う。でも、誠さんはとても優しいんだ。私が歯車とか機械とか好きなところも受け入れてくれてね。素敵な懐中時計をプレゼントしてくれたの。……さすがに悪いから、それはいつかお返ししようと思ってるんだけど」

ご飯を食べ進めながら、誠さんとの付き合いを思い出す。

彼は、これまでの短い付き合いの中でも、プライベートで様々な顔を見せてくれた。

「それから、誠さんは帆船が好きでね。家にはたくさん手作りの模型があったんだよ。ちょっと下手だったけど、船が好きだって気持ちはすごく伝わってきた。あと、クールな雰囲気なのに、蜂蜜が好きでね。ミルクティーをご馳走してもらった時に、お気に入りの蜂蜜を入れてくれたの。それがすごくおいしくて……一緒に蜂蜜の専門店に行こうって、誘ってくれたんだ」

口にしてみて、誠さんが蜂蜜好きなんて情報は、結構レアじゃないかと気づく。彼は会社でいつもブラックコーヒーを飲んでいるし、甘い物が好きそうな雰囲気はない。

誠さんの好みを私だけが知っていると思うと、ちょっと嬉しい。帆船と蜂蜜が好きで、敬語をやめると、時々子供っぽい話し方をする。優しくて、とても面白い人。

「そうそう！　あとね、誠さんって御曹司なのにもやしが好きで――」

「……美沙」

私を呼んだ母の声が冷たくて、私は思わず口をつぐんだ。顔を上げると、母は眉間に皺を寄せ、深刻な表情を浮かべていた。

母は湯呑みを見つめていた顔をゆっくりと上げ、私をまっすぐに見つめてくる。

「あなた、もしかして、その紗月誠さんを、好きになってしまったの？」

「……え？」

私が箸で摘まんでいたご飯が、ぽろりとお茶碗に落ちる。

母は「はぁ」とため息をつき、額に手を当てた。

「無自覚だったのね。それなら、気づかないままのほうがよかったかもしれないけど……。取り返しのつかないところで気づいて、美沙が傷つくところを見るのは嫌だから、はっきり言うわ」

母は額に当てていた手をテーブルに置くと、私を真剣に見つめてくる。その表情は、心の底から私を心配しているものだった。

「美沙。紗月誠さんがどんなに素敵な人でも、絶対に好きになっちゃだめよ」

母の言葉に、自分の目が丸くなる。

「美沙は嘘をついて紗月誠さんに近づいている。それも、ライバル企業である桂馬重工の依頼で、紗月重工の機密情報を得るために。――それはあなたも、わかっているわよね？」

こくりと頷くと、母はお茶碗を持つ私の手首をぎゅっと握った。

「用を終えたら、あなたは紗月誠さんのそばにはいられない。ううん、桂馬重工が一言『引き上げろ』と口にしたら、すぐにでも消えないといけないのよ。あなたは今、そういう立場に立っているの。……好きになっても、悲しい結末しか待っていない」

好きになっても仕方のない人。本来は住む世界の違う人。

そんなこと、何度も思った。私と紗月誠さんは、あらゆる意味で『違う』のだ。

どんなに優しくても、素敵でも、好きになってはいけない。だって本当の私は……

「ごめんね、お母さん。大丈夫……好きになんか、なっていないから。ちょっと素敵な人だなって思っただけ」

母を安心させるように笑顔を作って、夕食を再開する。

母は私から視線を逸らすように横を向き、湯呑みを傾けた。きっと、私の気持ちなんてお見通しなのだろう。

――『好きになんか、なっていないから』

それは、嘘だ。私は誠さんのことを好きになっていた。優しくて、紳士で、王子様みたいに完璧な、手の届かないはずの人。

彼に触れられたと思って、嬉しくなった。でもそれはまやかしだ。

どんな終わり方になっても、元の私に戻ったら、彼に近づくことすらできない。

わかっていたのに……どうしようもなく、好きになってしまっていた。

夕食を終えた私は、誰もいない工場に入って照明をつける。

実家に帰ったのは、ここで作業をするため。ボトルシップを作る準備をするのだ。

ボトルシップに入れる船の図面はすでにできている。私は作業着の上着を着て軍手をはめると、実家に帰る前にホームセンターで購入したヒノキのベニヤ板を取り出した。そして図面通りに線を引いて、電動糸ノコを使ってカットする。

今まで金属ばかり扱っていたけれど、たまには木材を加工するのも楽しいな。

やすりがけや細かいパーツ作りは、マンションに帰ってやればいいだろう。

船のパーツをおおまかに作り終えると、次に移る。実際に瓶の中にパーツを入れる作業……ボトルシップ作製に使う道具を作るのだ。市販品のツールを買うことも考えたけれど、参考書を読んで、手作りしたほうが自分の手になじむ気がした。

細かな金具を作るのは、私の得意技。機械を使って、細長い金棒から、五本ほどの長いピンセットを作成する。その他にも、船につける細かな金属パーツをちょこちょこ作った。

出来上がったものを箱に片付けると、工場（こうば）に置きっぱなしだった愛用の工具入れを手に取る。

中には紙やすりやドライバーなどの、様々な工具が入っている。私は使わない工具を引き出しに片付け、先ほど作った手作りのツールや、やすりなどの必要な工具だけを入れると、工具入れを閉めた。

『何をしているんだろう』と、頭の中で冷静な私が言う。

こんなことをしても意味はない。プレゼントを贈って喜んでくれたとしても、そのうち彼がすべてを知ったら……怒りのまま、ボトルシップを粉々に割って捨てる可能性だってある。

それでも、誠さんの好きなものを作りたい。彼の喜ぶ顔が見たい。私の手で作り出したものを見て、笑ってほしい。たとえそれが、一時のことだとしても。

私が『北條美沙』でいられる間だけは……彼を思う、ただのお嬢様でありたかった。

「こんな古い工場で、油くさい作業着を着て、お嬢様も何もないけどね」

くす、と小さく笑って工場を後にする。

家へ戻ると、自室から持ち出した大きな鞄に工具箱やパーツを仕舞った箱を入れ、帰り支度を終える。ちょうどその時、キッチンで片付けをしていた母が「そうだ、美沙」と、声をかけてきた。

「あなた宛にいくつか手紙が来てたわよ。玄関に置いてあるから、持って行ってね」

「は～い」

鞄を肩にかけ、玄関にあるカウンターでそれらしき手紙を見る。

「ん、これ、高校の同級生からだ。懐かしいなあ」

その場で封筒から手紙を出すと、同窓会のお知らせだった。

「ん〜、私は行けそうにないな。今はそれどころじゃないし。お断りの手紙を出さないと」

他に来ていた手紙は、美容院やレストランのダイレクトメールばかりだった。私はまとめて鞄のポケットに入れると、足早にマンションへ帰った。

翌日は土曜日で、会社は休みだ。私は実家からマンションに帰ってから、ボトルシップの帆船模型を作るのに熱中していた。

電動糸ノコでカットしたヒノキのクリーム色をした船体パーツを、丁寧にやすりがけする。そこに、ヒノキよりも色の濃い、キャラメル色をしたクルミの薄い板を小さくカットしてはボンドで貼りつけていく。こうやって船体の色に変化をつけるのだ。塗料を使う方法もあるけど、誠さんはレトロな船が好きだから、木材そのものの色で表現するほうが好みのような気がした。

ミリ単位でパーツを作っては、ピンセットで貼りつけていく。

少しずつ完成に向かって作り上げていく作業は楽しくて、夢中になれる。どうせ作るなら、できるだけ完成度を上げたい。それは物作りのプロとしてのプライドだった。

誠さんが驚くほどの、すごいボトルシップを作りたい。一瞬でもいいから、喜んでもらいたい。

その時、ふいにタブレットが電子音を立てた。メールの着信音だ。

タブレットにメールが来るとしたら、相手は一人しかいない。……桂馬重工の、鷹野さんだ。

作業を中断してタブレットを開くと、思った通り鷹野さんからメールが来ていた。

『紗月重工で、極秘のプロジェクトが動いているという情報を入手しました。どうやら紗月専務を外した状態で、社長の独断で進められているそうです。開発部長の紗月誠は間違いなく知っていると思われるので、聞き出してください。それで、あなたの仕事は終わります』

目を見開き、メールを何度も見る。

それは明確な仕事の出口。私が北條美沙でいられる期限を示していた。

紗月専務は私を紗月重工に潜り込ませた人間。つまり、桂馬重工にとっての協力者だ。彼を外した状態で社長が動いているということは、もしかしたら、社長は専務をあまり信頼していないのかもしれない。そして、そのプロジェクトに関わっているとされる、誠さん。

彼から情報を得たら、すべてが終わる。私は偽りの生活から解放され、伍嶋美沙としての日常に戻れる。あの工場で大好きな物作りに専念できるのだ。

けれど同時に、例えようもない寂しさに胸が締め付けられた。

この仕事が終わったら、誠さんに会えなくなる。二度と、彼のそばにはいられなくなる。

でも、これは最初からわかっていたこと。昨日だって母に言われたばかりだ。

その時、まるで計ったかのようにスマートフォンがピリリと鳴った。電話だ。

私は反射的にスマートフォンを取って電話に出る。

「も、もしもし」

「美沙、こんにちは。……今、忙しかったかな」

心臓が口から出そうになるほど、胸がバクバクと音を立てている。私は「大丈夫です」と答えた。

「今、出張先なんだけど、これから車で帰るんだ。よかったら俺の家に来ないか？」

なんて絶妙なタイミングだろう。思わず笑ってしまいたくなるほど、タイムリーなお誘いだった。

まさか鷹野さんから指令が来た途端に、誠さんがこんな電話をかけてくるなんて。

「わかりました。じゃあ、今から出かける準備をしますね」

「ああ。帰りに君のマンションに寄るから、待っていてくれ。着いたら電話を鳴らす」

電話が切れると、私はため息をついて、テーブルを見つめる。そこには作りかけの帆船が置かれていた。

……なぜか不思議と、先ほどよりも色あせたように見える。

私は、このボトルシップが出来上がる頃まで『北條美沙』でいられるのだろうか。

そんなことを考え、頭をふるりと横に振った。ひとまず支度をしなくては。

お嬢様用のワンピースに着替えて、髪を整えて、お化粧をする。マニキュアを丁寧に塗って乾かしていると、スマートフォンが鳴った。

――誠さんから、極秘プロジェクトの詳細を聞き出す。それで私の仕事は終わる。

コクリと喉(のど)を鳴らして、手提(てさ)げ鞄(かばん)をギュッと握(にぎ)る。そして覚悟を決めて部屋を出た。

エレベーターに乗って一階まで降りると、出張帰りの誠さんはビジネススーツ姿でロビーのソファに座っていた。

「誠さん」

スマートフォンを見ていた誠さんは、私の声で顔を上げ、にっこりと優しく微笑んだ。

「美沙」

低い美声が、私の名前を呼ぶ。それだけで私は、舞い上がるように嬉しくなった。

『北條さん』ではなく『美沙』と名前で呼ばれると、彼がまるで本当の私を見ている気がして、胸にじわじわとした温かさが満ちていく。本当に、どうして好きになってしまったんだろう。手の届かない人を好きになっても仕方ないのに。

……でも、こんなに素敵な人に近づいて、好きにならないほうが難しかったのかもしれない。

私に堕ちてもらわなくてはならないのに、私が彼に堕ちてしまった。まったく、情けないスパイだ。しかし、それでも最後の仕事はやり遂げなくてはいけない。

極秘プロジェクト……その詳細さえわかれば、私は偽りの生活から抜け出せるんだ。

傷が浅いうちに、すべてを終わらせなければならない。これ以上、深みにはまる前に。

誠さんの車に乗ると、彼はマンションに向かって運転をはじめる。静かな振動を感じながらフロントガラスの景色を見て、私は世間話を振ってみた。

「出張はどこに行ってたんですか？」

「ああ、前に美沙とデートした港街だよ。父の補佐役として仕事の手伝いをしていたんだ」

「お休みの日なのに、お疲れ様ですね」

「ふふ、ありがとう。といっても、昼食会に付き合って、少し話をしただけだよ。気疲れはしたけど、大したことはしていない。レストランで、中華料理を食べたんだ」

社長が会食で使う中華料理屋さんということは、高級なお店なんだろうな。

「いいですね、中華。どんなお料理を食べたんですか？」

「いろいろいただいたけれど、揚げ豆腐がおいしかったな。野菜たっぷりのあんかけがかかってたんだ」

誠さんの答えは少し意外だった。揚げ豆腐って、高級な中華料理屋さんのメニューにしては、庶民的な印象だ。

「もっとすごいのは食べてないんですか？」

「すごいの？　美沙の中ですごいのって、どんな食べ物なんだ？」

クスクスと笑いながら聞いてくる誠さん。お金持ちが食べそうな中華料理といえば、定番のものがあるだろう。

「干しアワビとか、フカヒレとか、ツバメの巣とか……」

指を折りながら思いついた食材を口にすると、誠さんはますます楽しそうに笑った。

「そういうのを食べたいの？　美沙」

「えっ!?　い、いや、そんなことは。……おいしそうですけど……じゃなくて！　た、食べ慣れてますけど」

私は慌てて言い繕（つくろ）う。そんな話をしているうちに、誠さんのマンションの目の前に来ていた。

「今度、一緒に食べに行こう。美沙と行けば、俺も食べ慣れた料理がおいしいと思えそうだからね」

誠さんはマンションの駐車場に車を停めながら、そんなことを言う。

……どうして、私と行くと、食べ慣れた料理がおいしいと思えるの？

そう思ったけれど、聞かなかった。おそらくそんな機会はもう来ないだろうから。

「はい。そのうち、行きたいですね」

自分の口から滑り落ちた言葉には、驚くほど、なんの感情もまじっていなかった。

私たちはマンション内に入り、エレベーターで最上階へと向かう。

どうやって極秘プロジェクトについて聞き出そうかと考えていたら、あっという間に目的の階へ到着してしまった。

誠さんに促（うなが）されるまま彼の部屋に入る。

「お邪魔します」

誠さんの部屋に来るのはまだ二回目なのに、不思議とこの部屋は心地いい。彼の匂いがするからかもしれない。

リビングに入ると「座っていて」と誠さんに言われて、大人しくソファに腰掛ける。

しばらくすると、彼は鮮やかな色の紅茶が入ったグラスを持ってきて、テーブルに置いた。

「今日はアイスティーにしてみたんだ」

「はい、ありがとうございます。……なんだか、フルーツの香りがしますね」

「ああ。フルーツティーなんだ。紅茶を淹（い）れる時に、梨とレモンとミントをポットに入れて、一緒に蒸らすと香りがつくんだよ」

「へぇ、そうやって作るんですね。いただきます」

一口飲むと、梨のみずみずしい甘さとレモンの酸味を感じる。爽やかなミントの香りがふたつのフルーツの風味をひとつにまとめ、引き締めていた。

「おいしいです！」

「よかった。ガムシロップもあるから、甘くしたかったら調節して」

嬉しそうに笑う誠さん。私は素朴な疑問を口にする。

「誠さん、お茶を淹れるのが好きなんですか？」

「ああ、好きだよ。休みの日なんかにのんびり淹れて、よく飲んでいるんだ。こうやって人にご馳走するのは初めてだけど、喜んでもらえると嬉しいものだね」

誠さんは目を細めて笑うと、私の隣に座り、グラスを傾けた。

「初めて……なんですか？」

「うん。今までは、わざわざ紅茶をご馳走したいなんて思う人もいなかったから」

少し遠い目をする誠さん。彼は今年で三十歳だったはずだ。しかしこの年までひとりも恋人がいなかったということは、さすがにないだろう。

「誠さんは……どうして結婚してないんですか？」

「えっ？」

誠さんが少し驚いたように目を丸くする。私は慌てて、下を向いた。

「あっ、あの、だって誠さんは社長の息子さんでしょう？　お見合いの話も当然あったでしょうし、それだけ顔がよくて優しい人だったら、素敵な女性との出会いも多かったんじゃないかなって」

もじもじとグラスのフチをなぞりながら言うと、誠さんは「そういうことか」と笑う。

「そうだね、見合いの話は多かったな。俺の父——紗月社長は強要してこなかったが、周りがうるさかった。叔父と叔母が特にね。他にも重役から娘をすすめられたりしたよ」

「やっぱり、そうなりますよね」

「でも、見合いはすべて断ったよ。娘をダシに、自分の立場をよくしようという大人の魂胆が見え見えだったからね。娘さんも不幸だろう？」

彼の言葉を、私はアイスティーを飲みながら反芻する。

娘さんが不幸……案外、そうでもないんじゃないかな。

「誠さんはいい人だから、お見合い結婚でも、きっと相手の方は幸せになれると思いますよ」

「ありがとう。そうだな、言い方を訂正しよう。俺が見合いをしたくなかったから断ったんだ。周りの大人のいいように扱われるのが嫌だったからね」

穏やかに話して、誠さんはコトンとグラスをテーブルに置く。そして脚を組んでソファに背を預け、遠くを見た。

「それに、俺は仕事に夢中だったから、恋愛に関して積極的に動いていなかったな。恋人を作ってどこかに出かけたり、食事をしたりするよりは、家に閉じこもって模型を組み立てているほうが楽しかったしね」

「そういえば、誠さんはインドア派でしたね」

「うん。でも、最近はそう思わない。素敵な女性と出会ったからね。プライベートがこんなにも充実していると感じたのは初めてだよ」

私を見て、ニッコリと微笑む誠さん。それって、私のことを言っているの？

「えっ……と」

顔が火照ってくる。急激に心拍数が上がって、ドキドキした。

言葉に詰まって、何を言っていいかわからない。とても嬉しいけど、実際の私は機械好きなだけの平凡女子だ。お嬢様じゃないし、今だって誠さんを騙している。

そうだ、話を変えよう。それに、早く極秘プロジェクトについて聞き出さなきゃ。

うまく誘導して、仕事の話に持ち込んで……

私が思考を巡らせながらあたりを見回すと、ふと、テレビの横にあるマガジンラックに、手紙が挟まっていることに気づいた。適当に押し込んだのか、今にも床に落ちそうだ。

「あの、誠さん、手紙が落ちそうですよ」

「ん？　ああ、あれか。捨てようと思っていて、そのままになっていたな」

誠さんは立ち上がると、マガジンラックから手紙を抜き取り、近くのゴミ箱に捨てた。

「なんのお手紙ですか？」

「高校の同窓会のお知らせだよ。その日は外せない用事があってね。先日断りの手紙を出したんだ」

「ああ、今ってそういう時期なんでしょうか？　私にも同窓会のお知らせが来たんですよ。行けなくてお断りしたんですけど、時間があれば顔を出したかったですね」

「へえ、偶然だね。美沙の高校時代はどんなだった？　その頃から機械好きだったのか？」

再びソファに座りながら、誠さんが尋ねてくる。

私は世間話から仕事の話に持ち込めないかと考えつつ、自分の高校時代を思い出した。あの頃から、機械や金具は好きだったけど、今ほどの情熱は持っていなかった。どちらかといえば、よくいるタイプの女子高校生だっただろう。

「興味はありましたけど、それよりも友達と遊んでいるほうが好きでしたね。カラオケに行ったり、カフェでずっとおしゃべりしたり」

「想像すると楽しいな。高校生の女の子って、どんな話をするんだ？」

「他愛もない話ですよ。勉強の愚痴から、学校の噂話。それから、高校にいた素敵な先輩の話……」

そう、私の初恋は高校生の頃だった。相手は一年先輩で、きりりとした顔の人。恰好よくて、彼を見かけては、ドキドキと胸が高鳴っていた。

「高校の合気道部に、憧れの先輩がいたんです。袴がとても似合う、対戦相手を見る真剣な目が凜々しくて、清潔感のある美形って感じの人」

彼の姿を思い出しながら語る。

「学校でも人気のある人で、先輩のファンはすごく多かったんですよ。懐かしいなあ……。気持ちを言えないまま先輩が卒業しちゃったので、何もなく終わった話なんですけどね」

彼に憧れていたのは、十七歳の頃だ。あの時は、まさか数年後にこんな状況に追い込まれるなんて、想像もしていなかった。

ほろ苦い思い出を語っていたその時、誠さんがずっと黙っていることに気づく。

アイスティーを飲みながら横を向くと、彼は私を睨みつけるようにジッと見ていた。

「な、なんですか？」

思わず腰が引けてしまう。彼は少し機嫌が悪そうに前を向いた。そして組んでいた脚を解き、自分の膝に肘をつく。

「……その先輩は……海外にいるのか？」

海外？　誠さんの質問に首を傾げそうになり、ハッとする。すっかり忘れていたけれど、『北條美沙』は幼い頃から海外暮らしという設定なのだった。合気道部のある高校がカーボベルデにあるかどうかなんて、私は知らない。

もしかして誠さんは、私の話に疑いを持ったから、機嫌が悪くなったのだろうか。私は慌ててごまかそうとする。

「えっと、先輩がどうしているかは、わからないですけど……。あ、あの、高校はカーボベルデの中で日本文化に親しみを持っているところを選びまして、だから合気道部があったんです」

「ふぅん、そうなんだ」

私のたどたどしいごまかしを、誠さんは軽く受け入れた。追及は一切ない。

あれ？　私の話がおかしいから、機嫌が悪くなったわけじゃないの？

「それはさておき……美沙は、その、先輩が、今も好きなのか？」

彼は口に手を当てて、低い声で聞いてきた。予想外の質問に私は困惑する。

「え？　昔は好きでしたけど、今はそんなことないですよ」

「その割に好意的じゃないか。今もし会ったら、そして先輩が昔の魅力を持っていたなら、すぐにでも恋に落ちそうな感じがした」

ムスッとして、なんだか子供っぽいことを言う誠さん。私は呆れて、「何を言ってるんですか」と言ってしまった。

「終わった話だって言ったでしょう？　私の中で、すでに清算された気持ちですよ」

「だが、告白して玉砕（ぎょくさい）したわけでもないんだろう？　それは終わったとは言えない。思いが止まっているんだ。再びその思いが動き出す可能性だってある」

「先輩と会うことはもうないですよ。居場所だって、連絡先だって知りませんし」

「偶然会う可能性はあるだろう。俺の知らないところで」

誠さんの口調は、どんどん荒くなってきた。こんなに感情を剥（む）き出しにするなんて、珍しい。

会社では絶対に見ない顔だ。それに、言うことが幼稚というか、はっきり言うと恰好悪い。

私は思わず「誠さん」と怒った声を上げてしまった。

「偶然会うこともないですし、再び思いが動き出すこともありません」

「どうして言い切れるんだ」

「もしすれ違うことがあったとしても、私は気づかないでしょうし、先輩は私の顔すら知りません。それはつまり、会う可能性がないことと同義でしょう？」

「……相手が君の顔を知らないなんて、君の思い込みかもしれない。向こうは、美沙を探しているかもしれない」

「そんな可能性の話を出されたら、きりがないですよ。どうしたんですか？　なんだか、誠さんらしくないですよ」

私はグラスをテーブルに置き、顔を上げて強く言う。

誠さんはしばらく私を見つめたあと、「はぁ」とため息をついて横を向いた。

「……俺はまだ、君のすべてを知っているわけじゃない。だから、不安になるんだ」

「何が不安なんですか？」

「君の心変わりに決まっているだろう」

誠さんは吐き捨てるように言った。

――心変わり？　誠さんは、私が再び先輩を好きになるんじゃないかと、不安に思っているの？

「な、なんで？」

「美沙が好きだからだよ。好きな人が違う人を好きになるかもしれないと心配して、何が悪い？」

機嫌悪く、私を睨（にら）んでいる誠さん。一方の私は、目を大きく見開いた。

――誠さんが、私を、好き？

一瞬何を言われたのかわからなくて、口もぽかんと開けてしまう。

誠さんはさらに、不満そうにブツブツ呟きだした。

「大体、美沙の頭の中に俺以外の男が入り込んでいたのも、気にくわない。今すぐ、その先輩の記憶を抹消したいくらいだ。まったく、昔話なんて聞くんじゃなかった」

なんだかとても子供っぽいことを言っているけれど、私はそれどころではない。

「……誠さん、私が……好きなんですか？」

自分の口から出た声は、間抜けなほど、ぼうっとしていた。

すると、次は彼のほうが呆れた顔をする。

「俺が君を好きになっていることくらい、言動でわかるだろう。恋人同士になったんだし」

私の正直なところが好きだと言われたことはあるが、彼が私のことを好きだなんて、思ってもみなかった。

「わ、わかりませんよ。私、エスパーじゃないんですから！」

「エスパーじゃなくても、洞察力があれば……いや、ちゃんと言わなかった俺が悪かったな」

誠さんはかしかしと乱雑に頭を掻くと、急に真面目な表情をして、私をまっすぐに見つめてきた。

「好きだよ、美沙。君と出会って、付き合いはじめて、君を知るたび、日を追うたびに、どんどん好きになった。自分でもおかしいと思うくらいにね」

「ま、誠さん……」

「この先もずっと、一緒にいたい。美沙……愛している」

スッと手を引かれ、次の瞬間、私は誠さんの胸の中にいた。ぎゅうと抱きしめられ、彼の匂いを感じる。不思議と心がほっとする、大好きな匂い。

じわりと、目尻に涙が浮かんだ。嬉しい。誠さんが私を好きだと言ってくれている。

「誠さん、私……」

彼の胸の中でぼそぼそと呟く。——こういう時、なんて言えばいいんだろう。

もちろん、彼の気持ちは嬉しい。私も大好きだと言いたい。

だけど今の私は自分を北條美沙と偽り、誠さんを騙している。これはいずれ終わらせなければならない関係だ。偽りの名前で両思いになったところで、悲劇しか待っていない。

でも、ハニートラップを仕掛ける立場として考えるなら……

「美沙」

「…………」

「美沙」

「はっ、あ……ちがうの、わ、私、あのね」

声が震えている。なんて言えばいいのかわからない。

嬉しいけど悲しくて——幸せなのに、胸に矢が刺さったみたいに痛い。

私はどうしたらいいの。どう答えるのが正解なの？

「……美沙」

耳元で囁かれる低い声。みぞおちの奥がギュッと切なくなって、たまらない。

「正直に、答えてくれたらいいんだ。難しいことは、何も考えなくていい」

「誠さん……」

「俺はまだ、美沙のすべてを知っているわけじゃない。でも、これまでの付き合いで、君に惚れたんだ。女性として、何よりも人間として好きになったんだよ。だから、美沙」

——正直に、自分の思いを口にしてほしい。

誠さんは私を胸のうちに閉じ込め、そう囁いた。

ハニートラップを仕掛けている『北條美沙』としては、誠さんの言葉に頷き、自分も愛していると言えばいいのだろう。そうして彼をもっと幸せな気分にさせて、情報を聞き出したらいいのだ。

でも、本当の私は『伍嶋美沙』だ。私は必ず誠さんから離れなくてはいけない。どんなに好きでも、私はずっとこの人のそばにいることはできない。『私も好き』だと口にして、このひと時が幸せになればなるほど、後が辛くなるだろう。

――じゃあ、『好きじゃない』と嘘をつく？　そうしたらハニートラップは失敗してしまう。

――好きって答える？　終わりの時が来たら、私は否応なく去らなくてはいけないのに。

ぽろりと、目尻から涙が一粒こぼれた。それを見て、誠さんが目を丸くする。

なぜ、私は、こんな気持ちを持ってしまったの。ひたすらに自分の心が憎らしくなる。

「どうして……」

母にも言われた。自分にも言い聞かせた。好きになっても無駄だ、悲劇しか待ってないと。

それなのに、私の心はどこまでも正直で、嘘がつけなかった。

「どうして私は、誠さんを好きになってしまったの」

思わず口からこぼれた吐露は、告白というよりも、後悔の念に近い。

誠さんは初めて出会った時から素敵な人だった。優しくて、恰好よくて、気遣いができて、王子様みたいに紳士的な人。彼を好きにならないなんて、無理な話だった。

それでも私は、紗月誠を好きになってはいけなかったのに――

「好きになりたくなかった。好きになっちゃ、いけなかったのに」

誠さんの胸の中で、彼の匂いに包まれながら、心の言葉を吐露する。もう、言ってはいけないことを口にしているのかどうかも、わからない。

その時、ふっと空気が動いた。私の唇に、温かく柔らかいものが触れる。

「ん……っ」

それは誠さんの唇だった。彼は私の肩を掴み、まるで奪いとるように唇を合わせてくる。

「はっ、まこと、さ……、んんっ……ふ……っ」

彼の名を呼ぶも、言葉半ばでキスを深くされ、続けることができない。

ちゅ、ちゅ、と小さな水音が鳴り、誠さんは何度も私の唇を食んでは舐めてくる。

抗わないといけないと直感的に思った。でも拒みたくない。

私の頭の中で、ふたつの思いがせめぎ合う。けれど、何よりも誠さんの唇の感触が気持ちよくて、体から力が抜けてしまう。

くちゅりという音と共に、誠さんはゆっくり唇を離した。そして、額を合わせて私の両手首を優しく掴む。

「何も、考えるな」

「誠さん……」

「美沙は何も、難しいことは考えなくていい。君は――」

そこで言葉を切り、誠さんがぐっと身を傾けてくる。そして私の耳元で甘く囁いた。

「ただ、俺のそばにいればいい」

「え……あ、んっ！」

はむ、と耳朶を甘く噛まれた。そして彼の舌先でなぞられ、耳を食まれる。彼は同時に私のお腹のあたりに触れてから、手を背中に回し、ぎゅっと抱きしめてきた。

はぁ、と誠さんの熱いため息が耳にかかり、ぞくぞくと体が震える。

「美沙、好きだ。君が好きなんだ」

心に秘めていた思いを吐き出すように、誠さんが呟く。

私はどう反応すればいいのだろう。北條家のお嬢様なら、どんな反応をするの？

私が悩んでいる間に、するすると誠さんの唇が下りていく。そして彼は私の首筋に唇を這わせ、私の背中を、腕を、手のひらでゆっくりと撫でていく。

「は……っ、あ……」

首筋を唇でなぞられ、体がビクビクと震えた。誠さんは私の体を片手で支えて、もう片方の手でお腹から胸にかけてまさぐってくる。

「美沙。俺のことが、好きなのか？」

私の鎖骨に舌先を這わせながら、静かに聞いてくる。私は衝動を逃がすようにため息をついた。

「……す、き……でも」

「でも、はナシ。言っただろう？　難しいことは考えるな」

ちゅ、と誠さんは唇にキスをする。そして柔らかに唇を食み、再び私を胸の中に閉じ込めた。

何度も啄むようなキスをされ、私はまったく余裕がなくなってしまう。その時、誠さんが「クク」と、まるで悪人のような低い笑い声を漏らした。

「ま、美沙の性格を考えると、考えるなと言われたところで、どうしても考えてしまうだろうな。君は真面目だからね。そういうところがとても好きなんだけど」

彼はニコニコしながら、不思議なことを言ってくる。確かに私は苦悩しているけれど、私の内心なんて、誠さんにはわからないはずなのに。

私が困惑していると、誠さんはスッと目を細めて微笑み、眼鏡を外してローテーブルに置いた。

「だから、何も考えられないようにしてあげよう」

「え？　……んっ」

ちゅ、と唇にキスをされる。そして間髪を容れず、誠さんは口内に舌を差し込んできた。

「はっ、あ……っ、んっ……ふ……ぁ……っ」

くちゅりと淫らな水音が鳴る。彼の舌が私の口の中で蠢き、歯列をゆっくりとなぞって、私の舌の裏側まで掻き乱す。

ぬちゅり、くちゅっと、舌同士は濃厚に交わる。酷く官能的だ。

私が思わず拳を握りしめると、誠さんは私の手を握り、あやすように親指で撫でてきた。

銀色の糸を引きながら、彼の唇が離れる。

「美沙……好きだ」

「誠さん……」

「愛してる。君を俺のものにしたい」

ちゅ、と軽いキスをして、誠さんは私のワンピースのジッパーを静かに下ろす。

「君は俺と会う時、いつもワンピースを着ているな」

くすりと小さく笑われる。他にお嬢様らしい服装が思いつかなかったのだ。まさかこんなに何度も、彼にワンピースのジッパーを下ろされるとは考えていなかった。

誠さんは私の背中に手を這わせ、はぁ、と熱い息を吐く。彼は私の肌触りを楽しむように背中を撫でると、ブラのホックを外した。

ドキリと胸の鼓動が音を立てる。未知の体験に、体が震えた。

誠さんは黙ったまま、私のワンピースをするりと腰のあたりまで下ろす。同時にブラも取られてしまい、私の上半身が露わになった。

「あ、あ……」

何も言葉が出ない。顔がかってないほど熱くなって、頭の中が真っ白になる。

誠さんは、そっと私の顎をすくう。

「美沙、俺が好きだと言って？」

眼鏡を外した誠さんは、緩やかに微笑んで言った。

眼鏡がないと、こんな顔をしているんだ。ちょっとだけ、若く見える気がする。プライベートの誠さんのイメージには、素顔が合う。恰好いいのは変わらないけど、私はこっちの誠さんのほうが――

「すき……」

言葉を漏らした次の瞬間、そっとキスをされる。優しさが詰まったような、心地よい口づけ。

「誠さんが、好き」

もう、私には気持ちを止めることができなかった。ここで嘘がつけるほど、心は強くない。

「嬉しい。俺も好きだよ、美沙」

首元から腰にかけて、大きな手が滑る。そして誠さんは唇を重ねながら、そっと胸に手を置いた。

「ん、っ……ん……ぁ……っ！」

優しく揉みしだかれ、ぴくぴくと体が反応する。

誠さんは啄むようにキスをしながら、手の動きを変えていく。ぎゅっと胸を掴まれて、体中にぞわぞわと甘い痺れが走った。

「美沙……」

唇が離れる瞬間に、うわごとのように誠さんは呟く。彼の親指の腹が胸の頂にツンと当たり、揺らされる。

「んんっ！　あ……っ、ふ……、はっ、あ、ぁ……っ」

「可愛い美沙。感じているね」

きゅ、と頂を摘まれ、指先で擦られる。背骨を伝って快感が駆けあがり、私の体は弓なりにしなった。

「あぁ……っ！」

そのまま、ソファの背に体を預ける。誠さんはクスクスと笑い、私に覆いかぶさった。

「いっぱい、気持ちよくなろう」

唇を合わせ、舌が差し込まれる。誠さんの舌は熱く、口内で淫らに踊り、私の舌を翻弄する。同時に彼の指が柔らかに動き、頂を擦り上げた。

「あぁっ、ン、んんっ！」

びくびくと体が大きく震える。それでも誠さんは唇を離さず、舌を交わらせ続けた。

私はすがるように誠さんの腕をぎゅっと掴む。

くちゅ、ちゅ。耳に届く卑猥な音が、たまらなく恥ずかしい。しかしその羞恥の気持ちすら、快感でうやむやになってしまう。

「はぁ……ふ……ん……、ああっ、ぁ……ん、はっ……っあ」

誠さんが胸の尖りを弄るたびに、甘やかな快感が襲いかかってくる。

気持ちよくてどうしようもない。それなのに、誠さんは私を一層高みに導こうとするかのごとく、攻める手もキスも緩めない。

だんだんと抵抗する力を失い、彼の服の袖を掴んでいた手が、するりと落ちた。

フ……と、誠さんの瞳が仄暗く光る。

「素直に感じて、いい子だ」

キスを何度も交わしたせいで、唇がふやけそうだ。誠さんはキスをやめ、顎から首筋にかけて唇でなぞってくる。産毛を撫でられるような感覚に、体がぶるりと震えた。

彼は、下からすくい上げるみたいに私の胸に触れると、至近距離でジッと見つめる。

「や……ぁ、はずかし……」

「うん。体中が赤くなってて、可愛い。……美沙」

　ふぅっと胸の頂に息を吹きかけられ、ぞわぞわとした感覚に襲われる。私が「あっ」と声を上げると、誠さんはもったいぶるように、ゆっくりと舌で胸の頂を舐めた。

「やぁ……っ、ふ、ぁっ、あぁ！」

　びりびりと体が痺れる感覚は、ひたすらに甘い。おかしくなってしまいそうだ。誠さんは抵抗しようとする私の二の腕を押さえつけ、チロチロと舌先で胸の尖りをもてあそぶ。さらに、ちゅっと音を立てて吸いついた。

「はぁっ！　ん、ぁあ……っ！　……ふ……ぅ……っ」

　強い官能に耐えようと、つい脚をばたつかせてしまう。すると誠さんは私の脚の間に自分の脚を差し込み、私の身動きを封じた。

「ン、あ、誠……さっ……やぁ……っ！」

　ちゅ、ちゅく。舌先で何度も胸の尖りをつつかれる。甘い感覚は止まることを知らず、容赦なく私に官能を与えてくる。

　くちゅ、ちゅ、ちゅっ……。まだ陽の光が差す昼下がり。シンと静まるリビングで、淫らな水音が響く。

「あ……っ、あぁ、は……っ、んん……、やっ……あぁあ！」

　一際強く胸の尖りを吸われて、ビクビクと体が震えた。誠さんはゆっくりと唇を離すと、妖艶な笑みを浮かべ、唾液で濡れたそこを指で摘まんだ。

「ふぁ……っ、んっ、ぁあ……っ」

くりくりと擦られると、快感が強まる。体の震えは大きくなり、自分ではまったくコントロールできない。まるで自分の体が誠さんに操(あやつ)られているみたいだ。

「気持ちよさそうだね」

くすくすと誠さんが笑って、次は反対側の胸の頂(いただき)に口づける。ちゅっという音が聞こえて、私はいやいやと首を横に振る。

「や、ぁ、気持ち……よく、て……やぁ……っ！ んん……っ、はぁ……、やめ……て」

「気持ちいいなら、やめる必要はないじゃないか」

「ちがう……の、おかしく、なっちゃ……っ」

言葉を遮(さえぎ)るように、再び頂(いただき)にキスをされる。はっと息を呑み、目を強く閉じた。ちゅ、ちゅるり。誠さんは胸の尖(とが)りに吸いつくなり、それを口内へ収める。そして生温かい口の中で、ちろちろと舌で舐(な)めはじめた。

「はぁ……っ、んんんっ！ ……ふぅ……っ、あ、はぁっ」

私の二の腕と脚を拘束したまま、誠さんは執拗(しつよう)に胸の尖(とが)りを舐(な)め、頂(いただき)を転がしては、なぶる。

腰が浮くような強い快感。じわりと下半身のあたりに湿り気を感じた。何か……濡(ぬ)れてる？

「ひ、ゃ……まこ、とさん……ヤ、なんかっ」

ぶんぶんと首を横に振って訴えると、誠さんは「何？」と答えた。

私は目尻に浮かぶ涙を感じながら、震える声で言う。

「あし、が……ンッ、濡れて、おかしい……の……っ」

誠さんの脚のせいで、私は脚を閉じることができない。でも確かに湿った感じがして、そわそわする。誠さんは一瞬目を丸くした後、ふはっとため息をつくように笑った。

「本当に……何も知らないんだな」

彼は優しく目を細める。ぼんやりと見上げていると、誠さんは突然私のスカートをめくり上げ、ストッキングの上から秘所の中心に触れてきた。

「やぁあっ！」

「ああ、本当だ。濡れてる」

スカートをめくられた驚きにあわあわしている間に、誠さんは嬉しそうに笑って、親指で秘所を押してくる。

「あっ、や、あのっ」

「あのな、美沙。君が気持ちよくなると、ここは濡れるんだ。女性の体は、そういう風にできている」

ニ、と少し意地悪そうに笑みを浮かべ、彼はそのまま私のストッキングを脱がしてしまった。
「君の体が、俺を受け入れる準備をしているんだよ。嬉しいな」

「受け入れる……って、あっ、ン！」

彼の指がぐりぐりとショーツの上から秘所を擦り、同時に胸の頂に口づける。痺れるほどの快感を覚え、私は「あぁっ」と声を上げた。

「可愛いなあ。本当に可愛い。美沙、好きだよ」

「ふっ、んっ、あぁ……っ、はぁ……っ！」

誠さんは甘い言葉を囁きながら首筋にキスをし、ギュッと私の胸の尖りを指で潰す。その感覚に体をびくつかせていると、誠さんは私の首をぬるりと舐めた。

「もう……離さない」

彼はそう低く呟き、私の肩に歯を立てる。

「はっ、あ……っ」

噛んだところを舐めた上に、ちゅうと強く音を立てて肌に吸いつく。彼が唇を離すと、私の肩には赤い痕がついていた。

「ふふ、俺のものっていう印だよ」

「そ、えっ……そん、な、勝手、に、やぁっ！」

「口ごたえはなし。そんなことを言っていいのかな？」

クックッと喉の奥で笑いながら、誠さんはキュッと胸の尖りを抓る。それから、もう片方の胸を舌でいたぶった。私は抗う力もなく喘ぎ、誠さんの髪を掴む。

「はぁ……！　あぁっ、んっ、な、んか……誠、さん……いじわる……？」

荒く息を吐きながら彼を睨んでしまう。今の誠さんは、会社で見せる紳士な『紗月誠』とかけ離れていた。ちょっと俺様だし、私を恥ずかしがらせるようなことばかりを口にする。

誠さんは心底楽しそうにニッコリと微笑んだ。

「ああ。実は俺、いじわるなんだ。がっかりした？」

コツ、と額を合わせて聞いてくる誠さん。私は俯き、顔をそらした。

「そんなことを聞くのは、ずるい」

ちょっと意地悪なことをしてきても、会社では見せない色気に溢れた彼は素敵だ。いつもよりずっと魅惑的で、私は誠さんにますます堕ちてしまう。

誠さんは軽く笑うと、「さて」と気を取り直すように言った。そして体を起こしてソファを下り、ヒョイと私を横抱きにして抱え上げる。

「きゃあっ！」

「そろそろ場所を変えようか。ここだと思う存分できないからね」

「思う存分って、何を、あっ」

横抱きされて移動するなんて生まれて初めてで、バランスを崩した私は、思わず誠さんの首に抱きついた。

誠さんは私を抱き上げたまま廊下を歩き、ある部屋のドアを足で開けた。その部屋に入った途端、誠さんの匂いが濃くなる。そこは寝室だった。

カーテンが閉じられた薄暗い部屋のベッドに、私はドサリと下ろされる。

「電気、つける？」

耳元で囁かれ、私は首を横に振った。誠さんはくすくすと笑って、私のワンピースをすべて脱がしてしまう。

「やっ、あ、恥ずかしい」

「俺も脱ぐから恥ずかしくないよ。美沙のすべてを見せて」

よくわからない理論を言いながら、誠さんは私の下着まで脱がす。それから、自分の服も荒っぽい手つきで脱ぎ払った。薄暗い寝室の中でも恥ずかしくて、私は思わず誠さんの体から目を逸らす。

「美沙……」

ずくんとみぞおちに響く低音で、誠さんが私の名を呼ぶ。

「好きだよ、美沙。本当に……君を、愛してしまった」

囁くように、内緒話をするように、私の耳に話しかけてくる。誠さんの愛撫によってすっかり体が敏感になった私は、耳にかかる熱い息にぴくぴくと反応した。

君を愛してしまった――

それは、本当に私自身のことを？　北條家のお嬢様だからではなく……？

彼の言葉の意味を考えている間に、誠さんは私の上にのしかかってくる。私の胸に誠さんの厚い胸板が当たって、どきりとした。

「んんっ、やぁ……っ！」

誠さんは私の耳にキスを落とすと、唇を肌の上で滑らせ、私の胸元に強く吸いつく。

その刺激にびくんと肩を震わせる。次の瞬間、胸元にもうひとつ、口付けの痕をつけられた。

「はぁ……っ、ん……、や、もう、痕つけないで……」

「嫌だ」

間髪を容れずに断られる。「うぅ」と私が眉を下げると、誠さんは私の胸の尖りに舌を這わせながら、ニヤリと目を細めた。

「もっと、美沙を俺のものにしたいからね。君が俺から逃げないように」

「やっ、は……っ、ン！」

つ、と彼の指先がある場所に触れる。それは私の最も恥ずかしい……秘めたる場所。

「ここも俺のものだって教えてあげよう。鎖で繋ぐみたいに、離れないように」

くちりと音を立て、彼の指が秘所を開く。私は「はっ」と息を呑んだ。

「……美沙の体に、俺を刻むよ。君が好きだから」

誠さんは、ベッドのサイドボードに置いてあった小さな箱を手に取る。包装されていたフィルムを剥がし、そして中から避妊具を取り出した。

「君に恋をしていると自覚した時から、君が欲しくて仕方なかった。美沙、俺が君を好きなのだと、信じてほしい」

手早く準備を終えた誠さんは、私の両脚を両脇に抱え込むと、ぐっと体を近づける。そして秘所に熱いものを宛てがった。

避妊具をつけた彼の性器。それがわかると、たまらなく恥ずかしくなって、心臓がばくばく高鳴る。

「誠……さん」

やめてほしいのか、続けてほしいのか、私にはもうわからない。ただ胸がドキドキして、頭の中は誠さんでいっぱいになっていた。

ぐっ、と秘所に性器がねじこまれる。ぬるりとした感覚がしたと思った瞬間、それは容赦なく私の中に入ってきた。

「はっ、あ……っ、あぁ！」

圧迫感と共に、鈍い痛みを感じる。例えようもない大きな質感が、私の体の中を進んでいく。

「美沙……っ、……っく」

誠さんの声が掠れ、酷く甘い声で私の名を呼ぶ。その声に応えたくて、私は彼を抱きしめ、その厚い胸に顔を埋めた。

「……は、っ、あ、すき、誠さん……っ」

もう気持ちを隠す余裕なんてない。私はたまらない感覚を持て余し、気持ちを口にした。

「美沙……！」

誠さんは私の名を呼ぶと強く抱きしめ、ぐぐ、と自分の腰を前に進める。

「はっ、ア、あぁ、は……全部、入った……」

そう囁くと、誠さんはゆっくりと腰をグラインドさせ、自身をグリグリと私の中に擦りつける。

「あぁ……ンッ！　あ、ふ……っ！　それ、気持ち、い……っ！」

びくびくと体を震わせながら言うと、誠さんはフッと意地悪そうに微笑み「それはよかった」と目を細めた。

唇を重ねられ、ぐちゅりと濃厚な音を立てて舌が絡めとられる。誠さんの熱い舌が私の口内を蹂躙し、舐め尽くす。パン、と勢いよく肌が当たって、奥まで貫かれる感覚にたまらない声を上げた。

「あっ、やぁ、まこ、と……っ、さ、アん！」

ぐちゅ、ちゅ。ぬちゃ。

卑猥な水音。初めての感覚。はじけてしまいそうな快感に、この濃厚な交わり以外のすべてが、頭の中から霧散していく。

「誠さん、すき、あ、……っ、好きなの！」

「美沙、嬉しい。俺も好きだ。君が……」

誠さんは途中で言葉を切り、グッと目を閉じる。彼の眉間に皺が寄って、ぐりりと性器を押し込まれた。

「ああっ!!」

彼は私の片脚を持ち上げ、自分の肩にかける。そうして力任せに抽挿をはじめた。

私のすべてを奪いつくすような、獰猛でケモノみたいな腰遣い。はっはっと息を切らして、彼は私の体を押さえつける。そうして、彼は呟いた。

「美沙、君が……」

あまりに小声で、うまく聞き取れない。

聞き返そうとすると、誠さんは唇を重ねてきた。ぬちゅりと音を立てるほど大きく唇を食み、口の中に舌を差し入れ、かきまぜてくる。

『――君が、誰であっても』

誠さんの呟きは、聞こえなかった。けれど唇の動きは、そう言っているように見えた。

まさか、私が北條家の娘ではないと知っている？　でも……

私がそのことを深く考える隙は与えられない。誠さんはぎゅっと私の体を抱きしめ、最奥を突くような抽挿を続ける。

「あっ、んっ！　んっ……は……っ……ぁあ！　誠さん……っ、きもちい……っ、あ……！」

ぱん、パン。ぐちゃ、ぬちゅ。

淫らな音が響き、頭の中に白い霞がかかる。体を揺さぶられながら、すべての事柄が曖昧になる。ただ、誠さんを抱きしめて、彼の名を呼んだ。

「誠、さ……っ、ん……！　は……っ、はぁ、あっ、あぁ……すき、誠さん、あぁ！」

彼はびくんと大きく体を震わせると、ぐりぐりと最奥を杭で突いた。その瞬間、奥で熱い何かが爆ぜる。

「……ク、ッ……はぁ、美沙。俺も……君が好きだよ」

誠さんは、うっとりと私を見つめ、キスをした。

柔らかに食み、求め合う唇。

官能的な交わりはまだ終わらない。私たちはもう一度濃密に抱き合い、私は気がつけば眠りに落ちていた――

ふと目が覚めると、あたりは真っ暗だった。どれくらい、私は眠り込んでいたんだろう。

ゆっくりと起き上がると、私の体に絡んでいた長い腕がするりと外れる。

隣を見れば、そこには裸の誠さんがすうすうと寝息を立てていた。ベッドの横にあるカーテンを軽く引いてみる。日はすっかり落ちており、満天の星が広がっている。

眼下に広がるのは、目が覚めるような都会の輝き。思わずその美しい夜景に目を奪われる。けれど、すぐに自分が裸だったことに気づいて、サッとカーテンを閉じた。

誠さんとの濃厚なひと時。最後のほうは朦朧(もうろう)としてあまり覚えていない。ただ、気持ちよくて、体がとろけそうだった。

しかし、その特別な時間が終わってしまうと、すごく恥ずかしい。私の顔は、きっと真っ赤になっているだろう。

とりあえず服を着ようかな。そう思ってベッドから出ると、カーテンの隙間から月明かりが差し込んでいることに気がついた。

――寝室の真ん中にある小さなサイドテーブル。その上に乱雑に書類と鉛筆、消しゴムが置かれている。どうやら誠さんは、私が寝ている間に、仕事をしていたらしい。

私は吸い寄せられるように、そのテーブルに近づいた。何の気なしに書類を覗き込む。

「図面？」

図面のラフだが、詳細が描かれている。それは巨大な輸送船……タンカーの図面だった。

「ただのタンカーじゃない……タンクに特殊塗装と、素材にステンレスが使われている。これは石油を運ぶものじゃなくて、もっと特殊な……そうか、これ、ケミカルタンカーなんだ」

アルコールやベンゼンといった液体化学製品を海外から運ぶ巨大輸送船、ケミカルタンカー。紙に描かれていたのは、その図面だった。

私はハッと思い至る。今日、誠さんが出張に行ったのは港街。そこには貿易港がある。

もしかして……桂馬重工が言っていた極秘プロジェクトって、これのこと？

太平洋を渡る、巨大輸送船の開発受注……。間違いなく、とても大きな商談だ。

テーブルに広げられた書類を、何枚かそっとめくってみる。すると、メモのようなものが見つかった。

「これは、造船所のリスト……。紗月重工は、タンカーそのものじゃなくて、内部の機械製造を請け負っているんだ。ということは……」

——私は裸で何をやっているんだろう。こんな風に書類を荒らして、ドロボウみたいな真似をして。

そう思うのに、自分の手は止まらなかった。

「あった。これは……海外のケミカルタンカー運航事業からの依頼なんだ。こんなの、話が大きすぎる。もし、この話を……漏らしたら……」

ぎゅっと手を握りしめて、私はおそるおそる後ろを見た。誠さんは私がこんなことをしているなんて知るよしもなく、すうすうと寝息を立てている。

私がこの情報を流したら、間違いなく桂馬重工は動くだろう。

海外の企業はとてもフェアに、そして冷徹にプレゼンを判断するところがあると聞く。紗月重工よりもコストが安く、そして品質のよい内部構造の提案ができたら、彼等は間違いなく、桂馬重工に鞍替えするだろう。

そう、問題は内部構造だ。テーブルに散らばる資料を漁ると、それはすぐに見つかった。

「……タンク及び、ポンプのクリーニングのシステム開発。えっと、システム詳細はこれか。……写真を撮って送ったら、まったく同じものを作れるはず。桂馬重工はステンレス加工に定評があるし、タンクの品質を上げて、パイプにも耐久度のある材料を使えば……」

タンカーは専門外だから、詳しいことはわからないけど、これは桂馬重工にとってチャンスになるだろう。紗月重工から取り引き先を横取りできる機会だ。

――これさえ桂馬重工に渡せば、私の役割は終わる。うちの工場は潰れずにすんで、私は元の生活に戻ることができる。大好きな物作りの仕事を続けることができるのだ。

でも、そんなことをしたら、紗月重工は――誠さんは、どうなるんだろう。具体的には想像がつかないけれど、彼が困ることは間違いない。

私は、家や工場を守るために、誠さんを窮地に立たせるの？

でも、ハニートラップとはそういうものだ。私はスパイとして紗月重工に潜入し、誠さんに近づいた。情報を得て桂馬重工に持って帰るのは、行動としては間違っていない。

けれど、私は、誠さんを――

ぽろりと一粒、涙がこぼれた。本当に、どうして私は、誠さんを好きになってしまったの？

「……できない……よ」

こんな重要機密を持ち出すなんてできない。誠さんを不幸にしたくない。

いつの間にか、誠さんの成功を願うようになっている。私は、誠さんを裏切ることができない。

そうしないと工場は潰れてしまうのに。

すん、と鼻を鳴らした。私はもう『北條美沙』の役割を果たすことができない。スパイは役立たずのまま終わってしまう。これから……どうしたらいいのか。

その時、かさりとシーツの擦れる音がした。私はビクッと肩を震わせ、後ろを見る。

すると、誠さんが目を閉じたまま、ゆっくりと手をさまよわせていた。

「美沙……。どこ？」

「あ、誠さん。ごめんね」

サッと乱れた書類を戻して、すぐさまベッドに潜り込む。誠さんは私に触れるとホッとしたように微笑み、うっすらと目を開けた。

「よかった。どこに行ったのかと思った」

「……どこにも行かないよ」

ぽそりと呟くと、彼はゆっくりと私を抱え込み、ぎゅっと抱きしめてくる。

そう。今だけは、どこにも行かない。でも、明日からは……わからない。

自分の体は震えていた。誠さんは私の背中を優しく撫でてくる。

「ああ。君は……どこにも、行かせない。君の居場所は、俺のそばだけだよ」

そう呟いて、誠さんは唇に軽くキスをした。心地のいいそれを受けて、私は彼の胸に顔を埋める。

こんなにも、明日が来ないでほしいと願ったのは、生まれて初めてだった。

第五章

結局、私は誠さんのぬくもりに誘われるように、再び眠りに落ちてしまった。そして次に目が覚めた時には、すでにカーテンの隙間から明るい朝日が差し込んでいた。

「おはよう、美沙」

私が体を起こしてぼんやりしていると、隣から声をかけられる。夢うつつのまま下を向いたら、裸の誠さんがうつぶせで頬杖をつき、私を見上げていた。

「おはよう……ございます」

ボーッと答える。来てほしくない明日がやってきた。私は今日から何をすればいいのだろう。そうだ。報告書にはなんて書こう。情報は入手できなかったと書くしかないか。

そんなことを考えていると、誠さんは悪戯(いたずら)っ子のような笑みを浮かべて手を伸ばしてくる。そしてツンと私の胸の頂(いただき)をつついたから、思わず「きゃっ！」と声を上げてしまった。

「ふふ、寝ぼけまなこの美沙も可愛いな。普段はしっかりしてるから、新鮮だ」

「も、もう。やめてください」

途端に恥ずかしくなってくる。私が慌てて布団をかぶると、誠さんはくすくすと笑って起き上がった。そんな彼も真っ裸で、布団がずれて下半身のきわどいところが見えている。

見ていられなくて、私は横を向いた。誠さんはまだ笑っている。

「さて、お腹も減ったからそろそろ起きようか。それとも、一回する?」

「し、しません! 起きますから、先に着替えてください」

誠さんは「はいはい」と余裕たっぷりな笑顔でベッドを出た。ベッドヘッドに置いてあった眼鏡をかけると、スタスタと部屋を歩き、クローゼットの中からラフな私服を取り出して手早く着る。

「ああ、そうだ。君の服、一度洗濯しようか。ワンピースはともかく、下着の替えなんて持ってないだろう?」

「あ……そ、そうですね。でもそうしたら、私は何を着たら……」

「そうだな。ん、これなんかいいんじゃないか? サイズも大きめだから」

誠さんはクローゼットの引き出しから服を取り出して、私に渡してくれる。それはカーキ色をした長袖のボートネックシャツだった。

シャツの色も濃いし、肌が透(す)けることもなさそう。私は布団に隠れながらそれを着る。ベッドから出て立ち上がると、シャツの裾は太ももの真ん中くらいまであった。

「うん、いいですね。シャツワンピースみたいです」

誠さんは私より頭ひとつ分背が高く、体もがっしりしてるから、服のサイズも大きい。だぼっとした袖をまくっていると、誠さんが「うーん」と悩ましげに腕を組んだ。

「まさか俺が、こんなベタなことをする日が来るとは思わなかった。意外にいいな……」

「なんのことですか？」

「いや。なんでもない。洗濯するなら案内しよう。こっちだよ」

誠さんが洗濯機のある洗面所に連れていってくれて、私は自分の服を洗濯させてもらった。その後リビングに行くと、彼はキッチンカウンターに置かれている脚長の椅子をすすめてきた。

「お腹がすいてるだろう。簡単なものでいいなら何か作るよ」

「誠さん、お料理できるんですか？」

意外だ。私が目を丸くしていると、誠さんは心外だとばかりにじとりと目を細める。

「君は、俺が何もできないボンクラだと思っていたのかな？」

「そ、そこまでは思ってませんよ！　で、でも……社長の息子さんなので、てっきりお料理は、誰かに作らせているのかなと」

「食事なんて毎日のことだろう。それに、自分のプライベートの空間にあまり他人を入れたくないんだ。掃除はプロに任せているけどね」

そう言いながら、誠さんは冷蔵庫を開けて卵をふたつ取り出し、ベーコンとレタスも手に取った。

何を作ってくれるんだろう？　ちょっとわくわくしてしまう。

彼はトースターで食パンを焼きながら、フライパンで目玉焼きを作り、お湯を沸かしはじめた。

日頃から自炊しているというのは本当のようだ。とても手際がいい。お金持ちの人はあまり料理をしないものだと思い込んでいたが、彼はそうでもないらしい。

やがてチンとトースターが音を鳴らす。誠さんはトーストにバターを塗り、レタスを載せた。そして目玉焼き、さらに焼いたスライスベーコンを三枚載せる。最後にトーストしたもう一枚の食パンを載せ、包丁でザックリと切った。

「わあ、おいしそう！」

「アメリカンクラブサンド……というほどじゃないけど、切ったほうが食べやすいかと思って。もうひとつ作るから、ちょっと待ってね」

誠さんは再び食パンをトーストする。そして先ほどと同じように手際よく、スクランブルエッグとスライスしたトマト、厚切りのベーコンのサンドイッチを作ってくれた。

最後に彼は丁寧にコーヒーを淹れて、カウンターに置いてくれる。

「はい、お待ちどおさま」

「すごくお洒落な朝ご飯です！　いただきます！」

さっそく私は目玉焼きのサンドイッチにかじりつく。たっぷり入ったベーコンの塩辛さに、目玉焼きのカリッとした香ばしさとまったりした味が丁度合う。そしてしゃきしゃきのレタスが瑞々しい。トーストから漂うバターの風味もたまらなかった。

「おいしい！　誠さんがこんなにお料理上手だなんて知りませんでした！」

「こんなの料理のうちに入らないよ。でも、そんな風にニコニコして食べてもらえると、俺も作った甲斐があるな。コーヒーもどうぞ」

すすめられるままに、温かいコーヒーを口にする。ブラックコーヒーなのに、とてもまろやかな味わいだ。

「これ、酸味が少ない上に、あまり苦くなくておいしいです」

「君はそういうコーヒーが好きなんじゃないかなと思って、買ってみたんだ。飲みやすいだろう？」

私の好みに合わせてコーヒー豆を買ってくれたなんて、嬉しいな。

ぱく、とふたつ目のサンドイッチを口にしていると、コーヒーを静かに飲んでいた誠さんが、ゆっくりと口を開いた。

「……あのさ、美沙」

「はい」

「次の木曜日って、祝日だろう？　実はその日、うちで小さな集まりがあるんだ」

誠さんは、コン、とカウンターにコーヒーカップを置く。私がサンドイッチを食べながら頷（うなず）くと、彼はかしかしと後頭部を掻いた。

「その、決して大掛かりなものじゃないんだ。身内だけで集まって、近況を確認し合うようなものでね」

そう説明すると、彼は私の目を見て微笑んだ。

「美沙に、来てほしいんだ」

「え……私、ですか？」

「うん。俺と一緒にね。よかったら後で服を見に行こう」

誠さんが誘ってくれている。でも、私は思わず俯（うつむ）いてしまった。

私はもう『北條美沙』を演じることはできない。彼から情報を得て、桂馬重工に報告する義務を放棄してしまったのだから。

「あの……私、その、その日は……」

「何か用事があるの？　でも、できるだけ来てほしいんだ。――助けてほしいから」

「助ける……ですか？」

私は首を傾（かし）げた。誠さんは少し困ったように笑う。

「俺も今年で三十一だからね。最近は集まりがあるたびに、身内から縁談をすすめられるんだ。正直辟易（へきえき）しているんだよ」

「あ、そういうことですか」

「人に世話されなくても相手は自分で見つけるって、毎回言ってるのにな。そんなわけで、君を連れて行けばそういった話を聞かなくて済む。さすがに、恋人が隣にいる状態で縁談をすすめてくるほど、厚顔無恥（こうがんむち）じゃないだろうからね」

誠さんの言っていることはとても理解できた。けれど、その『身内の集まり』は、私にとって場違いな場所だろう。北條美沙としてすっかり自信をなくしてしまった私は、そんなところで無事にごまかしきれるのだろうか。

思わずサンドイッチを食べる手を止めて黙り込むと、誠さんは優しい声で言う。

「本当に、身内だけなんだ。つまり俺の実家である、紗月家の家系の人間しかいない。ちょっとした家族の集まりって感じかな。だからそんなに緊張しないで。俺は決して君から離れないし、食事をしたらすぐに帰るからね」

誠さんがやけに一生懸命な気がする。余程困っているのかもしれない。それなら……一度だけなら、いいかな。次の木曜日は数日後。それくらいなら、まだここに居続けられるかもしれない。私がいつ誠さんの前から消えなくてはならないか、わからないけど。

何より私は、あと少しだけ誠さんのそばにいたかった。ボトルシップも早く作って、離れる前に渡したい。

「わかりました。じゃあ……行きます」

「本当？　よかった！　服が乾いたらすぐに買い物に行こう。君に似合う服を選びたいからね」

「私に似合う服、ですか？」

「うん。アクセサリーやバッグも見よう。家族会は毎回憂鬱だったけど、こんなにも楽しみに思えたのは初めてだ。早く木曜日になってほしいくらいだよ」

ニコニコして、サンドイッチにかぶりつく誠さん。そんなに縁談を持ち込まれるのが嫌だったのかな。今年で三十一になるなら、熱心にすすめられるのも仕方がないと思うけど。

話がまとまった後は、サンドイッチとコーヒーを味わい、服が乾燥するのを待ってから買い物に繰り出したのだった。

来る祝日の木曜日。私は自分のマンションの部屋で、誠さんに買ってもらった服を着ていた。腰高にウエストを合わせた、ドレープが豪華なスカート。目の覚めるようなスカーレットカラーで、背中側には同色のリボンがついており、非常に上品だ。トップスは、肌触りがいいシルクのベージュ色をしたブラウス。

そして、誠さんに買ってもらったネックレスをつける。シンプルなデザインだけど、真ん中にダイヤがはめられ、その周りにサファイアやピンクトパーズが可愛らしくちりばめられた、とても高そうなネックレス。こんな高価そうなものを私がつけていいのか不安になる。

これらはすべて、日曜日に誠さんが買ってくれた品々だ。彼は自分がよく使っているというセレクトショップに赴くと、いきなりスタッフに私の採寸をお願いした。そして頭のてっぺんから爪先まで、すべてコーディネートされてしまったのである。

耳に光るのは、ネックレスとセットのイヤリング。黒を基調としたお洒落な髪留め、有名なブランドロゴのついたバッグに、履き心地のよいベージュ色をしたエナメルのパンプスまで揃えてくれた。

すべてを身に着けて玄関の鏡に映った私は、自分じゃないみたいだった。

……まるで、本物のお嬢様になったかのよう。この装いが似合っているのか、自分ではまったくわからないけど。

日曜日から今日まで、身の縮む思いで過ごしていた。

日報も、うまく書けない。極秘プロジェクトは結局「聞き出すことは難しかった」と書いた。桂馬重工からの返信はなく、沈黙が続いている。

てっきり、役立たずとか、引き上げろとか、そういったことを言われると思っていたのに、拍子抜けするほど反応がない。

私はこれからどういう風に行動すればいいのか、まったくわからなくなっていた。紗月重工で『北條美沙』と偽り続けるのにも、限界がある。いつかは絶対、私が偽者だとばれるだろう。それまでにあの会社を去らないと、私を手助けした北條家や、紗月専務の立場が危うくなると思うんだけど。

玄関でぼんやり今後のことを考えていると、スマートフォンが鳴る。どうやら誠さんが迎えにきてくれたようだ。私は鏡の中の自分をもう一度見つめてから部屋を出て、エントランスへ向かった。

誠さんが私を乗せて車で向かったのは、都内中心部にある、格式の高いホテル。彼はロビー前で車を停めると、ドアマンに車の鍵を渡し、私に腕を貸しながらまっすぐロビーを歩いていく。その堂々とした姿は、さすが御曹司と言えるだろう。

彼はネイビーのスラックスとジャケットを、とても素敵に着こなしている。私がぼうっと彼を見上げていると、エレベーターの前で誠さんが「どうしたの?」と顔を覗き込んできた。

「あ、いや、その。やっぱり誠さんは、恰好いいなあと思って」

「君に褒められると嬉しくなるね。美沙も綺麗だよ。そのネックレスも、よく似合っている」

「わ、私は別に。その、服に着られている感じがするから、あんまり見ないでください」

「そんなことないよ。本当にぴったりだ。俺があまりに可愛い子を連れてくるから、みんな驚くだろうね」

さらっと甘い言葉を口にする誠さん。気障（きざ）だなぁと思ったけど、嬉しい。

誠さんとエレベーターに乗って到着したのは、十階。誠さんは慣れたように廊下を歩き、やがて大きな観音扉（かんのんとびら）の前に立つ。

「ここですか？」

「うん。入るよ」

ガチャリと誠さんが扉を開けた。ごくりと生唾を呑み、できるだけ淑（しと）やかに歩こうと、背筋をピンと伸ばす。

その部屋は、私が想像していたよりも遥かに広く、そして豪華な雰囲気に包まれていた。部屋の奥で、演奏者がピアノを弾いている。テーブルの上には軽食やドリンクが揃っていて、スタッフが飲み物を配っていた。

中にいる人は二十人ほどだろうか。私や誠さんと同年代の人は少なく、どちらかといえば、私の両親くらいの年齢の人が多い。だが、全員身なりがとてもよかった。間違いなくここは誠さんの身内ばかり……つまり、私と住む世界の違う人たちがいる。

思わず怖気（おじけ）づいて、足を止めてしまう。すると私の怯（おび）えがわかったかのように、誠さんが背中を撫でてくれた。

「大丈夫だよ、美沙。君はとても綺麗だ。彼らにひとつも負けていない」

「で、でも」

「君に会わせたい人たちがいるんだ。ほら、こっちだよ」

会わせたい人たちって、どういうこと？　私は誠さんの縁談を断る口実になるために、ここに来たんじゃなかったの？

私が疑問を感じている間に、誠さんは広間の真ん中を歩いていく。すれ違う人たちがみんな私を見た。全員、一様に驚いた顔をしていて、ひそひそと何かを話している。

やっぱり場違いだと思われてる？　というか、私……北條美沙としてこの場所にいて、いいのかな？

様々なことを考える中、誠さんはずんずんと先に向かって歩いていく。そして、広間の一番奥に、目的の人たちがいた。

「父さん、母さん。連れてきたよ」

「……え？」

誠さんの言葉に、私は目を丸くする。目の前にいたのは、どことなく誠さんに似た顔の壮年の男性と、着物を着た淑やかな女性。私が唖然としていると、ふたりは私たちに近づいてニコリと微笑んだ。

「ああ、君が『美沙さん』なんだね」

誠さんがお父さんと呼んだ男性が、私に話しかけてくる。なんと答えたらいいかわからないまま固まっていると、次はお母さんと呼ばれた女性が私を見つめてきた。

「誠から話を聞いて、どんな方かしらと思っていたの。会えて嬉しいわ」

どういうこと？　誠さんはご両親に私のことを話していたの？

それにちょっと待って。誠さんのお父さんって、それはつまり……紗月重工の……

「俺が話していた通りの女性だろう？　……父さん、俺は決めたから」

「ああ。私から言うことはないよ。それに、これから楽しくなりそうだからね」

誠さんとお父さんがなんだか意味深に笑う。その隣ではお母さんがニコニコと微笑んでいる。

私は戸惑って、誠さんの袖を引っ張った。

「あ、あの、誠さん……どういうこと？」

「うん。美沙、ごめんな。ずっと黙っていて。実はね、俺は君の本当の……」

そこで誠さんは唐突に言葉を止めて、横を向く。そして訝（いぶか）しげな表情を浮かべた。

つられるように私も顔を向けると――そこには、とても綺麗で淑（しと）やかな女性が、立っていた。

「お話の途中で、失礼いたします。お久しぶりですね、紗月さん」

その挨拶に、誠さんの顔から表情が一瞬で消えた。しかし彼はすぐに微笑みを浮かべ「そうですね」と返す。

その女性は、全身が高級ブランド品で固められていた。ブランドのロゴが主張されたベルトに、バッグ。仕立てのよいサーモンピンクのパーティドレスを身に纏い、胸元と耳には宝石をあしらったアクセサリーがきらきらと輝いていた。

「あなたもお元気そうで何よりです。しかし失礼ですが、なぜ、あなたがここに？　ここは紗月家の親戚が集まるささやかな食事会です。あなたを招待するような催しではないのですが」

「北條家は紗月家と家族のような仲ですもの。是非、と誘われたのです。あなたの叔父様に」

彼女の言葉を聞いて、誠さんが「そうですか」と呟く。

彼の口調は、会社でいつも聞いているような穏やかで丁寧なものだったけれど、どこか苦々しいものがまじっているように感じた。

それにしても、この女性、今――北條、って言わなかった？　口ぶりからすると、彼女は北條家の人間のようだ。

心にじわじわと、怯えのような不安が湧き上がる。背中を、冷たい汗が流れていく。

すると、その女性がついと私を見た。びくりと、体が震える。

「まさか、こんなところまで入り込むなんて。偶然とはいえ、叔父様のお誘いに乗ってよかったですね」

「どういうことですか？」

間髪を容れず、誠さんが尋ねる。すると彼女は眉尻を下げ、悲痛な表情で訴えた。

「紗月さん。先日、お父様のところに、紗月重工の重役から連絡がありましたのよ。北條家を名乗る女性が、紗月重工にいると」

シン、とあたりが静かになる。いつの間にか、私をたくさんの人たち――誠さんの身内の人たちが囲んでいた。みんな一様に、興味深そうな顔をして見ている。

「不審に思ったお父様が、内密に調べたところ……その北條を名乗る女性は、桂馬重工に所縁ある人間だとわかりました。そして少なからず、情報が桂馬重工に流れていることも把握しました」

ざわ、とあたりが騒がしくなる。

間違いない。彼女は、私のことを言っている。私はぎゅっと自分の手を握りしめた。

言わないで。お願いだから、今は、口にしないで。

だってここですべてが明かされたら、私は――

「確か北條美沙と名乗っているらしいですね、紗月さんの隣に立つその女性は。……彼女の本当の名前は伍嶋美沙。北條とは関係ない、桂馬重工が取り引きしている工場の社長の一人娘ですよ」

彼女の言葉で、目の前が真っ暗になった。

かたかたと体が震えている。怖くて、周りを見られない。

「危なかったですね、紗月さん。彼女をご両親に紹介されるようでしたけど、事前に止めることができてよかった。このままだと、大変なことになっていましたもの」

本物の北條家のお嬢様が、そっと誠さんの腕に触れる。心から誠さんを心配しているように、悲しげな表情だ。

「そこの伍嶋美沙は、桂馬重工に雇われた産業スパイです。お父様の調査によると、大した情報は引き出していないようですが、あなたが紗月重工に関して話したことは、すべて桂馬重工に筒抜けだったんですよ。重要なことを口にする前でよかったですね」

お嬢様はほっとしたように息をつき、軽く誠さんの腕を引く。

するり、と私の手から誠さんの腕が抜けた。怖くて仕方がない。

だけど私は、まるですがるように……顔を上げてしまう。

誠さんは、私をジッと見ていた。まるで私という存在が信じられないと言うような、冷たい目で――

「あ……ぁ……」

よたり、と一歩後ろに下がった。もう私は、彼のそばにはいられない。いや、これ以上誠さんの顔を見たくなかった。

クルリと後ろを向いて走り出す。観音開き（かんのんびら）きのドアを開けて、エレベーターに向かうが、待っていることができずに階段を走って下りる。

一階に着いたところで、はぁ、はぁ、と息を吐き、おそるおそる後ろを見た。

誰も追いかけて来ることはなく、しだいに私の乱れた息が落ち着いていく。

今度こそ終わった。確実に私は今『北條美沙』ではなくなった。

もう二度と会えないだろう。誠さんにも、設計開発部のみんなにも。

私はふらつく足取りでホテルを後にする。何も考えられなかった。ただ帰ろうと……

私は桂馬重工に与えられたマンションに戻る。

ふらふらになりながら部屋に入ると、リビングに置いてあったタブレットが、ちょうどメールを受信した。

よたつく足でリビングに座り、メールを開く。そこには、鷹野さんからのとても簡素なメッセージが届いていた。

『あなたの仕事は終わりました。すみやかに、そのマンションから出てください』

仕事……仕事は、終わったの？　私はもう、ハニートラップを仕掛けなくてもいいの？

ごろごろと、外から雷鳴が聞こえてくる。いつの間にか厚い雲が街を覆（おお）っていて、今にも雨が降り出しそうだ。

私は何がなんだかまったくわからないまま、私物をスーツケースに片付けた。私がこの部屋に持ってきた荷物は少ない。替えの下着と、数着の服。工具箱と、作りかけのボトルシップ。

そして……誠さんからもらった、懐中時計。

私はそれをギュッと握りしめると、スーツケースの中に入れた。

ごろごろ。ごろごろ。

雷はまだ鳴り響いている。

スーツケースを転がしながら、私は自分の家を目指す。

あと少しで実家だというところで、ぽつんと鼻に雫が落ちた。次の瞬間、さぁぁという静かな音と共に、雨が降りはじめる。

私は誠さんに買ってもらった服のままだ。慌てて走ったが濡れ鼠になり、見慣れた実家の軒下に飛び込んだ。

「はぁ、はぁ……」

息を整えてから、私は家のインターフォンを鳴らす。雨に濡れて体が冷えたせいか、それとも何かの恐れのせいか、その指は震えていた。

しばらくして、玄関扉が開く。そこに立っていたのは、母だった。

「お母さん……」

「美沙。よく、がんばったわね。おかえりなさい」

優しい笑顔で私を出迎えてくれる。思わず涙をこぼして、「うん」と頷いた。

母は、ずぶぬれの私を温かく包み込んでくれた。私は濡れた服を脱ぎ、自分の部屋で私服に着替えてから、リビングに入る。

そこには久しぶりに見る父が、テーブルの席についていた。

「ただいま……お父さん」

「おかえり。美沙、すまなかったな」

父は私を見て微笑むと、ゆっくりと俯いた。その表情は暗く、私は吸い寄せられるようにテーブルの椅子に座り、父と向かい合わせになる。

「どうしたの、お父さん」

「美沙、ごめんな。お前が頑張ってくれたのに、うちの工場は……畳むことになったよ」

「え……」

私は目をぱちくりと瞬かせる。

「ど、どうして？　なんでいきなり？　桂馬重工の言うことを聞いたのに、交渉もさせてくれないの？　わ、私の、この一ヵ月は、なんだったの!?」

「すまない。すべて俺の責任だ。俺が最初に、ちゃんとここまで読んでいたら」

「あなた。そんなのは無理だって、何度も言ったじゃないですか。最初から桂馬重工の考えを最後まで読むなんて、不可能ですよ」

母が温かいお茶を淹れて、私の前に湯呑みを置く。そうして母は、私の斜め向かい――父の隣に座った。

「美沙、この結果はね。最初から決められていたの。私たちも今日、桂馬重工から聞いたのよ」

私はまだ事態が呑み込めなくて、ぼんやりと首を傾げる。すると次は、父が口を開いた。

「最初からおまえは、成果など期待されていなかったんだ。なぜなら、本物の産業スパイの隠れ蓑として使われたのだから」

私は目をゆっくり見開く。窓の外では雨が本降りになっていて、音を立てて窓を叩く。

「本当の目的はそこにあった。素人の美沙を紗月誠に近づかせて、注意を引かせる。その裏で、桂馬重工が雇った産業スパイに情報収集をさせる。俺たちは、完全に捨て駒として使われたんだ」

ゆっくりと言葉が頭の中に浸透していく。私は捨て駒。本物の産業スパイが行動するための……

でも、それならどうして、北條のお嬢様は、あの場で私がスパイだと言ったんだろう。何か他に、私の知らない事情があるのだろうか。

わからないことだらけだけれど、一番気になるのは別のことだ。

「待ってお父さん。それはそうとして、どうして工場がなくなってしまうの？　その話が本当なら、私はちゃんと役割をまっとうしたってことなんでしょう？」

最初に話を聞いた時から、私のような素人にどうしてハニートラップを頼むのか、謎だった。それも、すべてを知ってしまえば納得できる。とても悔しい真実だったけれど、桂馬重工の真意がそうであるなら、私はちゃんと仕事をこなしたはずだ。

しかし父は苦渋の表情を浮かべ、ふるふると首を横に振る。

「それは問題じゃないんだ。美沙が役割を果たそうが、失敗しようが、どちらでも結果は変わらなかった。……桂馬重工は、最初からこの工場を切ると決めていたんだ。そのことを伏せて、彼らは私たちを脅した。……脅されたとはいえ、こちらが協力したのは事実だ。もし俺たちが世間に訴えれば反撃する用意はあると、釘を刺されたよ」

告発したところで不利になるのは俺たちのほうだろう。そうこぼして、父は肩を落とした。

「そ、そんな……」

愕然として、力なく俯く。

私のこの一ヵ月と少しの期間は、慣れないながらも頑張ってきた日々は、すべて無駄だったんだ。

酷い。いくらうちが取るに足らない町工場でも、この扱いは酷すぎる。桂馬重工の人間には血が通っていないのか。こんな理不尽を許していいのか。

悔しさのあまり、ぎゅっと湯呑みを握った。カタカタと手が震えている。

そんな私の手にそっと触れてきたのは、母の手だった。

「美沙、ごめんね。あなたには苦労をかけてしまって」

「お母さん……」

「私たちがどうあがいても、桂馬重工が発注を止めた以上、工場は経営できなくなる。最初から私たちは間違っていたの。大企業に頼り切って、安心していたのが失敗だった。だからこれは、私とお父さんの責任。美沙は何も悪くない。よく、頑張ってくれたわ。ありがとう……ごめんね」

「お母さん……。おかあ、さんっ!!」

すべての感情が爆発して、慟哭する。今まで無理してきたこと、空回りをしていると感じながらももがいた日々。すべてが、終わったのだ。

みじめで、最悪で、どうしようもない現実。私一人の力じゃ、未来を変えることなんてできなかった。大企業という太刀打ちできない存在は、容赦なく私たちを踏みつぶした。

悔しくてつらくて悲しくて、私はただただ、大声を上げて泣いていた。父はつらそうに顔を歪め、母はエプロンの裾で涙を拭きながら、私の手を握ってくれた。

ひとしきり泣いた私は、やがて力なく自分の部屋に戻る。

そこには、先ほど自分が置いたばかりのスーツケースがあった。

ロックを外し、ぱかりと開く。一ヵ月と少し前、私がこの部屋で荷造りしていた時は、あんなにも工場のために頑張ろうと息巻いていたのに、結局は泣き寝入りの終焉を迎えそうだ。

「はぁ……」

何もしたくない。何も考えたくない。力なく、スーツケースの中から荷物を取り出す。すると、ころりと膝に、何かが転がった。

それは誠さんからもらった懐中時計のケース。そっと手に取ってケースを開けると、中ではとても綺麗な懐中時計が時を刻んでいた。

ため息が出るほど、精緻で美しい時計だ。私の大好きな要素がすべて詰まっている、何度見ても飽きない、大切な宝物。

でも、これは私がもらったものじゃない。ニセモノだった『北條美沙』がもらったもの。

「返さなきゃ」

ぽつりと呟く。これはとても高価なものだ。こんな素敵なものをもらったままにはできない。私は他にも彼に返さなくてはいけないものを探した。

さすがに一度着た服を返されても困るだろう。洋服や靴は申し訳ないけど、いただいておこう。

でも、宝石をちりばめたネックレスやイヤリングは、絶対返したほうがいいものだ。御曹司が貴金属を売却するとは考えづらいけど、かといって、私がもらうわけにもいかない。

……でも、私、どんな顔をして誠さんに会えばいいんだろう。

謝って許してもらえるような話じゃない。顔を見た瞬間に怒り出すかもしれないし、無視されるかもしれない。彼は私を好きだとまで言ってくれたのに、私は彼を裏切っていたのだ。許してくれなくて当たり前だろう。

それでも、時計や貴金属を返し、ひと言謝らなければ。

どんなに冷たい態度を取られても、酷い言葉でなじられても、これは私がはじめたことと……自業自得なんだ。

私は家の中を探して、できるだけ綺麗な紙袋を見つけると、それに懐中時計とアクセサリーのケースを入れた。そして、片付けの続きをはじめる。次にスーツケースから取り出したのは、工具箱と作りかけのボトルシップだった。

「……こっちは結局、渡しそびれちゃったな」

瓶には何も入っていない。パーツを作っている最中にすべてが終わってしまったのだ。

せめてこれを作り終わるまでは、誠さんのそばにいたかった。

偽りでもいいから、隣で笑っていたかった。

永遠に続くものじゃないとわかっていながら、それでも夢を見てしまった。

遅かれ早かれ、この結末は決まっていたというのに……本当に、私はバカだ。

「よく考えてみれば、手作りのボトルシップなんか、もらっても嬉しくないよね。お金を出したら精巧なボトルシップがいくらでも手に入るんだから」

一瞬、捨ててしまおうかと思った。でも、そんな考えに反し、私の手は丁寧に帆船のパーツ箱を持ち上げて、昔から使っている古い机に置く。

やっぱりどこか、諦めきれない気持ちが残っているんだ。これを誠さんにあげる機会がなくなったとしても、彼を好きになった気持ちに嘘はない。今だって、私の心は誠さんに向いていた。

もはや彼は、私には手の届かない人だけど、それでも……

「好きな気持ちくらい、持っていてもいいよね」

そう呟き、箱の隣に工具箱を置く。作りかけのものを捨てるなんて、私にはできない。

ボトルシップはちゃんと完成させよう。

その頃には、誠さんに対する気持ちも、桂馬重工に対する悔しさも、少しは薄まっているといい。

本当はすぐにでも誠さんに荷物を渡しに行きたかったけど、現実にはそうもいかなかった。

なにせ、会社が倒産するのだ。やることは山のようにある。

倒産するからといって、すぐに会社がなくなるわけではない。少ないけれど、桂馬重工以外から発注されている部品もある。それらは納期までに完成させなくてはいけない。言うなれば、急ピッチで事業を縮小する感じだろうか。父は毎日のように税理士さんと今後の身の振り方について話し合っている。

私はそんな父の穴埋めも兼ねて仕事をしなくてはならなかった。髪は元の黒色に戻し、後ろにひっつめている。

今日も私は軍手をはめ、古い油の匂いのする作業着を着て、朝からプレス機を動かしていた。

聞き慣れた稼働音。手になじんだ金属の感触。感覚で覚えた力加減。

こうやって仕事をしていると、この工場がもうすぐ倒産するだなんて嘘みたいだ。でも、悲しいほどに現実の話。私が両親から真実を告げられた日、桂馬重工からの発注がゼロになった。

この工場の経営は、もうすぐ破綻する。

すでに従業員には話を伝えた。二十人程度の従業員は、工場が倒産することをとても惜しんでくれた。できればみんなの希望する職場に転職させてやりたいと、父は税理士と打ち合わせを重ねながら、知り合いの工場や会社を奔走している。

父が頑張っているのだから、私も頑張らなければならない。

納期の迫っていた部品を父の代わりに作るべく、私は一週間、工場に缶詰状態になった。そしてつい先ほど、その納品を終えたのだ。ほかに残っている契約は納期にまだ余裕があるので、今日は定時前に上がらせてもらった。

私は雨が降る中、紗月重工の終業時刻を待って、夜に誠さんのマンションを訪れた。

しかし、エントランスの前で立ち往生してしまう。私は重大なことを思い出した。

誠さんの住むマンションには、エントランスにオートロック機能がついているのだ。マンションの住人か、許可をもらった者でなければ、エントランスに入ることすらできない。

それならポストにでも入れようかと思ったが、それらしいものは見当たらない。コンシェルジュがいたから、彼がポスト役を兼ねているのかもしれない。

さすがは高級マンションである。セキュリティがとても厳しい。でも、感心している場合じゃない。

「ど、どうしよう」

ここでウロウロしていたら、いずれ不審人物扱いされてしまうだろう。

出直したほうがいいのかな。いや、むしろ、このマンションの住所を調べて、誠さん宛に荷物を送ったほうがいいのかもしれない。

「いやいや、ちゃんと会わなきゃ。どんなに嫌われても、一言謝るって決めたんだから」

ぎゅ、と手に持った紙袋を握りしめた。とりあえず植え込みの陰にでも隠れて、誠さんが帰ってくるのを待とうかな……

私がそんなことを考えていると、車の音が近づいてきた。私は慌てて傘を差したままマンションの陰に隠れる。

車は、真っ白に磨かれた高級外車だった。タワーマンションに住む人は乗る車も違う。

私がひそかに感心していると、後部座席がガチャリと開いた。中から出てきたのは——

「誠……さん」

そこに立っていたのは、間違いなく誠さんだった。そして同じドアからもうひとり出てくる。

それはあの日、パーティで私の正体を暴露した女性。……本物の、北條家のお嬢様だった。

私の手に力がこもる。ドッドッと心臓が嫌な音を立てていた。

「わざわざ家まで送っていただいて、ありがとうございました」

「いえ、私も紗月さんとお話ししたかったですから。楽しい時間をありがとうございました」

丁寧な口調の誠さんと、上品な振る舞いで彼を見上げる北條のお嬢様。

ふたりは穏やかな笑みを浮かべていて、とても仲がよさそうに見えた。

そうか……私がスパイだと誠さんに教えたのは、彼女だ。つまり、紗月重工の危機を救ったも同然だ。私はあくまで囮だったけど、本物でも偽者でも私がスパイだったことに違いはない。

そりゃ、自分の家を助けてくれた女性と仲良くなるのも、当然だよね。

ずっと感じていた、私と誠さんの間にある壁。それが現実味を帯びて目の前に迫ってくるようだ。

まるで遠くの世界にいる人たちを眺めるみたいに、私はぼんやりとふたりを見つめる。

「紗月さんがおすすめしてくれたお料理、とてもおいしかったですよ」

「北條さんのお口に合ってよかったです。ただ、あまり毎日会社までいらっしゃると、周りの目もありますので、心配になりますね」

「あら、そんなこと、私は気にしません。紗月専務はいつ来てもいいとおっしゃっていますし、お父様からも紗月さんのところに行くのなら構わないと、許可をいただいています」

「……そうですか。では、遅くならないうちに帰ったほうがいいですね。北條さんの大事な愛娘(まなむすめ)なのですから、あまり遅くなると心配するでしょう」

それでは、と誠さんが軽く頭を下げて、エントランスに入ろうとする。——その時、北條のお嬢さんが悲しそうな声を出した。

「今日も……家に入れてはくださらないのですか？」

誠さんは答えない。

「私の気持ちはおわかりでしょう？　なのに、どうして？　まさかまだ、あのスパイの件を引きずっておられるのですか？」

「いいえ、引きずってなどいません。ただ、私は立場上、軽率な行動はできないんです。こういったことはきちんと順序を踏みたい。……それは、あなたなら理解できるでしょう？」

ふたりはしばらく、黙って見つめ合う。身を引いたのは北條のお嬢様だった。

「そう、ですね。私も、紗月さんと仲良くなりたくて、つい焦ってしまいました。次はお父様を交えて、お食事の場を用意しますね」

北條のお嬢様はにっこりと微笑み、「ごきげんよう」と挨拶して白い高級車の後部座席に乗り込む。誠さんが見送る中、その車はゆっくりと走り出し、静かに夜の街へ消えていった。

シン、と静まるマンションの前。誠さんは道路を見ながらひとつ息を吐く。

チャンスだ。誠さんに荷物を渡すなら、今しかない。

紙袋を握りしめる手は、緊張でしめっている。

彼がエントランスへ入る前にこれを渡し、騙していたことを謝って、帰ればいい。それで私と誠さんを繋ぐものは何もなくなる。一言でも謝れたら、満足する。

それなのに、足が動かなかった。がくがくと震えて、一歩を踏み出すのも一苦労だ。

……世界の違いを、まざまざと見せつけられた。

北條のお嬢さんは、着ている服から振る舞いまで、私とまったく違った。

私は本当に、お嬢様の皮を被っただけのハリボテだったのだ。私はあんな風に振る舞えなかった。誠さんには、あれくらいのお嬢様じゃないと釣り合わない。

私は、彼のそばに寄ることすら許されない。

会って一言謝ろうと思っていたけれど、よく考えてみれば、虫のいい話だった。どの面を下げて会えばいいんだ。私は最初から誠さんを裏切っていたのに。

好きになってしまった。好きだと言われて嬉しくなった。……本当に、私はバカだ。

荷物は、マンションに送ろう。謝罪の手紙も必要ない。

これは誠意じゃなかった。単なる私の未練だ。謝罪を理由に、彼にもう一度会いたかっただけ。

それなら、潔く物品だけ返すのが筋というものだ。

伍嶋美沙に『紗月誠』は過ぎた人で、手の届かない存在だった。

私はくるりと踵を返して、静かにマンションから立ち去る。

その時、後ろでコツンと革靴の音がした。

「誰だ？」

よく通る心地のよい低い声。誠さんの声だ。びくんと身がすくむ。

いや、今なら、大丈夫。北條のお嬢様を演じていた時とは、髪の色も髪型も違う。服装だってスキニーパンツに黒いカーディガンという地味な恰好だし、私だと気づかないはずだ。

私はそのまま振り返らず、傘を差したまま小走りで人気のない歩道に出た。

「……美沙？」

名前を呼ばれ、思わず足が止まる。だけど慌てて走り出した。ほとんど衝動のように逃げていた。

しかし後ろからバシャバシャという足音が近づいてくる。それは全速力の私よりもずっと速い。あっという間に、私は腕を掴まれた。

「っ、や！」

「美沙！」

バサッと傘から手を離してしまう。それは歩道の片隅に転がり、私の頭に大粒の雨が落ちてきた。だが、私にそんなことを気にする余裕はなく、彼から逃れようともがく。

でも、誠さんの腕が私の体に絡み、その胸に閉じ込められてしまった。

背中に当たる、厚くて大きい胸。嗅ぎ慣れた香り。泣きたいくらいに、私が好きになった人だ。

痛いほど体を抱きしめられ、頭に誠さんの唇が触れてきた。

「美沙、美沙だ……」

誠さんが鼻を鳴らして匂いを嗅ぐ。私は急激に恥ずかしくなって肩をすくめた。

しかし彼は構わず、私の首筋に唇を這わせ、ちゅ、と音を鳴らす。

「は……っ、あ、やめ……っ」

私が首を振っても、誠さんはやめてくれない。何度も首に口づけた後、一層強く吸い付いてくる。

「美沙、会いたかった。……会いたかった！」

かすれた声で何度も私を呼ぶ誠さん。はっと熱い息を吐いて、私の首筋を甘く噛む。

「ちょ、っ、誠、さ……っ！」

慌てふためく私の腕をしっかりと握り、誠さんは私の体の向きを変える。そして街路樹に私の背中を押しつけた。彼は私を抱きしめ、顎を掴んで唇に口づける。

「んっ」

ぐぐ、と私は手に力をこめて抵抗しようとするけれど、誠さんの体はびくともしない。

「苦しませて、すまなかった。でも、もう離さない。逃がさない。……美沙」

人通りがないとはいえ、ここは往来だ。恥ずかしくて身をよじるが、彼はまったく動じない。それどころか、私の唇を舌でこじ開け、口内に侵入してくる。

「はっ、や、んんっ!!」

どろりと舌を絡め取られた。舌同士がぬちゅりと交わり、唇はより深く重なる。

誠さんはキスに夢中になっているのか、何も言葉を口にしない。時々荒々しく息継ぎをして、また唇を合わせてくる。

雨粒を頭に受けながら、ちゅ、と唇から音が鳴り、熱い誠さんの舌が私の口を淫らに探った。

唾液が絡まり、息さえまともにできない。顔に熱がこもって、思考に霞がかかる。

かくんと膝が落ちる。ゆであがったみたいに頭がぼんやりして、体中に力が入らない。誠さんはふにゃふにゃになった私の体を支え、耳元で低く囁いた。

「美沙。うちに、来て」

「え……」

「絶対に君を離したくないんだ。俺の話を聞いてほしい」

そう口にすると、誠さんは私をまっすぐに見た。

濡れた夜の街灯に照らされ、彼の眼鏡がきらりと光る。瞳は怖いくらいに真剣で、彼は私の手首をしっかりと握っていた。

逃れられるはずがない。

世界が違うと、諦めようとあんなにも自分の心に言い聞かせてきた。それなのに、やっぱり私は……誠さんが好きだという気持ちを、捨てることができなかった。

誠さんは少し強引に手を引いてマンションに入り、私を家に導く。

リビングはシンと静まっていた。雨だからなのか、天窓のシャッターは閉められている。誠さんは「ソファに座っていて」と一言言い残して、廊下に消えていった。

また、この部屋に来ることになるとは思わなかった。私はもうお嬢様じゃないのに……どうして誠さんは私を家に入れたのだろう。

ソファに座る気にはなれなくて、立ったままなんとなく模型のディプレイされた棚を眺めていた。誠さんの愛情がこもった模型を見ていると、少しだけ心が落ち着く。

「美沙、これで髪を拭くといい。随分と雨で濡（ぬ）れてしまっただろう」

「あ……、ありがとうございます」

リビングに戻ってきた誠さんが、白いフカフカのバスタオルを差し出してくれる。私は素直に受け取って、髪を拭いた。彼はもう一枚のタオルで自分の頭も拭くと、タオルを首にかけてキッチンへ行き、お湯を沸かしはじめる。

私はおずおずと彼のところに近づいた。

「……あの、誠さ……じゃなくて、さ、紗月さん、私」

「次にそんな他人行儀に話しかけたら、許さないからな」

ギロリと睨（にら）まれて、私はビクッと身をすくめる。

「身内以外で俺の名前を呼んでいいのは、君だけだ」

そう言うと、彼は湯気を出すコーヒーポットを持ち上げ、コーヒー豆の入ったドリッパーに湯を注（そそ）いだ。

「で、でも、私、北條じゃ、なくて」

「わかっている。……伍嶋美沙。それが君の本当の名前なんだと、俺は前から知っていたよ」

彼の言葉に、目を大きく見開く。

誠さんは何度もドリッパーにお湯を注いで、コーヒーを淹れる。そしてふたり分のマグカップにコーヒーを注ぐと、ひとつを私に渡してきた。

「美沙が北條家の令嬢じゃないことは、かなり早い段階からわかっていた。……そう、君と初めてデートをしたころには、すでに確信していた」

「そ、そうなんですか？」

マグカップを受け取りながら問いかけると、誠さんは「ソファに行こう」と私を促す。

私がソファに座ると、誠さんはキッチンから持ってきたシュガーポットをローテーブルに置く。そしてコーヒーの中に砂糖をスプーン一杯入れると、ゆっくりと飲みはじめた。

私もコーヒーに砂糖を二杯入れて飲む。

甘くほろ苦いコーヒーが、じんわりと心に染みこんでくる。

「……どうして」

ぽろりと言葉がこぼれた。

「どうして、私が……北條家の娘じゃないと、知っていたんですか？　いつ、どうやって、私が伍嶋美沙だとわかったんですか？」

早い段階って、いつ？　誠さんはいつから、私を北條美沙ではなく、伍嶋美沙として見ていたの？

湧き出る疑問を投げかけると、誠さんはゆっくりと私を見た。

「最初はね、君が北條家の令嬢だと信じていた。また北條の令嬢が来るのかと……それくらいにしか思っていなかったよ」

「そういえば、私の前にも北條の令嬢が設計開発部に来たんですよね？　……あの、パーティで会った人……ですか？」

「そう。名前は北條結華（ゆいか）。北條家にはふたりの娘がいてね、彼女は次女に当たる。あの通り、どこから見ても淑（しと）やかなお嬢さんだが、なかなか強（したた）かな人でね。……彼女が来た時は、苦労したよ」

　はぁ、と誠さんがため息をつく。

「北條家は、歴史の長い由緒（ゆいしょ）ある投資家の家でね。その絶大な資金力と手腕をもって、紗月重工で多くの株主を取りまとめているんだ。かの家の発言力は強く、経営者である社長……俺の父ですら、強気に出ることができない」

　それは株式会社ならではのジレンマだ。株式会社は投資家によって成り立つ企業。それ故に、大株主の権力は強い。

「北條家は様々な手を使って、投資家にとって不利な提案をすべて棄却した。さらに、従業員の報酬を増やすことに反対する一方で、株主への配当金を増やしていった。それに不満を持つ社員は多くてね、北條家そのものを敵視する人間も少なくない」

私は社員食堂で向けられた敵意を思い出した。紗月部長が好きだからというだけでなく、北條家そのものを嫌った視線だったのかもしれない。

「そんな折に、北條家の次女、北條結華が契約社員として設計開発部に入ってきた。本来は素人が入れるような部署ではないし、機密情報も山ほどある。そんな部署へ安易に配属したのは叔父である専務だった。……彼は、北條家と非常に仲がよくてね。悪く言えば言いなりなんだ」

その話を聞き、納得した。ずっと疑問だったのだ。どうして紗月重工の人間が、スパイを招き入れるようなまねをしたのか。……北條家の指示だったんだ。

「北條家は前から、社長の息子である俺を娘の結華に宛てがおうとしていたんだ。彼女の入社は俺が狙いだったんだろう。でも、彼女は非常に仕事のできない女性だった」

北條結華さんは、父親から溺愛され、社会人としての教育を一切受けていなかった。

「淑やかな言動から想像もつかないほど、自分が世界の中心だと思っていてね。それを知ったのは、彼女が陰湿な嫌がらせに遭った時だった」

北條結華を虐めたのは、北條家を嫌う複数の女性社員。その時、北條結華は公の場で泣きわめき、専務に言いつけた。そして、嫌がらせをした女性社員たちは解雇されたという。不当解雇と騒がれないよう、機密情報の漏出や金の着服疑惑などの『解雇に相当する正当な理由』をでっち上げるという徹底ぶりだったらしい。

「確かに嫌がらせをした女性社員たちには罪があるだろう。だが、自分の立場を最大限に利用し、他人の生活の糧を奪っても、北條結華は淑やかにずっと微笑んでいた。……正直、ぞっとしたよ」

このまま彼女を社内に置いておけば、いずれ紗月重工に重大な損失をもたらす。誠さんはそう判断して、社長に彼女を解雇してもらった。

「北條結華は正直苦手なタイプでね。思惑も読めていたし、俺はあれこれ理由をつけて避けていたんだ。それから一年後……北條美沙という女性が入社してきた」

ゆっくりとコーヒーを飲み、誠さんが私に顔を向けてくる。

雨は本降りになっているのか、雨音がざあああと途切れることなく響いていた。

「正直なことを言うと、うんざりしていたんだ。また北條家か、とね」

「……そうでしょうね。でも、そんなことを考えているようには、全然見えませんでしたよ」

「ふふ、それは当然だ。だって、すぐに君への認識を改めたからね」

穏やかに目を細めて微笑み、誠さんは私の肩をそっと抱き寄せてきた。ふわりと嗅ぎ慣れた香りがして、胸がドキンと音を立てる。

「美沙は、俺が想像していたよりも、ずっと普通の女性だった。一年前に来た北條結華が強烈だったからね。つい比較してしまったんだけど……でも、それだけじゃなかった」

　雨の音は、自然と場の雰囲気を静かにさせる。しんとしたリビングで、誠さんは私の顎を軽く摘まみ上げた。

「意表を突かれた……と言ってもいいかもしれないね。天窓の効果を言い当てられた時は驚いたよ。目をきらきらさせて実験室の工作機械を眺めて、更には専門的な知識を必要とする部品図面を完璧に模写してみせた。その時点で、美沙は北條家の娘じゃないなって薄々感じていた」

「そっ、そんな、じゃあほとんど……初日から、バレてたんですか？」

　思わず情けない声を出してしまう。誠さんはクスクス笑って、私の唇に軽く口づけた。

「君は、北條を名乗るには、あまりに善人すぎたよ」

　少し意味深に笑って、誠さんは額を合わせてくる。

「それに、長く海外に住んでたと言う割には、それらしさもないからね。確かカーボベルデに住んでいたんだっけ。ポルトガル語は堪能なのかな？」

「う、英語すらまったくできません」

　ボソボソと答えると、誠さんは意地悪そうに目を細める。

「それに君は、デートの時にも『海外旅行に行ったことがない』と漏らしていたね。あの時の美沙は壁時計を見るのに夢中で、失言に気付いていないようだったけど」

茶目っ気のある瞳で見られて、私は恥ずかしさのあまり両手で顔を覆ってしまった。

うかつすぎて目も当てられない。私の演技は最初からダメダメだったのだ。

「美沙が北條のお嬢様じゃないと確信したのは、君が入社した日の夜だ。一緒に食事をしただろ？」

「親睦を深めたいって……誠さんと一緒に行った、あのカフェバーですか？」

私が聞くと、誠さんはこくりと頷く。

「美沙の手についたソースを、おしぼりでぬぐったの、覚えてる？」

それは、もちろん覚えている。忘れられるはずがない。初めて、誠さんが私に触れた時のことだ。胸がドキドキして、酷く緊張した。

あの時、誠さんは私の手を『きれいな手をしていますね』と褒めてきたんだっけ。

「君の指の側面には、無数のタコがついていた。手のひらや指の付け根には、まめがあっただろう。……それは明らかに、工場で仕事をしている人の手だった」

誠さんはあの時のやりとりを繰り返すように私の手を両手で包み込み、指を丁寧に親指でなぞった。そして、私の手を持ち上げるとキスをしてくる。

「俺の大好きな、働き者の手だ」

「ま、誠さん……」

思わず照れてしまうと、彼はくすりと笑って、私を抱きしめた。

「すぐ顔が赤くなるところが、すごく可愛い。好きだよ、美沙」

腕にぐっと力をこめると、優しさの塊みたいな柔らかいキスを唇に落とす。

「最初から俺は、北條美沙じゃなく、伍嶋美沙……君を、好きになっていたんだ」

驚きに、目を大きく見開く。私は、自分が『北條家のお嬢様』と偽らなければ、誠さんに好意を向けてもらえないと思っていた。でも、それは間違いだったのだ。

誠さんは初めから私を見てくれていた。伍嶋美沙という私を、認識していたんだ。

どうしよう、嬉しい。感情がこみあげてきて、胸が苦しくなる。

鼓動を落ち着かせたくて俯くと、私の膝に置いていた紙袋が目に入った。私の視線に導かれるように、誠さんも下を向く。

「ずっと気になっていたんだけど、それは何?」

「あ、こ、これは……あの」

決まり悪く紙袋を開ける。中に入っているのは、懐中時計とアクセサリーのケース。

私はどんな顔をすればいいかわからなくて、俯きながら話す。

「わ、私が、偽者で、スパイだってバレたから。謝って返そうと思って、持ってきたんです。結局……謝る勇気も出なくて帰ろうとしたんですけど、その時、誠さんに見つかって」

ぎゅ、と紙袋を握りしめて説明すると、誠さんは静かに低くため息をついた。そしてもう一度私を強く抱きしめてくる。

そして、腕に力を込めたまま、誠さんは私の首筋に口づけ、舌を這わせた。

「は……っ、んっ」

久しぶりの感覚に、ぶるると体が震えた。誠さんは、私の首に甘く歯を立てる。

「本当にすまなかった。あの家族会で、美沙の正体が明らかになった時、すぐにでも安心させなければと思った。でも、どうしても……そうできない事情があったんだ」

私の首筋から唇を離し、誠さんは話し続ける。彼の声には、後悔と苦痛が滲んでいた。

「……美沙は、諜報活動のために潜入した桂馬重工の手の者だと、すでに調べがついていた。君は『本物』のスパイを接近させるための囮だということも。でも、その事実は、どうしても隠しておかなければならなかったんだ」

「え……」

私は驚きに顔を上げ、誠さんの胸を押した。

「ど、どうしてそのことを知っているんですか？」

「諜報活動は、何も桂馬重工だけがしているわけじゃない。紗月重工も、常にあちこちから情報を集めているんだよ。そしてあのパーティの日は『本物』が近くにいたんだ。だから君を追いかけることができなかった。俺はあくまで、まだ『騙された被害者』でいなくてはならなかった……」

誠さんは「ごめん」と絞り出すような声で謝る。

自分の感情を優先するか、それとも会社を守るか。ふたつを天秤にかけて、誠さんは後者を取るしかなかった。なぜなら、彼は社長の息子だから。そして次期社長という責任があるから。

でも、私は少しも怒りや悲しみの感情を覚えなかった。むしろ、それが私の好きな誠さんの姿だ。

苦しむ誠さんの顔をこれ以上見たくなくて、私は彼を抱きしめる。大きな背中に手を回し、ワイシャツを強く握りしめた。

「もう、謝らないで。私はずっと誠さんを騙してたんだよ。最初からバレていたとしても、私は嘘をついていた。本当の私は、お嬢様じゃなくて、小さな工場の職人見習いなんだって、誠さんに好きだと言ってもらった時も、言えなかった」

それは自分に守るものがあるという責任もあったけれど、同時に怖かったのだ。

正体をバラして、その先に待つものが怖かった。

誠さんに嫌われたくなかった。軽蔑の目を向けられたくなかった。

すべては自分のため。私は、少しでも長く、幸せな気分に浸っていたかったのだ。

「いつまでも続かないってわかってた。誠さんは、私には手の届かない人だって理解してた。それでも好きになって……誠さんに好きだと言われて、嬉しかったの。だから、最後まで自分の正体を言えなかった」

「美沙……」

誠さんが私の背中に手を回す。彼は長い腕で息苦しいほど強く抱きしめてきた。

「美沙の嘘なんて、俺にとっては些細なことだったよ。だって君は、最初から美沙のままだったからね」

頬を寄せ、擦り合わせる。そして彼は、軽く唇を重ねてきた。

「立場は偽っていても、美沙は自分自身に嘘をついていなかった。仕事に対する姿勢、目を輝かせて懐中時計を見つめる表情、俺の趣味を笑うどころか真剣に耳を傾けてくれる優しさ」

何度も何度もキスを落とし、やがて誠さんは「はぁ」と熱く息をつく。

「気づけば、美沙のすべてを好きになっていた。それは間違いなく、美沙……君自身の魅力に、俺は惹かれたんだよ」

何度もキスを落として、誠さんは強く私を抱きしめた。離したくないというような、熱い抱擁。

「今日は、帰さない」

耳元で誠さんが呟く。私が何か言葉を発する前に、ソファに押し倒された。

「すべてを片付けてから、君のところに行こうと思っていたんだ。だからあの日の後も、会いにいかなかった。けれど、美沙の顔を見たら……もう、我慢ができない」

私の体を抱きながら、誠さんが熱い息を吹きかける。彼は私のシャツをまくり上げ、露わになったお腹に舌を這わせた。

「はっ、ア……っ」

くすぐったくて身をよじると、誠さんは性急な手つきでブラをずり上げる。

「好きだ、美沙。君が好きだ」

誠さんは、はぁと息を吐いて、私の唇に口づける。

「ふ……ンっ」

息を継ぐ隙すら与えられず、私の口に舌が差し込まれる。それはあっという間に私の舌を絡め取り、くちゅくちゅと音を立てて交わった。

君が好きだと、前にも誠さんは言っていた。この場所で、私を抱きしめながら「美沙が好きだ」と。

あの時の私は『伍嶋美沙』ではなく、立場を偽った『北條美沙』だからこそ好きになってくれたんだろうと思っていたけれど、違ったんだ。

誠さんははじめから私を、本当の『美沙』を、好きになってくれていた。

「嬉しい」

永遠と思えるほど長いキスをして、私は呟く。

「嬉しいって、やっと……心から思えたことが、嬉しい。誠さん、私も好き」

「美沙……」

私が思いを伝えると、誠さんはぐっと目を閉じる。そして私の唇に口づけを落とし、ふわりと胸の膨らみを、大きな手で包み込んだ。

「んっ」

ぴくんと肩を揺らすと、誠さんは首筋から唇を這わせ、肩にも口づける。ちゅ、と音を鳴らしながら、赤いしるしをつけていく。

「そうだ。俺は、最初から美沙が好きだった。君にあげたもの、口にした言葉、すべて、美沙に受け取ってもらいたかったものだ」

誠さんは私のカーディガンを脱がすと、シャツを肩までたくし上げ、片方の胸に手を添えて露わになった頂に口づけた。そしてもう片方の手で、私の手を握ってくる。

「はぁっ、んんっ！　あっ、あ……っ！」

甘い快感に襲われる。それは痺れにも似ていて、体中がぞくぞくと震えていく。

誠さんは舌先で、私の胸の頂を巧みに弄った。

ちゅ、ちゅく。彼が赤い頂に吸いつくたび、びりびりと電気のような快感が全身を走る。私が息を切らして喘いでいると、誠さんは頂を口内に納め、ヌルリと舌を動かして舐めた。

「は、ぁ、ああ……っ！」

ビクビクと体が震え、繋いでいた彼の手をグッと握り込む。

誠さんは静かに笑った。そしてまるで挑発するような意地の悪い笑みを浮かべて、口を大きく開ける。舌先を尖らせ、胸の頂をチロチロとなぶってきた。

「いやぁ、あ……やっ……ん！」

私の頂は彼の好きなように動かされる。右に、左に、ころころと転がされた。

「はぁ、あ、っあぁ！」

顔にぐんぐんと熱が集まるのがわかる。脳を突き刺すような、それでいてたっぷりとした甘い練乳の中に溺れていくような、抗えない快感。

ちゅ、ちゅ、とキスの音が聞こえるたびに、私の体が跳ねる。

「敏感だな」

くすりと誠さんは笑って、唇を離す。そして、直前まで舌で弄っていた胸の頂を、キュッと摘まんでくる。

「ん、あぁ、ああ！」

一際大きく体がしなる。誠さんはぐりぐりと頂を指で扱き、もう片方の胸に口づけた。

「やあぁあ……っ！　は……っ、あぁ……んっ！」

唾液に濡れた胸の頂は滑りがよく、誠さんは強めにぐりぐりと扱いた。彼の親指が尖り(とが)を擦るたび、甘い快感が体中に響き渡る。

くちゅ、ちゅく。

わざとはしたない音をさせて、誠さんはもう片方の胸に吸いつき、舐め(な)回す。キスをするように何度も唇を鳴らし、くるくると舌を回した。

「……ん……っ、はぁっ……、だ……だめ……！」

私は首を横に振ってしまう。なんだかよくわからないけど、気持ちよさに身を任せるのが怖い。

すると誠さんは、繋いだままの手をぎゅっと握り(にぎ)しめた。

「大丈夫だよ、怖くない」

「んっ、だっ、て……、はあぁぁっ！」

びくびくと体が跳ねる。私がしゃべっている途中に、誠さんは強めに尖り(とが)を抓(つね)ったのだ。

「は、はぁ、なんだか、変になりそうなのっ！」

「俺としては、変になった美沙を見たいんだけど？」

「いじわる……」

私は精一杯彼を睨み(にら)つける。普段は紳士で優しい誠さんだけど、なぜか触れ合ってる時だけは、妙に意地悪になるのだ。誠さんはクスクスと笑うと、ちゅっと音を立てて胸の尖りに吸いつく。

「あっ、あン！　……は……あっ！」

「そんな風に可愛く睨まれると、何がなんでもおかしくさせたい」

「可愛くなんか、ああっ！」

口答えをする間もなく、私の体は跳ね上がった。誠さんは、胸の尖りを軽く引っ張り、押しつぶすように強く擦る。片方の胸にはいたわるような舌の愛撫を続け、彼は胸を弄っていた手をするすると動かした。そしてスキニーのボタンをぷちんと外す。

「は……あ、そこ、は」

震える体で呟くが、誠さんは何も言わない。ただ静かに微笑み、私のスキニーを脱がす。そしてショーツのクロッチをずらし、人差し指でゆるりと秘所を撫でた。

「ああっ！　あ、や……っ、んん……！　はぁ……！」

ぞくぞくする快感に声が上がる。誠さんは大きく舌を動かして胸の頂を舌先でなぞりながら、指を動かした。

秘所の真ん中に指を割りこませ、内側の襞をたどる。くちゅ、くちゅ、と水音が響いて、誠さんは胸の尖りを咥えながらニヤリと笑った。

「濡れてるよ」

彼の言葉が恥ずかしくて、横を向いて顔をそらす。すると、カリッと胸の尖りを甘噛みされた。

「ひっ、やぁ……っ！　ふ……っ、んん……」

そのままクッと顎をのけぞらせて官能に打ち震える。下半身では、くちゅくちゅと淫らな音が鳴り響いた。誠さんは蜜口のあたりを指でなぞってから、秘芯を擦る。

「は……っ、あああっ！」

とろけそうな快感にビクビクと体が揺れ、握り合った手のひらは汗ばんでいた。しめった手を握り直し、誠さんはもう片方の手で秘所を弄り続ける。

ぐちゅ、ぬちゅり。淫らな音に、快感を掻き立てられる。

「あぁ……っ、ん……！　ふ……っ、はぁ……、あっ、んん……！」

脳に響くほどの強い快感でありながら、その感覚は湯船につかるような心地よさもあって、たまらない。自然と彼を欲している自分がいた。

気持ちよくて、もっと続けてほしい。もっと弄って、愛してほしい。そう望んでいる。

恥ずかしくてとても口に出せないけれど、おそらく、私の表情に出ているのだろう。

なぜなら、誠さんはずっと笑顔で愛撫しているから。私の表情を見て、嬉しそうに目を細めるから。

ぬちゅ、くちゅ、ちゅく。いやらしい音が絶え間なく私の耳を犯す。

やがて誠さんは、指先を蜜口の中に挿し込んできた。ビクビクッと体が反応して、彼の手を力いっぱい握りしめてしまう。

「すごい。とろとろになってる」

誠さんはまるで見せつけるように、膣から抜いた指を掲げる。それはリビングのダウンライトを反射して、てらてらと光っていた。

「……はずか……し」

たまらなくなって目を瞑ると、誠さんは私の唇に口づける。同時に、膣内に指を挿し込んだ。ぐちゅりと音を立てて指を回し、彼は唇を離してふっと笑う。

「だめだよ。目は開けて」

「だ、だって、ンンッ！」

びくんと体がしなる。ぬちゅ、ぐちゅ、と、彼は膣内を掻きまわす。体全体がまさぐられているような感覚になって身をよじらせると、誠さんは私の耳元で甘く囁く。

「俺を、見て。美沙」

「あ……っ、やぁ……！　はぁ……、んん……っ、あぁ……」

その声にすら私は快感を覚えて、ぴくぴくと体が反応する。

「俺を見て。俺を愛して、美沙」

「誠……さん」

ぐちゅりと音が鳴って、甘美な快感が襲いかかってくる。恥ずかしくて仕方がないけれど、私は彼の声に誘われるように目を開けた。

すると、眼鏡をかけた誠さんが薄く微笑み、ねっとりと唇を重ねてきた。

ぬちゅ、くちゅ、ちゅく。

いつの間にか指は二本に増やされ、ぐねぐねと膣内でうねる。彼は膣内を何度も擦り、にちゅ、くちゅと、指を抽挿した。

「はぁ……っ、あ、ン、……まこ、とさんっ」

誠さんは繋いでいる手にぎゅっと力をこめ、私の額に、鼻に、唇に、キスの雨を降らす。最後に首筋に唇を這わせ、ジュッと強く吸いついた。

「あぁっ！　あ、ま、た……っ、痕……」

誠さんは執拗なほど、私の首元に吸いついてくる。もしかしたら、首周りが痕だらけになっているかもしれない。

「誠さん……っ、やぁ……！　痕……っ、つけないで……、はぁ……んんっ！」

思わず非難の声を上げると、誠さんは悪戯っ子のような笑みを浮かべて、またひとつ、痕をつけた。

「美沙が俺のものなんだという証を、たくさんつけたい。この肌に痕をつけることができるのは俺だけなんだって、何度でも確認したい。君は遠慮がちな性格だからね。ちゃんとわかってもらいたい。……俺は美沙を必要としているんだって」

「ま、誠さん。……ん、ぁっ！」

　二本の指を曲げながら、にゅぷ、ぐちゅ、と、抽挿をする。そのたびに、抗えない快感が生まれ、私は声を上げて彼の手を握った。

「愛してるよ」

「は、あ、誠……っ、さん、わたし……もっ」

　喘ぎながら彼の言葉に答えると、誠さんは静かに笑って、腰を上げた。そして「ちょっと待ってて」と私にキスをして、リビングを出ていく。

　ほどなくして戻ってきた誠さんは、避妊具のパッケージを手に持っていた。ソファにどさりと座ると、眼鏡を外してローテーブルに置き、彼はスラックスをくつろげる。

「俺はね、ずっと……正しくあろうと、生きてきたんだ」

　ぴりりと避妊具のパッケージを破り、少し俯いて準備をしながら、誠さんは独り言のように呟く。

「元々淡白な性格をしていたからね、さほどつらいと思うことはなかった。紗月家の跡取りとして、清く正しく誰が見ても納得する、理想の子供でありつづけた。それは、大人になっても同じだった」

　避妊具を装着した誠さんは、私に体を向けると、ぐっと腰を抱きしめてくる。

「船好きも、子供みたいだと親戚に笑われたり、友人に呆れられたりしたから、表に出すことをやめたよ。おかげで『紗月誠』の趣味は仕事みたいに言われてしまったけどね」

　彼はくすくすと笑って、私の額にコツンと自分の額を当ててくる。

「会社で敬語を貫いているのも、そういうこと。正しくあり続ければ、自然と周りは俺を認めてくれた。仕事もスムーズに運んだ。でも、ずっと心は負担を感じていたんだろう。いつの間にか、常に心に錘をつけられているような気分になっていた」

　私の体は抱き起こされて、ひょいと誠さんの上に乗せられる。逆に彼はソファに横たわり、私の頬をそっと撫でた。

「美沙と話していると、自分の心がみるみる軽くなっていくことに気づいたんだ。君はありのままの俺を受け入れてくれた。下手な模型も、美沙は熱心に見てくれて……嬉しかったよ」

「……誠さん」

「愛してる。きっと、俺は君に出会うために、これまで生きてきたんだ」

　後頭部に手を添えられ、私の顔が誠さんに近づく。彼はちゅ、と口づけると、自分のものを私の秘所に宛てがった。

「んっ、あ……っ！」

　愛撫によって十分に潤った膣内に、彼は硬い肉杭をめり込ませていく。

ハ、と誠さんが短く息を吐いた。私を馬乗りにさせた彼は、ソファで横になりながら、私の手をぎゅっと握(にぎ)りしめる。
ぐりぐりと肉を擦られ、甘い、溶けるような快感に、喘(あえ)ぐ声が小刻みになる。

「あっ、あ、あっ……はっ」

杭が体内に呑み込まれていく。それはとても甘美な感覚で、たまらなかった。フルフルと腰が震えて、彼の厚い胸板に手をつく。

「気持ちいい？」

頬を紅潮させながらも、誠さんは余裕めいた笑みを浮かべて私を見ていた。対して私はおかしくなりそうな頭で、こくこくと頷(うなず)く。

「ア……っ、きもち、い……、はっ、奥……深くてっ」

「俺も気持ちいいよ。ようやく、心が繋がった気がするからかな。最初に君を抱いた時より、ずっと……」

紗月誠と、伍嶋美沙。本当の名前で、互いの存在を正しく認識したからだろうか。私は幸せだった。間違いなく、心から幸せだと感じていた。

「私も、前よりずっと、嬉しい……こうして、誠さんのそばにいられるなんて……」

夢みたい、と呟(つぶや)けば、誠さんは目を細めて「夢じゃないよ」と答えた。

ぺたんと誠さんのお腹に座り込む。彼の杭は私の中でどくどくと脈打った。その圧倒的な存在感にドキドキと胸が高鳴る。

誠さんは力強く腰を突き上げた。

「あンっ！」

私の体が跳ね上がる。彼の肉杭がずるりと柔肉を擦り上げ、膣内に再び深くねじこまれる。

「やっ、あっ……んっ」

「美沙も動いてみて、こうしたら腰を動かしやすいだろう？」

誠さんが私の膝を掴んでソファに立てる。膝が開かれ、結合部が彼の目の前で露わになって、恥ずかしくて仕方がない。私が首を横に振ると、また腰を突き上げられる。ぬちゅんと音がして、彼の杭が膣内を蹂躙する。

「はぁ……！　や、あ、あ……はずかし……っ」

「うん。とてもいやらしいところがよく見えてる。美沙、君が恥ずかしがるから、ここが潤ってきているよ」

ちゅく、と親指で結合部をなぞられ、私は「ああっ！」と声を上げた。

「ね、美沙。俺に、君は俺のものだって教えて。君と体を重ねることができるのは俺だけだって、見せつけてほしいんだ」

私は、誠さんのもの。誠さんとこうして愛し合えるのは、私だけ。

その言葉は例えようもないほど、甘く魅惑的だった。私だけ――それが、何より嬉しい。

誠さんが私の指を交差させて握りしめる。私は彼の胸に片手をついて、ゆっくりと腰を上げた。同時に誠さんが大きく突き上げてくる。

「あっ、ああん！」

私の動きに合わせて、誠さんが動く。より深く、より艶めかしく、私の中で彼の杭が蠢く。

気持ちがいい。おかしくなりそう。……いや、すでに、おかしくなっているのかもしれない。

ぱちゅ、ぐちゅ。ぬちゅ。ちゅくっ。

窓から静かに聞こえてくる雨音の中で、私たちはいやらしい水音を絶え間なく響かせた。

一際大きく誠さんが腰を動かすと、杭がズブズブと入り込んでくる。脳を貫くような快感に嬌声を上げた。

「はっ、あ、誠さ……すき……っ」

「美沙……俺も、愛してる。絶対、離さない！」

繋いだ手を引かれて強く抱きしめられた。誠さんは激しく下から突いてくる。私の腰は信じられないくらいに跳ねて、ぐちゅぐちゅと粘ついた音が絶え間なく続く。

「はっ、は、っ、はぁっ、あっ」

全力で走ってるみたいに息が短く刻まれる。それは誠さんも同じだ。彼は私の後頭部を掴んで私と口づけた。

深く――とろけ合うように、舌が交わる。

頭がぼうっとして、何も考えられなくなる。ただ、この快感をずっと味わっていたい。

誠さんと、愛し合っていたい。

「っ、……っ！」

唇を重ねて声を出すこともできないまま、誠さんは私を強く抱きしめた。彼の杭が深く私の膣内を貫き、ビクビクと体を震わせる。

誠さんは、自分が果てた後も、ずっとキスを続けていた。唇がふやけそうなほど長くキスをした後、惜しむように口を離し、誠さんは微笑む。

「君は俺が守る。君の持つすべてを、守ってみせるよ」

この手を離したくないから。誠さんはそう付け加えて、私の体を抱きしめた。

誠さんのマンションで一夜を明かして、彼は私を自宅に送ってくれた。

車を降りる間際、誠さんに腕を引かれる。

「美沙、君の連絡先を教えてほしいんだ。……北條美沙じゃなく、伍嶋美沙、のね」

少し悪戯っぽく微笑まれて、私はハタと気づく。そういえば、誠さんとの連絡には、桂馬重工に借りていたスマートフォンを使っていたんだった。

私たちは改めて、連絡先を交換する。ようやく——私自身が、誠さんの恋人になれたような気がした。

「数日でケリをつける予定だから、美沙はいつも通り仕事をしていて。ご両親の工場についても俺に考えがあるから、あまり早まったことはしないでほしいんだけど……できるかな」

「数日だけならさほど事態は変わらないと思うけど、お父さんにそれとなく言っておくね」

私がそう言うと、誠さんは「それでいいよ」と微笑み、唇にキスをした。

「んっ……」

彼の柔らかな唇にドキドキする。誠さんは唇を離すと、静かに囁いた。

「もし、何かあったら……俺に連絡して。すぐに行くから」

「す、すぐに来てくれるの？」

「ああ。絶対行くから、俺を信じて」

ぎゅ、と運転席から抱きしめてくる。私も誠さんの背中に手を伸ばし、「うん」と頷いた。

誠さんを信じて、何かあった時は臆さず彼に頼ること。その心を持つことが、私の覚悟なんだ。

彼と別れのキスをしてから助手席のドアを開けると、秋の深まりを感じさせる冷涼な風がそよりと、頬を滑った。

誠さんは名残惜しそうに私を見つめた後、会社に向かって車を走らせる。

私はここで、誠さんは紗月重工で、それぞれの場所で働きながら、自分たちの役割を果たす。

ほんの少し、寂しい気持ちはある。けれど、それ以上に心が満たされていた。

誠さんは、私のことが好き。それだけで――私は、戦える。

彼を信じて、今は待つのだ。それが私の戦い。

むん、と拳を握りしめ、私は実家に帰った。初めて朝帰りをして、母に「一言くらい連絡を入れなさい」と怒られたのは、余談である。

それから四日経った朝――私は今日も、畳の敷かれた自分の部屋で仕事着に着替える。

真実を知って家族で大泣きした日から、十一日が経っていた。

リビングに入って母が作ってくれた朝食を食べ、父と工場に向かう。

従業員と一緒に朝礼をして、今日の作業をはじめる。

私や他の社員たちは工場の中を片付けていて、父は倒産に向けた事務手続きに追われていた。

つまり、誠さんと思いを通じ合わせた日から、事態はまったく変わっていないということだ。切ないことに、社員の再就職先もまったく決まらない。

それでも従業員のみんなは、暗くならずにがんばってくれていた。

「美沙さん。こっちのケースはどこに置いたらいいですか？」

「それは金型を並べているところの下に置いてください。そっちの荷物は処分するので、表に出します」

私は指示を出して、金具が詰まったプラスチックのケースを持ち上げる。工場がひとつ潰れるというのは簡単なことではない。私たちはなかなか片付けを終わらせられずにいた。

私がケースを積んでいると、家に戻っていたはずの父が、工場の入り口にいることに気づいた。父の向かいにはビジネススーツを着た男性がふたり立っている。

あれは……もしかして、桂馬重工の秘書だろうか。彼らに気づかれないように近づく。すると、やはりそこにいたのは桂馬重工社長付き秘書の、鷹野さんと香田さんだった。

「いいかげんにしろ！　ひとの会社を潰しておいて、次は手切れ金だと？　人を馬鹿にするのも大概にしてくれ！」

父は激昂していた。手切れ金ってどういうことだろう？

怒る父に対して、鷹野さんと香田さんは相変わらずの無表情ぶりだ。父の剣幕にまったく動じることなく、冷たく言い放つ。

「今回は、あなたの会社とはまったく関係ありません。美沙さんの話をしているのです」

「美沙を紗月重工の社長令息に引き合わせたのは、お前たちだろうが！」

「ええ、そうですよ。紗月誠から情報を得てもらうためにね。……ですが、彼女はやりすぎました。いえ、私たちの予想よりもずっと、紗月誠が執心したという言い方が正しいのでしょう」

鷹野さんが淡々と話している。どうも、会話の内容は私と誠さんについてのようだ。

彼は後ろに控える香田さんに目配せすると、香田さんはアタッシュケースを開いて茶色の封筒を取り出した。

「桂馬重工社長からのお言葉です。伍嶋美沙に、紗月誠との連絡及び面会を一切やめていただきたい。その封筒に入っているものは、社長から個人的に贈られた、お願いに値する贈答品です」

贈答品――つまり、お金が入っているんだろう。私があの日、誠さんに会ったことがもう知られたんだ。私は慌ててスマートフォンを取り出す。

そしてアドレス帳から誠さんの名前を出したところで、グッとスマートフォンを握り込んだ。

この用件で、誠さんに連絡してもいいの？　こんなうちの事情に、彼を巻き込んでもいいの？

今日は平日。会社はもちろん業務の時間だ。

忙しいかもしれない。仕事中にこんな電話をしてはいけないのかもしれない。

だけど――私は誠さんの言葉を思い出す。『何かあったらすぐに連絡して』と彼は言っていた。

そう、私はあの言葉を信じて、動かなきゃいけない。今がきっと、その時なんだ。

私は自分にそう言い聞かせ、電話をかけた。ドッドッと鼓動が大きく音を立てる。

「もしもし、どうしたの？」

三コール目で誠さんは電話に出た。その優しい声にほっとしつつ、私は小声で状況を説明する。一通り話すと、誠さんは珍しく舌打ちをした。

「まったく……北條め。手段を選ばなくなったたな」

「あの、誠さん？」

「いや、すまない。連絡してくれてありがとう。でも、ちょうどよかった……今すぐ行くから、待っていて」

最後に優しい口調で言って、誠さんは電話を切ってしまった。

今すぐと言っても、相応に時間がかかるだろう。私はスマートフォンをしまうと、再び父と鷹野さんたちを見る。

「美沙もうちも、もうあんたらと関わりたくないんだ。そんな金はいらない。帰ってくれ」

「私たちは、あなたにお願いをしてこいと指示されているんです。受け取らなくても結構ですが、その場合も、紗月誠に近づかないことを約束すると、書面に書いていただきたい」

鷹野さんの言葉に、父は声を荒らげた。

「なんでそこまでしなきゃならねえんだ！　お前たちの事情なんて知ったことか！　俺は、お前たちのせいで工場を畳む上に、従業員たちへの退職金も十分に手渡せず、いっぱいいっぱいになってるんだ。帰れ！　顔も見たくない」

「我々に言われても……それは、会社の決定ですし。そもそも『改革について調べてこい』なんて曖昧な指示に従うとは思いませんでしたよ。愚かな判断をしたあなた方が悪いのではないですか」

ボソボソと香田さんが呟く。鷹野さんが「おい」と小声でたしなめた。しかし父にも私にも、ちゃんとその言葉が聞こえていた。

「なんだと。もう一回言ってみろよ、桂馬重工社長の腰ぎんちゃく。二十数名の人間を路頭に迷わせて、美沙をあんな酷い目に遭わせておいて……！　それは会社の都合で、あんたらはまったく関係ないって、そう言いたいのか？　いい加減にしろ！」

激昂した父が拳を上げる。父がこんなに怒ったところを見るのは初めてだ——でも、驚いてる場合じゃない！

「お父さん、だめ、やめて！　そんなことしたらだめ！」

私が飛び出して抱きつくと、父はピタリと動きを止める。

「み、美沙。聞いていたのか」

「聞いていたよ。お父さんが怒るのはもっともだと思う。だけど、暴力はだめ！」

私がそう言うと、父は悔しそうな顔をしたが、しぶしぶ拳を下ろした。

そんな私たちを冷たく見やり、鷹野さんは襟を正して私に話しかけた。

「あなたが聞いていたのなら話は早い。今すぐ、紗月誠と連絡するのをやめてください」

「……どうして、ですか。私が彼と連絡しようと、あなたたち桂馬重工には関係ないでしょう」

私だって桂馬重工は許せない。彼らに工場の存続を脅かされ、私はハニートラップを仕掛けることになった。けれど結局私は囮で、最初からこの工場は潰される運命だったのだ。それをわかっていながら、私たちに話を持ちかけた目の前の人たちを許せない。たとえ、彼らが社長の言うままに行動していただけだったとしても。

私が睨みつけると、鷹野さんはわずかに目を細める。それは不快そうな表情だった。

「理由を言う必要はありません」

「それなら頷くことはできません」

「……社長たってのお願いなのです。あなたが紗月誠のそばにいると、不都合が生じるんです」

「誰に、不都合が生じるんですか？」

私の質問に、鷹野さんは苦虫を噛み潰したような顔をした。明らかに、されたくない質問をされて嫌がっている。

ずっと無表情だった彼の顔を変貌させることができて、ほんの少し、胸がすく。

すると、次は香田さんが声を上げた。

「あなたは玉の輿に乗りたくて紗月誠に纏わりついているんでしょうが、そんなこと、周りが許しませんよ。はっきり言いましょう。あなたの存在は邪魔なんです。うちにとっても、紗月重工にとっても」

その言葉に、父は怒りで顔を真っ赤にする。ここまでこけにされて、怒らないほうがおかしいかもしれない。

でも私は、誠さんを信じていた。

「私は玉の輿に乗りたいんじゃない。誠さんが好きなだけです。私は誠さん自身に邪魔だと言われない限り、絶対に彼から離れません」

鷹野さんと香田さんを睨みつける。私の言葉に、ふたりは互いに目を合わせ、顔を歪ませた。

その時──

ゴウッと風を切る音がした。同時に鋭く道路を擦るブレーキ音があたりに響く。

私を含め、全員がその音の方向に顔を向けた。すると工場の前にスピンをかけて停まっていたのは、見覚えのある国産車。ぴかぴかに磨き上げられたドアが開き、中から出てきたのは……にっこりした笑顔の、誠さん。

大きなスリップ音にびっくりしたのか、家の玄関から母が、そして工場からも従業員たちがなんだなんだと出てくる。

「な、な、な、な」

私が驚きのあまり、震える手で誠さんを指さしていると、彼はすたすたとこちらに近づいて、私をぎゅっと抱きしめた。

「ほら、飛ぶように走ってきたよ」

「は、早すぎです！　私が電話してから、五分も経っていないのに！」

「種明かしをすると、俺はこの工場に向かう途中だったんだ。ちょっと用事があってね。グッドタイミングとは、まさに今この瞬間のことを言うんだろうね」

　ははは、と誠さんが明るく笑う。そして私を抱きしめる腕の力を緩め、まじまじと私を見つめた。

「……普段の君は、そんな姿をしているんだな」

　古い油の匂いがこびりついた年季の入った作業服。後ろにひっつめただけの髪型。確かにそれは普段通りの私だけど、誠さんに見られるのはとても恥ずかしい。私は少し顔を伏せる。

　それなのに誠さんは私の顎を人差し指で軽く上げて、ちゅ、とキスをしてきた。

「ワンピース姿も素敵だったけど、作業着も、とても似合っているよ」

「そ、それは褒めてるんですか？」

「もちろんだよ。まあ、作業着は可愛いというよりも、恰好いいという表現が正しいのかもしれないけどね。どちらにしても、俺の好きな美沙だよ」

　そんな甘い言葉を口にして、もう一度誠さんがキスしようとしてくる。その時、コホンと咳払いが聞こえた。

「紗月社長のご子息ですよね。なぜ、こんなところに？」

話しかけてきたのは、鷹野さんだ。非常に不機嫌な顔をしている。

対して誠さんはニコニコと紳士然とした笑みを浮かべ、「失礼」と軽く頭を下げた。

「桂馬重工、総務部秘書課、社長付き第一秘書の鷹野さんと、第二秘書の香田さんですね。はじめまして、紗月重工、設計開発部部長の紗月誠です。あなた方については、一通りを調べ終えています」

サラッとした誠さんの言葉に、鷹野さんと香田さんは目を剝いた。

「な、何を、調べたのか知りませんが、私たちは……」

「ええ、あなた方は一介の秘書に過ぎませんね。ですが、あなた方がついている社長は違う。一通りと、言ったでしょう？　桂馬重工社長と北條家の結託も、すべて、掴んでいますよ」

北條家の名が出た途端、鷹野さんたちは顔を青くする。なぜそれを知っていると、その表情が物語っている。

「北條家になかなかなびかない私に痺れを切らして、北條家は桂馬重工社長に指示したのでしょう。美沙を私に近づかせるな、とね。ですが、我々はすべてを知っています。北條家の令嬢には、正式にお付き合いをお断りすると告げました――今後、個人的にも紗月重工としても、親密な関係を持つ気はないと。となれば、今ここで手切れ金を渡している場合ではないと、わかるでしょう？」

「くっ」

「もはや私と美沙を引き裂いている場合ではありません。早くお帰りになったほうがいいのでは？　恨むのなら、北條家の言いなりになってしまった、あなたの敬愛する社長にしてくださいね」

「……っ、失礼、させていただく！」

鷹野さんはそう言うと、踵を返して早足で去っていく。そんな彼を、香田さんが慌てて追いかけた。

ふう、と誠さんが息をつく。私も胸を撫で下ろした。そこでふと、周りがざわざわしていることに気づく。振り向くと、従業員や母が、私たちの周りにいた。

「美沙、その方は……」

訝しげな表情を浮かべて誠さんを見る母に、私は慌てて紹介しようとする。……が、それを誠さんがやんわりと止めて、しっかりと背筋を伸ばし、頭を下げた。

「お初にお目にかかります。私は、紗月重工の紗月誠と申します」

誠さんは懐から名刺入れを出して、父に差し出す。

「突然お邪魔して申し訳ありません。折り入ってお話があるんです。どうか聞いてもらえないでしょうか」

父は戸惑った表情を浮かべ「ううむ」と腕を組んだ。父は、大企業に対して不信感を持っている。娘である私が都合よく使い捨てられた上、工場まで潰されてしまうのだ。嫌悪を覚えても仕方がない。

でも、誠さんはそんな人じゃない。私は必死になって訴える。

「お父さん、誠さん、誠さんの話を聞いて。紗月重工は桂馬重工とは違うよ。私たちを捨て駒のように使ったりしない。私は紗月重工で働いてそう思ったの。社員全員がいい人ってわけじゃなかったけど、会社からは誠実さを感じたんだよ」

「美沙……」

父が困ったように私を見る。すると誠さんがまっすぐに父を見て、口を開いた。

「この工場に関する一連の話は存じております。あなたの心情を考えれば、私に不信感を抱くのもわかります。ですが、あなたは今回の件に関して、腑に落ちないものを感じているのではないですか？　私はすべての答えを用意してきました。その上で、これからの話をしたいのです」

「これから……とは、どういうことですか？」

「つまり、この工場の未来について、あなたに提案があるのです」

再び周りがざわついた。私もびっくりして誠さんを見上げる。この工場の未来ってどういうこと？　誠さんはどんな話をするつもりなの？

誠さんの言葉を聞いて、父は「ハァ」とため息をついた。

「そこまで言われたら、聞かないわけにはまいりませんね。……わかりました。ここではなんですから、家にどうぞ。みんなは話が終わるまで、休憩していてください」

父は従業員たちに指示を出すと、母と共に実家へ向かって歩いていく。少し遅れる形で、誠さんと私が続いた。

実家のリビングでテーブルの席につく。図らずも、一ヵ月半ほど前に同じような光景を見た。

鷹野さんたちが来た時も、こんな風に向かい合って座っていたのだ。

母が温かいお茶を淹れると、誠さんは「ありがとうございます」と礼を言う。そしてお茶をゆっくり飲み、母に優しく微笑んだ。

「お茶、おいしいです」

「あ、ありがとうございます。安物で申し訳ないんですが」

「とんでもありません。お茶を淹れるのがお上手なんですね」

誠さんの言葉に、母は顔を赤らめる。……うん、その気持ちはわかる。誠さんは甘い言葉をサラッと口にするから、慣れていないほうとしては非常に照れるのだ。

誠さんはもう一度お茶を飲むと、姿勢を正す。そして私たちに向かって、深く頭を下げた。

「まずは今回の件に関してですが、我々の勝手な事情に巻き込んでしまい、本当に申し訳ございませんでした」

　謝罪をしてから、ゆっくりと顔を上げる。神妙な表情をした誠さんに、両親が戸惑うように顔を見合わせた。

「い、いや、あなたが謝るようなことではないと思うんだが」

　父が慌てつつ、声をかける。すると誠さんは首を横に振った。

「いいえ。これは、長年の間放置してきた、紗月重工と桂馬重工の解決すべき問題だったんです。美沙さんを利用したのは桂馬重工ではありません。その裏に潜む、北條家という投資家がすべての原因だったんです」

　誠さんの言葉に、父は「はっ？」と間の抜けた声を上げる。

　誠さんはいちから丁寧に説明してくれた。

　桂馬重工と紗月重工の持ち株を多く所持している名家、北條家。多くの株主をまとめて味方につけたかの家は、大株主という立場も利用して、ふたつの大企業を手玉に取り、私物化しようとしていた。

　特に、半年ほど前に北條家で代替わりがあってから、その傾向が強くなったらしい。先代は敏腕だったというが、現当主は浅慮で気が短いところがあるという。

　桂馬重工はすでに、社長の息子と北條家の長女が結婚している。次は紗月重工にも娘を嫁がせようと、誠さんはずっと北條結華という次女をすすめられてきた。しかし誠さんがなかなか首を縦に振らないので、業を煮やした北条家は、利となる話を桂馬重工に持ちかけて取り引きを交わしたのだ。

それが、うちの工場を巻き込んだあの「ハニートラップ事案」だったという。

「美沙さんが紗月家のパーティで正体を暴露された数日後に、ようやく調査が終了しましてね。美沙さんを犠牲にして近づいた北條結華が私から情報を盗み取り、その情報を桂馬重工に流すこと。それにプラスして北條家が多額の出資金を支払うことを条件に、桂馬重工は話に乗ったのです。それだけのメリットがあるなら、下請け工場をひとつ潰しても構わないと判断したのでしょう」

つまり、誠さんが言っていた『本物のスパイ』とは、北條結華……彼女のことだったんだ。

父は複雑な表情をして腕を組んだ。

「しかし、話はこれだけではありません。北條家はもうひとつたくらみを持っていたんです。それは、北條家にとって邪魔な存在だった紗月社長を蹴落とし、自分の息のかかった人間を社長の座に据えること。……その息のかかった人間というのは私の叔父、紗月専務でした」

なるほど、と私は頷く。紗月専務は、現社長を退かせ自らが社長になるために、北條家の手助けをするという危ない橋を渡ったのだ。

「北條家は、私の父の権力を弱めて叔父に決定権を与えれば、強引に北條結華と私を結婚させることも可能になる、とでも考えていたのでしょう。私と北條結華が子をなせば、ゆくゆくは北條家の血が流れた者が紗月重工を継ぐことになる、とね」

北條家はなんて強欲なのだろう。私は呆れてしまう。

誠さんは、さらに言葉を続ける。

「現紗月社長は、堅実な経営方針と画期的な就労改革が功を奏して、社員からの信頼が厚い。株主総会においては北條家の発言力が高くても、社長と社員が一丸となって抵抗すれば、ある程度の折り合いはつけないといけなくなる。それが北條家にとってわずらわしかったんです」

だから北條家は、カリスマ的人気を誇る紗月社長を引きずり下ろし、北條家に従順な専務をその座につかせようとした。

「しかし、社長を椅子から引きずり下ろすなんて、簡単なことではないでしょう」

父の言葉に、誠さんは頷く。

「はい。だからこそ、北條家は桂馬重工に話を持ちかけ、紗月重工にダメージを与えようとしたんです」

スパイであった私の正体を暴き、北條結華は誠さんの信頼を得て近づいた。そして誠さんから巧みに機密情報を得る。そして……

「不正に手に入れた情報をもとに、桂馬重工が紗月重工を出し抜く。これまで順調に伸びていた紗月重工の実績が渋くなりはじめたところで、北條家が紗月重工の株を大量に売却し、株価が大下落。その責任を負わされ、父は失脚。叔父が代表取締役に任命される。……これが、北條家の作り上げた計画です。先代の北條家当主の頃では考えられないような愚行ですが、現当主を止められる者はいなかったようですね」

はぁ、と両親が気の抜けた相槌を打った。私も驚愕のあまり、口がぽかんと開いている。

なんと悪辣な策を企んでいたんだろう。まさに北條家は、紗月重工と桂馬重工を手のひらの上で転がそうとしていたのだ。

「でも、こうやって紗月さんがいらしたということは、そういう事態に陥ってないということなんですよね？」

母の質問に、誠さんは「はい」とニッコリ微笑んだ。

「私は意図的に北條家の令嬢に情報を漏らしました。その情報はフェイクです。ケミカルタンカー製造に関する、海外とのプレゼン提案。作成するのに苦労しましたが、しっかりしたものを作ったおかげで信憑性があったらしく、令嬢はすぐに報告したようですね」

お茶をすすりながら、フ、と誠さんが笑う。私はハッとして、あの夜のことを思い出した。

……あの、誠さんの寝室にあったタンカー図面。あれがフェイクだったんだ。

「確かに今現在、紗月社長は、叔父に内密で海外企業と連絡を取り合っています。それは医療用眼鏡型ウェアラブル端末の開発。……タンカーとはまったく関係のない分野なんですよ」

「ウェアラブル……端末」

「め、眼鏡、ですか」

両親が目をぱちくりとさせる。確かに、タンカーとはまったく違う分野だ。大きさも両極端である。

「うちはずっと、エンジンや発電機などを中心に開発を続けてきましたが、最近は電子機器開発事業も進めていましてね。AI技術やパーソナルロボットの開発。まだ少しずつではありますが、国内外から技術者を招き入れ、日々勉強しています」

少し目を伏せた誠さんはそう口にし、私たちに茶目っ気のある笑みを見せた。

「ちなみに、フェイクの情報として明記した海外のプレゼン会場も、タンカー事業とまったく関係がありません。桂馬重工はそのプレゼンにすべてをかけて顔を売りに行ったようですが、どうやら追い払われたようですね」

はっはっは、と、明るく笑う誠さんを前に、私たちは唖然とするしかない。

うちの工場を使い潰して、不正に情報を得て巻き返しを図ろうとした桂馬重工は酷い。けど、誠さんのやったことも結構酷いんじゃないだろうか。……主に、海外出張までさせられた桂馬重工の社員が可哀想だ……

「プレゼンが行われた直後、北條家は紗月重工の株を大量に売りました。桂馬重工がプレゼン会場から追い払われたという情報が北條家に回る前に、北條家当主が先走って売ったそうです。北條家が大量の株を手放したせいで、他の株主も株を売り、紗月重工の株価は大幅に下落しました。しかし、昨夜ウェアラブル端末開発の発表をしたことで、今はむしろ、前より上昇しています。北條家は株を買い戻すでしょうが、前と同じとはいかないでしょうね。しかも、今回の一連の出来事は全株主に通達しましたから、北條家は多くの株主の信頼を失いました。紗月専務は支社に飛ばしましたし、北條家は紗月重工にはほとんど味方がいない状態です」

これにて一件落着です、と誠さんは笑顔で言う。北條家は社会的にも経済的にも大打撃を受けた。これまでのように大企業を手のひらの上で転がして儲けることはできないだろう。あくまで一株主として、企業経営に参加する程度の力しかなくなってしまったのだ。

自分たちが一端に関わったとはいえ、雲の上のような話だった。私たち家族は、ぽかんとした表情で誠さんを見つめる。

そこで彼は「さて」と気を取り直すように声を出すと、ビジネスバッグを開けて薄いファイルを取り出した。

「ここからが本題です。実は我々紗月重工は、飛躍製作所を自社工場として買い取りたいと希望しています。つまり下請けではなく、子会社として関係を結びたいのです」

「こ、子会社……ですか？」

目を丸くした父に、誠さんは頷く。

「飛躍製作所について調べたところ、単なる部品工場にしておくにはもったいないほどの技術力を持つことに驚きました。ぜひ、飛躍製作所の力をお借りしたい。眼鏡型ウェアラブル端末は、眼鏡のフレームの中に機械を埋め込むため、細いフレームの中を空洞にしなければならないのです。現在は３Ｄプリンターを使って試作しているところですが、それだとどうしても完成度が落ちてしまう。飛躍製作所の技術があれば、きっと最高のスマートグラスが作れると思うんです」

「……う、うちの……技術、ですか？　ちょっと、見せてください」

父の顔が一気に技術者のものになり、誠さんに差し出されたファイルを開いて中を見る。私も母も一緒に覗き込んだ。

今まで部品金具の金型を作っていた私たちは、いわば人の目に見えない『内部』に携わってきた。でも、このスマートグラスはまったく別ものだ。それ自体がひとつの完成品であり、単なる部品ではない。

「材質は樹脂系ポリマーですか？　しかしうちには、樹脂専用の工作機械はないのですが……」

「この話を受けていただけるのでしたら、必要なものはすべてこちらで揃えます。私たちが欲しいのは、あなたの資金力ではありません。……技術力なんです」

技術力。父やベテラン従業員の持つその手が欲しいと、誠さんは言っていた。

「飛躍製作所が、主に板金加工を得意としていることは、理解しています。新しい素材については勉強していただくことになりますが、板金を扱っていたからこその下地があるというのも大きい。このファイルに書かれている樹脂系ポリマーは、あくまで現段階においてベストな選択であるにすぎません。もっと丈夫で軽い素材が開発できれば、より素晴らしい完成品に繋がるでしょう」

今まで培ってきた知識と経験、そして手になじませた技術。それをフル活用して最新のテクノロジーに挑戦する。それは技術者として、とても魅力的な提案だった。それに、紗月重工の子会社になれば工場を畳まなくてもいい。従業員を路頭に迷わせることなく、またみんなで働ける。

しかし父はファイルを掴んだまま顔を歪め、眉間に皺を寄せて俯く。

「子会社にしていただくというのは、大変ありがたい話です。それに、あなたの提案はとても魅力的だ。しかし、話がうますぎるといいますか……正直、戸惑いがあります」

「あなた……」

母が複雑そうに父を見る。うちの工場は今まで桂馬重工の下請けとして、無茶な注文を受けたり、急な発注で夜中まで残業したりと、大企業の皺寄せをたくさん味わってきた。その上、理不尽な脅しを受けて、娘である私が駒にされ、最後には工場ごと切って捨てられた。

父が大企業に不信感を持つのは仕方がない。

誠さんは「そうですね」と頷き、少し悩むように顎を撫でた。

「では、腹を割って話しましょう。実はこの話は、私個人としての我儘も含まれているんです」

「我儘……ですか？」

父が不思議そうに問い返す。誠さんは「ええ」と微笑み、次に私を見た。

「私は、美沙さんを愛しています。彼女を伴侶にしたい。そのために、私は役員会議で飛躍製作所を子会社にすることをすすめました」

その、サラッとした告白に、父は「え」と呆けた声を出し、私と誠さんを交互に見た。

私は顔を火照らせ、慌てて立ち上がる。

「ちょっ、あの、ど、どういう、こと、ですか!?」

「言葉の通りだよ。君を手に入れるためなら俺は手段を選ばない。……美沙の守りたいものは俺が守ってあげる。だから、安心して俺のそばにおいで」

私を見上げて微笑み、きらりと眼鏡を光らせる。その笑顔は爽やかさの中に隠しきれない艶やかさがある。私は思わず目を逸らし、ストンと椅子に座り直してしまった。

硬直する私を楽しそうに見つめ、誠さんはゆっくりと視線を両親に戻す。

「当然の話ですが、紗月重工は道楽や同情で一企業を引き入れるつもりはありません。前から技術力の高い加工工場を探していまして、丁度、美沙さんの働いている工場が条件に当てはまっていたという話なのです。本来はここに専門部署の重役も連れてくるべきなのでしょうが、今回は複雑な事情もありましたので、私が先鋒を務めることになったんです」

「な、なるほど」

父はぼんやりと言葉を返す。そこに母が「えっと」と声をかけた。

「紗月さん。あなたは、紗月重工社長の一人息子なんですよね？　そんな方が……うちの娘なんて、いろいろと釣り合わないと思うのですが……」

「そんなことはありません。私はまだまだ未熟者で、至らないところがたくさんあります。でも、美沙さんはそんな私を受け入れ、理解してくれました。彼女がそばにいてくれると、とても心が安らぐんです。だから私は、どうしても美沙さんが欲しい」

ぐ、とテーブルに乗せた手を拳に変え、誠さんはまっすぐに前を見た。

「釣り合わないというのなら、私のほうが美沙さんにふさわしくありません。私と生涯を共にするということは、美沙さんが否応なく今までとは違う生活を強いられることになる。美沙さんは戸惑うことが多いでしょう。……それでも諦めきれない。どうか私の我儘を許してください。娘さんを、私にください」

ゆっくりと頭を下げる誠さんに、両親が困ったように視線を交わした。やがて父は私に顔を向け「美沙」と声をかけてくる。

「お前の気持ちはどうなんだ。紗月さんと一緒にいたいと思うのか？」

静かな問いかけ。私の気持ちは、もう半分以上決まっている。だって好きな人が結婚してほしいと口にしてくれたのだ。嬉しくないわけがない。

ただ、少しばかりの迷いはあった。今までとは違う生活を強いられることになる——誠さんが口にした通り、彼と一緒になるということは、私を取り巻く世界が変わるということなんだ。

私が手を伸ばしても届かないと、遠く感じていた世界。

誠さんに連れていかれたあの家族会みたいな場所で、誠さんに恥をかかせないように振る舞わないといけない。そのためには学ばないといけないことも多いし、諦めないといけないこともあるだろう。

私は顔を上げて、誠さんを見た。

彼との出会いは、普通ではありえないものだった。

あまりに策謀的な邂逅からはじまり、私は自分を偽って誠さんに近づいた。

けれど、その中で私は彼に恋をし、彼もまた私に惹かれてくれた。

出会いのきっかけがなんであっても、それだけは覆らない真実だ。奇跡のような感情は私と誠さんの心が自然に抱いたもの。

手の届かない存在だから諦めようとした。でも、未練たらしく彼を思っていた。

誠さんが好きだから。魔法が解けて元の自分に戻っても、好きという気持ちだけは捨てることができなかった。

「一緒に、いたいよ」

ぽろりと口からこぼれたのは、正直な私の気持ち。

これから待ち受けるものが何か、今の私には想像もつかない。けれど逆に言えば、見えない恐怖に怯えて尻込みするなんて、私らしくなかった。

壁を見つけたなら、そこでどうするのかを考えたらいい。その壁を確認する前に逃げるくらいなら、前に進んで体当たりしたい。

私はずっとそうやって生きていた。技術者としての壁にぶつかり、限界を感じた時も、頑張ってきた。努力が実を結ばない時もあったけれど、それも自分の中に蓄積されてきた。

だから、できるはずだ。それに私は一人じゃない。

……そうだよね？

私は問いかけるようにジッと誠さんを見た。彼はまるで私の心の中を読んだみたいに、大きく頷いた。

「美沙となら、ずっと一緒にいられると感じたんだ。俺のそばにいてほしい」

「うん」

こくりと頷くと目尻が熱くなった。涙が出そうになって、慌てて堪える。

両親はそんな私を見て、何かを諦めたようにため息をついた。私がこうと決めたら絶対に自分を曲げないことを、知っているからだろう。

ふたりは私たちの仲を許してくれて、紗月重工の子会社になる話も前向きに進めることになった。

経営上の話は後日話し合う約束をして、話が終わった誠さんは帰り支度をした。両親とは玄関前で挨拶をして、私は工場の外まで見送りをする。

秋空に鳴り響く虫の声を聞きながらなんとなく無言で歩いていると、誠さんが「美沙」と話しかけてきた。

「ん？」

見上げると、誠さんは顔を少し赤くして俯いている。それからしばらくして、ようやく誠さんは話し出した。

「あの、こういうことは、焦る必要はないと思うんだが、どうしても……自分を抑えきれなくて」

「う、うん」

誠さんが話しながらぎゅっと私の手を握ってくる。なんとなく照れつつ頷くと、彼は唐突に私へ顔を向けた。

「こ、今夜、うちに……来てくれないか」

「えっ？」

「仕事が終わったら迎えにいくから。夕飯も一緒に食べよう。その、ご両親には悪いんだが……」

珍しく、歯切れの悪い誠さん。彼は私の手を強く握りしめ、非常に照れくさそうに呟く。

「今は、美沙と少しでも長く過ごしたい。明日も平日だが、夜だけでもそばにいてほしいんだ」

「あ……」

顔が熱くなってくる。眼鏡の奥にある真剣な瞳を見て、私はコクリと頷き、誠さんくね」

「わ、わかった。あの、私……誠さんに渡したいものがあるの。だから……持って行

　今度こそ、あれを誠さんに渡そう。四日前に彼と会ってから、私は睡眠時間を削って作業を進め、昨夜完成させたところだったのだ。私がそう決意して言うと、誠さんは少し不思議そうに私を見た後「わかった」と頷いた。

「迎えにいく時、連絡をするよ」

　穏やかに微笑まれて、たまらなく嬉しくなる。誠さんはそんな私にキスをひとつ落として、「また後でね」としばしの別れを告げた。

　工場が倒産しなくて済むかもしれない。父が従業員を集めてそう言うと、みんなびっくりして、とても喜んでくれた。だけど話はそれだけではない。紗月重工の子会社になるということは、今までの技術を活かしながら、新しいこともたくさん覚えなければならないのだ。

　父はそれらも包み隠さず話して、全社員を見据えた。

「倒産はせずに済むかもしれません。だが、俺たちはいちから会社を建て直すことになる。……きっと、とても大変な仕事になると思います。給料に見合わないと感じたなら、

素直に言ってください。ついてこいと強要するつもりはありません」

一人一人の社員に言い含めるような口調で、父は言った。そうして今日は早めに終業ということになり、身の振り方を考える期間として四日ほどの休暇を宣言した。

確かに、これからは今まで通りの仕事というわけにはいかないだろう。新しい素材の勉強もしなくてはいけないし、専用の加工機械が必要なら、それについても学ばなくてはいけない。

社員が解散すると、私たち一家も工場から家に戻った。そうして私は、やっと両親にすべてを話すことができた。

紗月重工に潜入して、紗月誠さんに出会ったこと。そこから彼と付き合い、どんな風に好きになったかという心の変化を。

両親は静かに聞いてくれた。父は複雑そうに腕を組んでいたけれど、母は穏やかに私を見つめている。そして私の話が終わると口を開いた。

「美沙が決めたのなら、私からは何も言わないわ。苦労も試練も、あなたができる限りの力で向き合いなさい。でも……」

母は私にニッコリと微笑む。

「つらい時に我慢してはだめよ。あなたは頑張りすぎるところがあるから、お母さんはそこだけが心配。誠さんも助けてくれるし、私たちはずっと美沙の味方なんだからね。

いつでも頼っていいんだから」

「お母さん……」

両親は、心から私たちの仲を歓迎しているわけではないだろう。それは、私を心配しているからだ。

人生を楽に生きたいのなら、身の丈にあった人を選ぶのが正しいと、私も理解している。背伸びをするとろくなことにならないと、私は『北條美沙』を演じて、つくづく思った。

窮屈な思いをするかもしれないし、周りにいる人間と価値観の違いで悩んだりもするだろう。

だけど、私は誠さんの言葉を思い出した。

――諦めきれない。どうか私の我儘を許してください――

彼もすべてをわかっているんだ。その上で私を望んだ。それなら、私も頑張るしかない。

「ありがとう」

両親に笑顔を向ける。ふたりへの感謝の気持ちをこめて。

一時の感情に任せて人生を決めてはいけないとか、後悔しても遅いから考え直せとか――普通の親が言いそうなことを、両親は口にしなかった。

心の中ではそう思っているのかもしれない。でも、表立って反対しないでいてくれることに感謝した。

たとえ目の前に壁が立ちふさがったとしても、それによって私が苦悩することがあったとしても、私なら乗り越えられるはずだと信頼してくれることが、嬉しかった。

「私、後悔だけはしないよ。でも、時々頼るかもしれない。その時はよろしくね」

照れながら言うと、母は目元をぬぐって「いつでも頼っていいのよ」と言い、父は静かに頷(うなず)いた。

夜になって、私がお泊まりセットを鞄(かばん)に入れていると、スマートフォンが鳴った。誠さんからだ。私は慌てて鞄(かばん)を肩にかけ、家を出た。

誠さんは家のすぐそばの路肩に車を停めていた。私が近づくと、助手席側の扉がガチャリと開く。

「こんばんは、誠さん」

車内を覗き込んで言うと、運転席からこちら側に手を伸ばした誠さんが「こんばんは」と微笑んだ。

「お仕事お疲れ様でした」

「いえいえ。こちらこそお昼はお世話になりました」

ちょっと気取ったように答える誠さんに笑いながら、私は助手席に乗り込む。車は静かに動き出し、夜の道をスムーズに走った。

「俺と会う時は、また『お嬢様』の恰好なんだな」

くすくすと笑いながら、誠さんが私を横目で見る。私は『北條美沙』を演じていた時に着ていたタータンチェックのワンピース姿だった。もじもじとスカートを指で弄りつつ、私も横目で誠さんを見る。

「この間は流されるように入ってしまいましたけど、誠さんのお家に行くなら、さすがにラフな服じゃ駄目だと思ったんです」

「ふふ、ラフな美沙も見たいけど、それは部屋の中でゆっくり堪能させてもらおうかな。とりあえず、先に夕食にしようか。その恰好ならドレスコードのあるレストランでも問題ないけど、どこがいい？」

「そうですね……。正直なところ、私はなんでもいいんですよ。むしろ誠さんに不釣り合いなところを選びたくないって気持ちのほうが強いです」

「俺に不釣り合いなところって、どんなところ？」

「うーん、ラーメン屋とか回転寿司とか……」

庶民的な店では、御曹司オーラ満載の誠さんは非常に浮くだろう。そんなことを考えながら答えると、誠さんはハンドルを握り、クックッと笑う。

「そんなことを言われたら、そういう店に行きたくなってくるな」

「いや、好奇心で入って、味が好みに合わなかったらつらいでしょう。誠さんがいつも行くようなお店を選んだほうがいいと思います。私だって、ちゃんとお金は用意していますから」

トン、と胸を叩いて、私は自信満々に言う。

しかしよく考えてみると、誠さんが選びそうなお店って、間違いなく高級だよね？高級って具体的にいくらほどなんだろう。それなりに持ってきてるつもりだけど、私の懐具合で足りるだろうか。

私が悶々と悩んでいると、誠さんは楽しそうに声を立てて笑った。

「美沙が『北條美沙』をやめても、君自身はそう変わらないだろうと思っていたけど、全然そんなことなかったな。美沙はお嬢様のフリをやめるとそんな風になるんだ。思ったことをはっきり口にするし、かなりしっかりした性格をしているんだね」

「……幻滅しましたか？」

ちょっとだけ不安になって、誠さんをチラリと見る。すると彼は「全然」と首を横に振った。

「むしろ前より魅力的だ。生き生きしているところが可愛くて仕方がない。そんな君と回転寿司に行ってみたいけど、それは後日のお楽しみにして今日はレストランにしようか。あと、今日は俺にご馳走させてよ。誘ったのは俺なんだから」

そう言って、誠さんは車を走らせる。

「じゃあ、お言葉に甘えて……、すみません、ありがとうございます」

私が頭を下げると、誠さんは「美沙は本当に真面目だねえ」と明るく笑った。

誠さんのマンションまで行くと車から降り、お店に向かって歩く。そして、誠さんおすすめのスペイン料理のお店に入った。

ろうそくが灯され、ほのかに照らされる白いテーブルは、幻想的な雰囲気を醸し出す。

まるで場違いな雰囲気に馴染めなくて、最初こそ緊張していたけれど、誠さんがニコニコと嬉しそうに笑うものだから、いつの間にか私もお料理やお酒を楽しめるようになっていた。

食事を終えると、私たちはレストランを後にして、マンションに向かって歩きはじめた。満腹になったお腹をゆっくりとさする。

「おいしかった～！　ご馳走さまでした」

「どういたしまして。お口に合ってよかったよ。今日のメインのお肉は本当においしかったね。脂が乗っているのに、後味はすっきりしていて、食べやすかった」

「すごくお上品なお肉って感じでしたよ。一生分の感動を味わった気分……」

私がうっとりとしていると、誠さんはにっこりと微笑み、私の手を握った。

「そういえば、近くに蜂蜜の専門店があるんだよ。まだ開いてるはずだから、寄ってみようか」

「あ、はい！」

前に誠さんが話していた蜂蜜のお店。話を聞いた時は一緒に行ける機会はないかもしれないと思っていた。行けるのが嬉しくて、私は大きく頷く。

蜂蜜の専門店ではいろいろな味を試させてもらう。そして私は一番好きな味の蜂蜜を購入し、誠さんも買い物をして、マンションに帰ったのだった。

彼の部屋のリビングに入ると、天井からほのかな光が差し込んでいた。私は天窓を見上げ、「わあ」と声を上げる。

「綺麗！　星がこんなに見えるなんて」

「ああ、その星空は、いつか美沙に見せようと思っていたんだ。せっかくだから、今日はこっちでお酒でも飲もうか」

誠さんはそう言って微笑む。リビングの天井をくりぬいたような大きな天窓から、満天の星が見えていた。

白いラグに座ってしばらく見上げていると、そういえば誠さんに渡したいものがあったのだと思い出し、荷物を取り出した。その時、鞄からころりとラグに転がったのは、懐中時計。それはコチコチと秒針を刻んでいる。

　そこへ、誠さんがトレーにお酒のボトルとショットグラスをふたつ載せて、戻ってきた。それは黄金に輝く、綺麗な色をしたお酒で、私は懐中時計を膝に置きながら誠さんに問いかけた。

「それはなんのお酒ですか？」

「ミードネクターだよ。さっきのお店で買ったんだ。蜂蜜（はちみつ）を原材料にしたお酒でね。きっと美沙は気に入ると思うよ」

　誠さんはお酒の入ったショットグラスをひとつ渡してくれる。

「い、いただきます」

　グラスを口元に近づけると、ふわりと蜂蜜（はちみつ）の香りがする。一口飲むと、喉（のど）がカッと熱くなった。アルコールは高いけれど、舌の上に残るとろけるような甘さにうっとりとしてしまう。

「はぁ……これ、おいしいです。蜂蜜（はちみつ）特有の強い甘さがあるのに、後味はスッキリしていて、飲みやすい。油断すると、飲みすぎてしまいそう」

「ふふ、気に入ってくれてよかった。これはナイトキャップ用に少量飲むのもアリだが、水で割ってレモンを絞（しぼ）ってもおいしいし、冬はお湯で割ってショウガを入れると、すごく体が温まるんだ」

「おいしそう！　ぜひその飲み方も試してみたいです！」

「はは、そのうちご馳走してあげるよ。そういえば美沙、今日は懐中時計を持ってるんだな」

誠さんはひとくちミードネクターを飲むと、私が膝に置いていた懐中時計を手に取る。

「できるだけ身に着けていたくて、いつもはポケットに入れているんです。今日のワンピースはポケットがないので、鞄に入れていたんですけどね」

誠さんは私の手を軽く引いた。私は彼の胸の中にすっぽりと入って、抱きしめられる。

そんな私の手のひらに、誠さんはシャラリと鎖の音を立てて、懐中時計を落とした。

「……あの時は本当に、こんな素敵なものをもらう資格なんてないから、いつか返さないといけないって、ずっと思っていたんですよ」

「そうだな。君の性格上、素直にもらってくれないだろうとわかっていた。……それでもね、何か形あるものを渡しておきたかったんだ。俺は、欲張りだから」

そっと顎を上げられる。そして、ちゅ、と軽く唇にキスされた。

「んっ、欲張り？」

ふわふわした気分になりながら聞くと、彼は至近距離でくすりと笑う。

「ああ。君の事情はなんとなく察していた。本当はあのまま穏便に過ごして、適当なところで大人の悪巧みから君を解放すべきだっただろう。それが紗月重工の社長の息子である『紗月誠』として、正しい行動のはずだった」

　でも、と誠さんは言葉を繋ぐ。真剣な瞳で私を見据え、もう一度キスをした。

「……美沙が、たまらなく欲しくなった。俺という存在を強く意識してもらうために、何かをプレゼントしたかった。離れても、それを見れば否応なく俺を思い出すだろう？　……美沙は、ねじを回すたびに、俺のことを考えてくれた？」

　耳に唇を這わせ、そんなことを囁く誠さん。顔が熱くなるのを感じながら、私はこくこくと頷いた。

「ふ、ぁっ、考えてたよ……っ！　でも……っ、その頃は私、こんな風になるなんて思わなくて」

「でもはなし。俺は予感していたよ。こんな未来が訪れるってね」

　耳朶を舐め、誠さんはニヤリと笑う。

「だって俺がそう望んだから。美沙を手に入れるのは、俺にとって決定事項だったたってことだ」

「……っ、あの、誠さんって……もしかして、ちょっと俺様？」

　誠さんに翻弄されながら、訝しげに聞いてしまう。すると、誠さんはキョトンとした表情をした。

「俺様って何？」

「あ……えっと」

誠さんは『俺様』を知らないらしい。しかし素直に説明するのも気が咎める。墓穴を掘ったかなぁと決まり悪くなって横を見ると、自分の鞄が目に入った。

「あっ！」

慌てて体を起こす。そうだ、これを誠さんに渡さなきゃいけない。

私は誠さんの腕の中から抜け出すと、丁寧に包装した箱を持ち上げた。車の移動中にひっくり返らないか心配してたけど、工夫して詰めたから問題はないようだ。

不思議そうにしている誠さんに、おずおずと箱を渡す。

「……あの、たいしたものじゃないんですけど。これ、差し上げます」

誠さんは私から箱を受け取り、丁寧な手つきで包装を剥がしていく。彼は箱を開けると「おお」と目を輝かせた。

「これ、ボトルシップ？」

「はい。初めて作ったから、思ったようにはできませんでしたけど」

少し青みがかった透明のワインボトル。その中には帆船の模型が入っている。私が実家に戻ってからも、暇を見つけて作っていたものだ。

「いや、すごいよ。細かいところも再現されている。船体の部分は、塗装じゃないんだな」

「はい。木材の質感を大事にしたくて、木そのものの色でアクセントをつけました。全体の船体はヒノキを使って、甲板はクルミ材。それからフチの部分はブラックチェリー材を使ってみたんです」

　ひとつひとつ指さして説明すると、誠さんは熱心に頷く。

「帆の骨組みはどうやったの？」

「それは綿糸を紅茶で色づけて、ボンドで接着しました。でも、作っている時は誠さんにプレゼントできるとは思わなかったから、ところどころが適当になっちゃったんです。そこのマストなんて、割りばしを削ったので……」

　恥ずかしくなって俯きながら説明すると、誠さんはボトルシップをゆっくりと床に置いて首を傾げる。

「プレゼントできるとは思わなかったって、どういうこと？」

「あの、だって……私はハニートラップが目的で近づいたし、その後もあんな風にバレちゃったわけだから、もう二度と、誠さんに会えないと思っていたんです」

　ごにょごにょと呟くと、誠さんはジッと見つめてくる。そして彼に肩を掴まれたかと思うと、クルリと視点が変わった。ラグマットの上に押し倒されたのだ。

「誠さ……、んっ……ふ……っ」

　言葉を遮るようにキスをされる。長く唇の感触を確かめるみたいに触れ合わせた後、誠さんはゆっくりと唇を離した。

満天の星を背に負った誠さんは、真剣な顔だ。わずらわしそうに眼鏡を外し、ポイと放る。そして彼はニヤリと、仄暗い笑みを見せた。

「美沙から、もしボトルシップをもらえなかったら、俺はおかしくなっていたかもしれないね」

ちゅ、ちゅ。誠さんは私の唇にキスを落とし、私の体を片手でぎゅっと抱きしめる。

その時、フッと視界が暗くなった。誠さんが手近にあったリモコンで、照明を落としたらしい。

やまないキスに息苦しくなりながら、私は「そこまで？」と問いかけた。誠さんは私とおでこを合わせて「ああ」と頷く。

「だって君に会えなければもらえなかった。君と別れることを想像するだけで、怖くておかしくなりそうだよ」

そっと私の頬に指を添え、ちゅ、と唇にキスをされる。啄むような口づけはすぐさま深いものに変わった。誠さんはぴったりと唇を合わせると、舌を差し込んでくる。

くちゅ、くちゅ。

昼よりも静寂に満ちたリビングで、淫らな水音が響く。最初は冷たかった誠さんの舌は、私から体温を奪うように、だんだんと熱を帯びてくる。

「んっ、ん……っ」

びくびくと体が震えた。すがるようにギュッと誠さんのワイシャツを掴むと、彼は片手でネクタイの結び目をほどいて外す。そして首元のボタンをひとつふたつ外し、唇を重ねながら私の背中に手を這わせた。ワンピースのジッパーを下ろされ、するりと肩を露出させられる。

「あ……っ、や、はぁ……っ、ん……ぁ……っ」

肌触りを確かめるように、誠さんは私の両肩を撫でてきた。同時に首筋に薄く舌を這わせていき、肩口に強く吸いつく。ちゅう、と音がして、私の肌に赤いしるしが刻まれた。

「キスマークって数日もするとすっかり消えてしまうんだな。残念。まあ、また、つけたけどね」

「はあ……っ、も、もう……。あまり目立つところには……つけないで、んっ」

びくんと体が震える。誠さんが首筋に強く吸いついたのだ。

「や、そんなとこ……見えちゃうよ」

「見えるように、わざとつけたんだけど？」

「……いじわる」

むすっとして誠さんを見上げると、彼はクスクスと笑って私のワンピースを脱がせていく。

「ごめんね。嬉しくてつい。……君は、あの表情を浮かべなくなったな」

　そっと両手で私の顔を挟んでくる。不思議に思って首を傾げると、誠さんは少し複雑そうに私を見つめた。

「君は俺のそばにいると、時々とても悲しそうで、何もかも諦めたような顔をしていたんだよ。最初に抱き合った時さえ、苦悩の表情を見せていた。君の事情は理解していたから……俺は必死だった」

「必死……です、か？」

　ちゅ、ちゅ、と唇にキスをされる合間に、私はたどたどしく問いかける。誠さんはブラのホックを外しながら、こくりと頷いた。

「俺が好きなのは『美沙』――君自身が好きなんだって、何度も言っただろ？　でも、そんな曖昧な言葉だけではまったく伝わっていなくて、歯がゆかった。俺一人でなんでもできるような力があればよかったのに。……まだ、そういうわけにはいかなくて、悔しかったよ」

　誠さんはずっと頑張ってくれていたんだ。私が偽者の令嬢と知った時から、私を陰謀から解放しようと動いてくれていた。

　……そのおかげで私たちはこうやってまた、抱きしめ合えるようになった。

「誠さん、ありがとう……」

私の力じゃ、どうしようもなかった。私と誠さんの間に立つ壁を、それほど大きく感じていた。その壁をよじのぼって乗り越え、私の手を握って抱き寄せてくれたのは、誠さんだ。

またこの幸せな時間を味わえるなんて、嬉しい。

遠いと感じていた誠さんがこんなにも近くにいて、嬉しい。

私の手は誠さんの頭に触れて、その柔らかい髪をくしゃりと撫でる。誠さんは私を見ると、フッと目を細めて微笑んだ。

「美沙、好きだよ」

「私も、誠さんが好き」

「機械好きで、仕事好きで、真面目で……だからこそ不器用で。おいしいものを食べている時は本当に幸せそうな顔をしている、美沙が好きだ」

「……そ、それ、本当に好きなところ？　や、んっ」

ブラを外され露わになった胸に、誠さんが吸いつく。私がびくんと体を震わせると、彼はくすくすと笑って、舌先で薄く撫でるように胸の周りを舐める。

「本当に好きなところだよ。ありのままの君だろう？」

「ま、誠さんは、会社にいる時と違って本当は意地悪っ！　結構俺様だし、ちょっと子供っぽいところがあるし……でも、好き」

は、は、と息を継ぎながら、私も思いを伝える。誠さんは焦らすように乳輪をクルクル舐めた後、舌先でツンと胸の頂をつついてきた。

「は、ああっ！」

「君の告白は、ほとんど俺に対する悪口だな？」

「やっ、んん、だって、本当の……こと、あン！」

ちゅっと頂に吸いつくようなキスをした後、誠さんは舌先でちろちろと舐め、敏感な赤い尖りに甘い刺激を与えてくる。体がびくびく震えるのを止められなくて、私は息を切らしながら誠さんの頭をぎゅっと抱きしめた。

「ぜ、ぜんぶ、好きなの！　会社での紳士な誠さんも、私の好きなものを理解して、自分の好きな船を見て目を輝かせる誠さんも……全部好きに、なったの！」

快感から逃れたくて、大きな声を上げてしまう。誠さんはキュッともう片方の胸の尖りを摘まんできた。胸をぐりぐりと扱かれ、私の体が一際大きく震える。

「嬉しい。君は、俺のものだ」

胸元で囁き、誠さんは淫らな音を立てて頂にキスをする。ちゅっと吸われて、私の体にぐんぐんと熱がこもっていく。

ぐちゅ、くちゅ。

指で弄った頂にも舌を乗せられ、ヌルリと舐められる。そして彼の唾液で濡れた頂は指で挟まれ、ギュッと抓られた。

「や、ぁ——！」

誠さんの頭を抱きしめる手に力がこもる。

抓り上げられた頂は赤く膨らんでいて、硬くなったそこを誠さんの指がぐりぐりと擦った。胸の刺激は強すぎる快感を呼び、やまない愛撫に、私はいやいやと首を横に振る。

「敏感な体だな。可愛いよ」

散々頂を舌でなぶった誠さんがニヤリと笑う。そして舌で胸への愛撫を続けながら、手はするするとお腹を滑って、ワンピースをずらしながら下半身に進んだ。

「……っ、あ」

ぴくんと体が反応する。誠さんは片手でワンピースをショーツごと脱がしてしまい、ゆっくりと私の秘所に指を這わせた。

ちゅく、と小さな水音。誠さんの笑みが深くなり「濡れてる」と呟いた。たまらなく恥ずかしくなって、私は顔を手で覆ってしまう。

「だめだよ。ちゃんと、恥ずかしがってる顔を見せて」

誠さんの手が優しく私の手をどけた。私の顔は、きっと真っ赤になっているだろう。

彼は体を少し上げて私を見下ろすと、ニッコリと満足げに微笑む。

そして誠さんは、私を見つめながらゆっくりと秘所に這わせた指を動かした。

ぬちゅ、くちゅ。いやらしい音が、かすかに聞こえる。

「ん……ふ……っ、あ……っ、ああっ、ん……っ！」

恥ずかしくてたまらないのに、誠さんが私を見つめていて、顔をそらすこともできない。

ぐちゅ、ちゅく。

秘所の内側を指先で掻くように動かされ、じわじわした快感が襲いかかってくる。羞恥が頂点に達して顔を歪めると、誠さんはクッと笑って、私の唇にキスをした。

「可愛い。目尻に涙を浮かべて、よっぽど恥ずかしいんだな」

「はぁ……や、もう……ほんと、いじわる……んん……！」

普段は紳士だと思うほど優しいのに、こういう時の誠さんはすごく意地悪になる。私が快感に震えながら彼を睨むと、誠さんはたまらないといった様子で目を瞑った。

「めちゃくちゃにしたくなるな。もっと乱れる美沙が見たい」

誠さんはゆっくりと体をずらすと、私の両膝に手を差し込んでグッと持ち上げた。膝を立てるような体勢で大きく脚を広げられ、私は驚きと羞恥で頭が混乱する。

「えっ、誠さん、何を……あっ、あぁん！」

衝撃のような快感に、私は声を荒らげる。誠さんはあろうことか、私の秘所に舌を這わせたのだ。ぬるぬると秘所を滑る舌は暴力的なほど気持ちがよくて、頭がおかしくなりそう。

「やあ……っ、ん……、誠さ……っ！」

私はイヤイヤと首を横に振り、快感に耐えるように毛の長いラグマットを握りしめる。

私の脚は誠さんにがっちりと抱えられて、抵抗すらできない。その上で誠さんは執拗に舌を動かした。秘所の内側、ヒダになった部分を舌先でたどるように舐め、産毛を撫でるような舌遣いに体中が痺れる。

そして真ん中の割れ目に舌を這わせ、蜜口のあたりにちゅくりと音を立て吸いついた。

「はっ、……あぁ！　あ、ン！　やぁ……あぁ……っ！」

体が一層激しく震える。背中が弓なりにピンとしなって、抗えない快感にただ首を横に振った。

やめてほしいのに、やめてほしくない。絶え間ない快楽に恐怖を感じているのに、例えようもなく歓喜している自分もいる。

何がなんだかわからなくなる。頭はすでに混乱していた。

ちゅ、ちゅく。

誠さんの舌の愛撫は続く。彼は蜜口を舌で何度も舐めた後、私の最も敏感な秘芯にキスをした。びくんと体が反応して、甲高い声が上がる。

「ひゃあぁ、はあ……んっ！」

自分でも信じられないほど甘い声だ。

自分がこんなに淫らな声を出すなんて、知らなかった。

ちゅるりと誠さんが秘芯を軽く吸い、チロチロと舌先で撫でてくる。彼の舌の動きに合わせて体がびくつく。私は、少しでも快感を逃そうと、必死に息をする。

だけど誠さんは容赦がなかった。私の秘所を舐めながら、指で蜜口をなぞってきたのだ。

ぬるりと滑る指の感覚に、腰がぞくぞくと震える。

「ひゃ、あ……っ、ぁンっ！」

ちゅく、にゅく。

誠さんの人差し指が膣内に侵入し、くいくいと中をかき回す。同時に秘芯に強く吸いつき、淫らに舐められた。

じゅ、ちゅる、ぬちゅ。

静寂に包まれた夜のリビングに、いやらしい水音が絶え間なく響く。そして私の嬌声もまた途切れることなく上がって、目をぎゅっと瞑りながら抵抗できない快感にうち震えた。

「やぁ……！　は……あっ、まこ……と、さん、それ、っ、へんに、なる！」

息を切らしながら訴えると、誠さんが余裕たっぷりの笑みを浮かべて目を細める。

「変になってほしくてやってるんだから、当たり前だろう？」

「やっ……いじ、わ……あンっ！」

膣内に入っていた人差し指が、じゅくっと指の付け根まで挿し込まれた。そして奥を掻くように誠さんの指が動く。秘芯は自分でもわかるほど硬くなっていて、誠さんは飴を舐めるように舌の上でころころと転がした。

「ああっ、ハ、あぁ、やぁ……っ」

じゅく、くちゅ、と、音を立てて、誠さんが指を抽挿しはじめる。指の腹を擦りつけるように膣内を滑り、たまらないほど気持ちがよかった。

「あ、やぁん、っ、ぁっ」

身をくねらせ、快感に喘ぐ。くらくらする頭で薄目を開くと、そこには丸く囲まれた星空があった。

「は……っ、あ……」

まるで、星空の下で抱き合っているよう。私は誠さんの頭に手を触れ、ゆっくりと撫でる。私の仕草に、誠さんはゆるりと顔を上げた。

「ほし……綺麗、で、なんだか、夢の中みたい」

強い快感に頭の中がぼやけていて、とりとめのないことを呟く。すると誠さんはくすりと笑って、彼も天井を仰いだ。

「美沙に出会って、この天窓を見上げるたび、君に見せたいと思っていたよ。月の光に照らされる美沙は、想像以上に綺麗だ。俺もずっと君との絡みを夢想していた」

ぎゅ、と片手で抱きしめて、膣内に収めた指がぐりりと回る。

「あっ、ン！」

「でも、夢じゃない。この生々しいやり取りも、君の喘ぎ声も、そして、この味も」

にゅぷりと指を抜き、誠さんはその指をぺろりと舐めた。その表情はとても妖しげでいやらしい。

「全部、現実だよ」

誠さんが私にのしかかりながらカチャリとベルトを外し、スラックスの前をくつろげる。そしてラグマットに紛れるように置いていた避妊具のパッケージを破くと、準備をすすめた。

「俺はね、今回の一連の出来事自体は卑劣で愚かしいことだと思っている。なにせ、まったく罪のない女性を巻き込んで、その体を使って情報を盗み取らせようとしたんだからね。……君がすべてにおいて初めての女性だと知った時は、憤りすら感じたよ。やつらは外道だと思った」

「誠さん……」

彼の名を呟くと、誠さんはそんな私を見下ろし、複雑そうに微笑む。

「それでもね、俺は、嬉しいという気持ちがどうしても消せなかった」

ぎゅ、と私を抱きしめて、誠さんは自身を手に持ち、ゆっくりと秘所に滑らせてくる。

びくっと体が震えて、緊張に身を硬くした。

「あ、誠、さん……っ」

「美沙に出会えた奇跡が嬉しくてたまらなかったんだ。卑劣だと思った彼らの悪巧みがなければ、俺は一生、美沙に出会うことはなかった。君が大変なことに巻き込まれて不憫だと思っていながら、どうしても喜びの気持ちを抑えきれなかった」

首筋にキスを落として、舌を滑らせ、チュッと赤いしるしを刻む。そして誠さんはヌルヌルと秘所を滑らせていたそれを蜜口に宛てがい、ぐりりと一気に膣奥までねじり込んだ。

「やぁ、ア、ぁあん！」

ぐっと体が強張る。思わずすがるように誠さんの手を握ると、彼は私の手を握り直し、ぎゅっと組み合わせた。

「そんな自分に、なんて利己的なんだと腹が立った。でも、気持ちを抑えることができなくて……どうしても手に入れたかった。俺は、美沙に会えたという一点のみでは、悪巧みに感謝する気持ちさえ持っていたんだ。……君は両親の工場の未来も抱えて、大変な思いをしていたというのに、俺は」

「誠っ……さん」

彼の言葉を遮るように、私は彼の名を呼ぶ。誠さんは真剣な表情をして、私を見つめていた。

そんな誠さんに、私は自分の気持ちを伝える。

「もう、みんな、終わったことでしょ？」

「美沙……」

「それに、私だってすべてが嫌だったわけじゃないよ。……北條美沙を演じるのは大変だったけど、でも、楽しかった。……紗月重工でお仕事をするのも、誠さんとデートをして、話をするのも……」

誠さんが私の手を強く握りしめる。そしてグッと眉間に皺を寄せて目を閉じると、腰を大きく動かした。ずるりと杭を引かれ、柔肉を擦られる感覚に、私は体を仰け反らせる。

「あ、ぁあっ！」

「美沙、好きだ。……君に会えて、よかった」

「はっ、あ、わた、しも……っ！」

引いた腰が再び押し込まれ、私の中に収まっているものが体を貫く。硬くて、生々しさを帯びる熱い杭が、私の膣内を蹂躙する。

ぐぐっと奥まではめ込んだ誠さんは「はぁっ」と息を吐いた。

「……愛している。とても、苦しいくらい」

「私も……っ、はぁ……っ、誠さんを思うと切なくなるくらい……っ、好き。愛してるよ……っ」

見つめ合うと、誠さんは嬉しそうに微笑んだ。そして私の体を抱きしめ、そのまま体を起こしてくる。私は誠さんの膝に乗って、向かい合うような体勢になった。

「ね、美沙」

「あっ……んっ、なに……っ？」

下から突かれると、より一層誠さんのものをリアルに感じて、肩を震わせながら問い返す。すると誠さんは私の腰に腕を回して、ニッコリと目を細めた。

「さっき飲んだ、ミードネクター。あれには逸話があるんだよ」

「い、逸話……って？」

唐突な話題転換にびっくりする。奥を突いたまま動かない誠さんに、私の腰がうずいてしまう。

誠さんは、ニッと意地悪そうに笑った。

「ミードネクターは歴史の長いお酒なんだけどね。古代より新婚夫婦は、あれを飲んで子作りに励んだそうだよ。蜂蜜の強壮作用や、蜂の多産さにあやかったものだと言われている」

「な、なるほど……って、あ……っ、やぁ……！　いま、動かれると……喋れな……っ」

腰を抱きしめた誠さんが私の体をぐっと上に持ち上げる。勢いよく肉杭で中を擦られ、私はぶるぶると震えて誠さんの首にしがみついた。

誠さんはそんな私の耳朶にキスを落とし、甘噛みする。

「まるで、今の俺たちのためにあるような酒だな？」

「そんっ、な、ま……だ、結婚っ……！　あん！」

「フフ。じゃあ、結婚した時には、とびきりのミードネクターを用意しよう。『蜜月』とは、よく言ったものだ」

くすくすと楽しそうに笑って、誠さんは私を強く抱きしめると、下から力強く突き上げてくる。

ぐちゅ、ぬちゅん、ぐちゅ。ずく。

「あぁ……っ、んっ、やぁ……はぁ……んっ！」

私の体は彼の動きによって浮き上がり、翻弄される。否応なしに快感が襲いかかってきて、私は甲高い声を上げながら、誠さんの体を抱きしめた。

ふたりで抱き合い、ひとつになると、たまらない幸福感でいっぱいになる。

大好き。ずっと一緒にいたい。何があっても、離れたくない。そんな思いが溢れて、私は誠さんにしがみつき、何度も「好き」と繰り返した。

誠さんはグッと奥歯を噛みしめると、私の膝裏に腕を差し込み、抱え上げる。そして、私の体をバウンドさせるように動かしつつ、突き上げてきた。

快感と衝撃に頭がくらくらする。

「あっ、ん、誠さんっ！　あぁ！」

ぐちゅんと淫らな音を立て体が持ち上がった瞬間、ぐちゅりと奥に杭がねじ込まれた。

「やぁ、は、ああ……んっ!!」

ビクビクと体が震えて、閉じた目の奥で光が爆ぜる。

酸素を欲してはくはくと息を継ぐと、誠さんは一層強く腰を突き上げた。

ぐちゅり、ぬちゅりと、いやらしい水音が響く。

いつの間にか誠さんも私と同じように息を切らしていて、目元を赤くしている。

「は、はっ、は……っ、美沙……っ！」

誠さんは折れそうなくらいに、私の体を強く抱きしめた。最奥まで貫くほどに杭を突き、誠さんはビクリと体を震わせる。膜越しに、私の中へ熱いものが広がった。

そして、私を抱きしめたまま、彼は余韻に浸る。しばらくして、ゆるりと腕の力を抜いた彼は、少し汗ばんだ顔でニコリと微笑んだ。

「……続きは、ベッドでやろうか。それともこのまま、お酒の残りを飲む？」
未だ彼の肉杭は力強く私の中でドクドクと脈打っていて、熱を帯びている。
私の顔に熱が集中して、たまらないほど恥ずかしくなって俯く。そして、小さく
「……ベッドのほうでお願いします」と、彼に囁いた。

今までで一番愛し合った次の日の朝。私は彼に朝ご飯を作ることにした。と、言っても大したものはできなくて、しかもお洒落感もまったくない、なんともしょぼい朝食になってしまった。

「ご、ごめんなさい。誠さんの作ったサンドイッチのほうが、おいしそうだったね」

「あれが気に入ったのならいつでも作ってあげるよ。それより俺は、美沙の料理のほうが遥かに嬉しいな」

ニコニコとカウンターテーブルの椅子について、私の料理を眺める誠さん。その表情は実に嬉しそうで、私まで幸せを感じてしまう。

しかし内容はやっぱり寂しいものだ。マーガリンを塗ったトーストと、オムレツを作ろうとして失敗したスクランブルエッグ。野菜を切っただけのグリーンサラダに、ヨーグルト。

誠さんが淹れてくれたコーヒーだけが、とても上品な味だった。

ふたり並んで朝食を食べはじめると、誠さんが思い出したように「そうだ」と顔を上げた。

「今度、ちゃんとした場を作って、両親に紹介しようと思っているんだ。美沙、会ってくれる？」

コーヒーを飲んでいた私は、ぶっと噴いてしまう。……そういえば誠さんは、不意打ちのように私をご両親に紹介しようとしたんだっけ。途中でそれどころじゃなくなったけど。

「うう……緊張するなぁ。だって誠さんのお父さんってことは、紗月重工の社長でしょう？　……本当に私なんかで、大丈夫なんでしょうか」

「問題ないよ。両親の了承はすでに得ている。それに、父は確かに社長ではあるけど、美沙にとってみれば、単なる俺の父親だよ」

「そ、それはそうかもしれませんけど」

「ふふ、そう硬くならなくていいよ。でも、君を紹介する頃には、もう少し俺に慣れてくれると嬉しいな。その、なかなかやめてくれない敬語とかね？」

「あ……」

思わず顔に熱が入ってしまう。誠さん相手に敬語をやめるのは苦労しそうだ。なにせ一時期は上司だったわけだし、年上だし、素敵な紳士だし。……まぁ、夜はちょっと意

「設計開発部のみんなも、美沙に会いたがってるよ。刈谷なんかすごく寂しがってる。よかったら、そのうち飲み会をする時にでも、顔を出してほしいな」

「い、いいんですか？」

私も気になっていたのだ。消えるように紗月重工から去ってしまって、みんなはどうしているかなと思っていた。

また会えるなんて嬉しい。今なら、刈谷さんや手島さん、チームのみんなとも、いろいろな話ができる気がする。

食事を終えると、私はそばに置いていた懐中時計を手に取った。

チキチキとねじを巻く。一回転させて、半回転戻す。また一周回して、半分戻す。ねじを巻く速さは、遅すぎても速すぎてもいけない。心を落ち着かせて、キリキリと巻いていく。

隣では誠さんが頬杖をつき、そんな私をジッと見ていた。

「随分と丁寧にねじを巻くんだな」

「こまめなメンテナンスと、丁寧に扱うことが、長持ちの秘訣（ひけつ）なんです。……それに、これは大切な宝物ですから」

ねじを巻きながら答えると、誠さんはくすくすと笑ってコーヒーを一口飲んだ。

「なるほど、至言だな。俺も肝に銘じておこう」

「誠さんにも、何か宝物があるんですか？」

少し顔を上げて聞く。ニッコリと彼が微笑むと、オーバル型の眼鏡が朝日に反射してきらりと光った。

「ああ。美沙という宝物ができたからね。長持ちさせるためにも、丁寧に扱わないと」

想像していた以上の気障なセリフに、思わずぷっと噴き出してしまう。そのまま私が笑い続けると、誠さんは若干心外といった様子で私を睨んだ。

「そこまで笑わなくてもいいだろう。俺はおかしなことを言ったつもりはないんだけど」

「自覚がないのが逆にすごいですね！　前から思ってたんですけど、誠さんって時々すごく気取ったことを言うから。実はびっくりしていたんですよ」

以前から思っていたことを言うと、誠さんは「そうかな」と言って腕を組んだ。

育ちがいいからだろうか。それとも元からそういう性格なのだろうか。でも、誠さんは見た目も素敵だし、言動もすごく紳士だから、気障な言葉も妙に似合う。

キリ、と、ねじに引っ掛かりを感じた。巻き上げが終わった証だ。

私は懐中時計をカウンターに置くと、ふと、リビングソファの横に設置されているガラスケースを見た。そこに鎮座している帆船の模型は朝の爽やかな光に照らされ、いつもより綺麗に見える。その真ん中の棚に陣取るように、私が作ったボトルシップが飾られていた。

「そろそろ出社の時間ですよね」

「そうだね。あー、もっと美沙と一緒にいたい。またしばらく離れると思うと、つらいなあ」

「しばらくって、数日でしょう？」

「俺にとって、美沙に会えない数日は長く感じるんだよ。寂しいからね。……早く結婚したいな」

そっと私の肩に頭を置いてくる誠さん。その甘えた仕草に笑って、私は綺麗に整えられた彼の髪を少しだけ撫(な)でた。

「もう私は、誠さんと離れる理由もなくなったんです。ずっとそばにいますし、会いたい時はいつでも会えますよ。あなたは会社、私は工場(こうば)。お互い、今日もお仕事を頑張りましょう」

「美沙は本当に真面目だなあ。そういうところが好きなんだけど」

ぎゅっと誠さんが抱きしめてくる。誠さんの態度が一気に甘々になった気がするんだけど、私の思い過ごしだろうか？

すると誠さんは「よし」と気合いを入れるような声を出し、私を見下ろしてきた。

「じゃあ、俺が寂しくならないようにおまじないをかけてくれる？」

「お、おまじない？　なんですか、それ？」

思わず問いかけると、誠さんはニッコリと爽やかな笑顔を見せて、恥ずかしいことを口にした。

「キスして。行ってきますのキス」

「ええっ!?　そ、それがおまじない……ですか？」

「そう。美沙からキスしてもらったら、まあ、数日分は充電できそうだから」

充電ってなんだ。私は充電器なのか。

じりじりと迫ってくる誠さんにおじけつつ、妙な気恥ずかしさもあってつい、彼の胸を押してしまう。だけど誠さんはそんな私の両手をぎゅっと握（にぎ）った。

「ね、美沙。キスをして」

「う、うう」

甘いおねだり。朝からそんな、艶（なま）めかしい低声で囁（ささや）かないでほしい。

私は散々うろたえた後、思い切って誠さんの唇にキスをする。勢いあまって、唇同士がぶつかりあうような、あまり色気のない口づけになった。

だけど誠さんはくすりと笑って、私の唇を啄（ついば）み、優しく唇を重ねてくる。

そのキスは、長く長く続いた。

こちこちと、歯車の見える綺麗な懐中時計が、静かにふたりの時を刻んでいた。

書き下ろし番外編

御曹司サマと庶民デート

ガヤガヤと賑やかな店内。流行の歌をアレンジしたＢＧＭ。

店の中心には大きく円を描いたようなレーンがあって、その上ではお寿司の載った皿がカタカタとのんびり移動している。

そう、ここは庶民ならば一度は入ったことがあるであろう――回転寿司！

「ほう……回転寿司の店内とは、こんな雰囲気なんだな。なかなかアットホームで楽しそうな店じゃないか」

まるで上京したてのオノボリさんのようにあちこちキョロキョロ見回しているのは、高級ブランドの洋服をナチュラルかつスマートに着こなしていらっしゃる、紗月誠さん。シャツの袖から見え隠れしている時計は、おいくらまんえんするのでしょう？

「本当に初めて来たんですね」

私は感心したように言ってしまった。この世の中、大人になっても回転寿司に行ったことがない人なんて、いないと思っていたのだ。世界は広いね！

そう、誠さんは回転寿司店やファミリーレストランに足を踏み入れたことのない人なのである。なぜなら、生まれた時から上流階級の人間だったから。

ですので、私の人生において一度も足を運んだことのない超高級寿司店や、五つ星のレストランには何度も訪れているわけです。くっ……なんだか悔しい。本当のセレブってこういう人のことを言うんだね。ごく自然に上流階級といいますか、嫌味がまったくないところが逆にすごい。

「あ、誠さん。待ってください。まずは発券機から券を取らないと」

店員を呼ぼうとする誠さんの袖を慌てて引く。

「発券機。……ああ、これか！　いや、さっきから気はなっていたんだ」

発券機は、可愛い人型ロボットだ。胸面にモニターがあって、人数や、席の種類を選ぶと、番号の書かれた紙が出てくる。これで順番待ちをするのだ。

「人数はふたりで、席はカウンターでいいですよね」

「うん、まかせる」

「よし……。これでＯＫ！」

私が人数や席を選ぶと、ロボットが『しばらくお待ち下さい』と言って、券を発行した。

「丁度ランチの時間だから、混んでいるようだな」

「でも、カウンター席を選んだので、早めに通されると思いますよ」

そんな話をしながら、待合のソファに座る。

今日は日曜日。客層は主にファミリー層で、他にも友達同士や、私たちのようなデートを楽しんでいるカップルもいる。

春の季節で気候も程よく、絶好のお出かけ日和だから、お昼はどうしても混んでしまう。

「こうやって食事前に待つというのも新鮮なものだな」

「普段は外で食べる時、どうしているんですか?」

私が尋ねると、誠さんは穏やかな笑みを見せる。

「基本は事前に予約しているよ。滅多にないけど、急に外食することになった時は、クレジットカードのコンシェルジュサービスに頼っているかな」

「くれじっと……こんしぇるじゅ……?」

いきなりカタカナ羅列の呪文を言われてびっくりしてしまう。

よくわからないけど、誠さんは予約してレストランに行くのが当たり前なんだろう。

「いや、それにしても、この歳になって回転寿司に行ったことがないとか、我ながら恥ずかしいくらい世間知らずだな」

「縁のない生活だったんだから仕方ないと思いますよ。牛丼チェーンや、ハンバーガーのお店も行ったことないんでしょう？」

「そう、そうなんだ。いや興味がなかったわけじゃない。たとえばうちの部署では、手島が根っからのジャンクフード好きでね。あれがうまい、これがよかったなんて話をよくするので、機会があれば食べてみたいと思っていたんだ」

手島、と誠さんが口にして、私は思い出す。

誠さんの会社――紗月重工の開発部で、ほんの一時、働いていたころを。

あの時は別人のフリをしていたけど、開発部での日々は私にとって忘れられない思い出になっている。

「ふふ、手島さんらしいですね。皆、元気にしているんですか？」

「もちろんだよ。元気すぎるくらいだ。刈谷なんて、毎日のように『いつ美沙ちゃんを引き抜いてくるんですかっ』て、俺にすごんでくるくらいだし」

「あ、あはは……。それはとても嬉しいお話なんですけど」

その情景は容易に思い浮かぶ。

私が北條美沙ではなく、伍嶋美沙だったという事実は、誠さんの口から開発部の皆に伝わった。それから開発部の飲み会に私を招待してもらって、改めて騙していたことを謝ったんだけど……。

刈谷さんはまったく気にしていない様子で笑っていた。私がスパイとして紗月重工に潜入したくだりをかいつまんで説明したら「ドラマみたい！」とはしゃいでいた。手島さんは「俺は最初からアヤシイと思ってたんだよな～」とか、調子のいいことを言っていたし、六道さんは「確かに、お嬢様にしては馴染むの早いって思ってたよ」と小さな声で言っていた。

本当にとても優しくて、気持ちのいい人達。私もできることなら、再び開発部で働きたいって思うくらい。

「まあでも、天下の紗月重工ですから。さすがに、私が就職するのは無理ですよ」

「どうしてそう思う？」

「だ、だって……高卒だし」

ちょんちょんと人差し指を合わせてボソボソ言うと、誠さんがぷっと笑う。

「うちは大卒限定じゃないよ。即戦力になるなら、学歴は問わないんだけどな。美沙ならもちろん大歓迎だ」

「うう、そう言ってもらえるのは嬉しいのですが、さすがに気後れしますよ。潜入していた頃だって、すごく場違い感がありましたし」

なんというか、高学歴以外お断りって感じだった。皆、頭がよさそうだったし、私みたいな現場のたたき上げ的な人は見かけなかった。

「元上司として正直なことを言うと、君のような人材は非常に惜しいんだ。でも、君には君のやるべきことがあるからね。悔しいけど、君を引き抜くのは諦めたんだよ」

クスクスと笑いながら誠さんが言う。

「……はい。私は今の仕事をしっかりこなさないといけないですからね」

今年の春から、お父さんの経営する飛躍製作所は正式に紗月重工の子会社になった。

見たこともない工作機械。初めて扱う材料。

私を含めた全社員は、今、毎日のように勉強会を行っている。

今まで作っていたものと全く違うものを作るのだから、戸惑いも多いし、難しいと感じてしまう。だけど私は楽しい気持ちも持っていた。

紗月重工が希望するものを完璧に作りたい。ううん、それ以上のものを作って驚かせたい。残念ながら私はまだまだ修業不足だけど……いつかは絶対、誠さんだって目を丸くするようなスマートグラスを作りたいんだ。

だから、誠さんや刈谷さんには申し訳ないけど、私は余所見をしている余裕なんてまったくない。

誠さんと他愛のない話をしていたら、順番が回ってきた。

「お、番号を呼ばれたか」

「それじゃあカウンター席に行きましょう」

私たちはソファから立ち上がり、カウンター席に向かう。隣同士で座ると、私はさっそくコップをふたつ取って、緑茶の粉を入れた。

「ええと……それは、お茶か？」

「はい。ここでお湯を入れるんですよ。熱いから気をつけてくださいね」

蛇口の下にあるボタンにコップを押しつけると、お湯が勢いよく出てきた。

誠さんは興味深そうにしながら、私からお茶の入ったコップを受け取る。

「紙ナプキンはカウンターの上にありますよ。それから、こっちはガリです」

目の前にある四角い箱をパコッと開けると、しょうがと酢の匂いがツンと鼻を刺激した。

「あと、回ってるお寿司を取ってもいいですけど、このパネルを操作して注文することもできますよ」

「すごいな。飲み物からオーダーまですべてがセルフサービスで、しかも完全にシステム化している。なんて便利で手軽な店なんだ」

誠さんがキラキラと目を輝かせて感心していた。回転寿司ってそんなに驚くようなものないと思うけどな……

そんな誠さんはさっそくパネルを操作し始めた。にぎり、巻き寿司、その他。一通りを眺める。

「デザートまであるんだな。それに酒や、つまみもある。バラエティ豊かだな。とても一介の寿司屋とは思えない。ラーメンやうどんもあるのか！」

「ま、まあ、誠さんが普段行ってるお寿司屋さんと回転寿司を『寿司屋』でひとくくりにしたらダメだと思うよ」

私は堪えきれずに笑ってしまった。だって誠さん、子供みたいにはしゃいでいるんだもん。確かに、回ってないお寿司屋さんと回転寿司って、なんというかレストランのカテゴリーから違う感じだよね。でも、本当に楽しそうで何よりだ。

「これは悩むな。寿司からいくか、それとも、サイドメニューにしてみるか。あさりそばも個人的に気になる料理だ」

「うーん、最初はお味噌汁とか、茶碗蒸しもありですよ」

「なるほど。では茶碗蒸しを注文してみよう」

誠さんがタブレットを操作して注文する。私は、丁度食べたいと思っていたお寿司が回ってきたので、レーンから皿を取った。

「それは、アジか？」

「はい。私、青魚のお刺身が好きなんですよね～」

もちろん赤身のマグロや白身のヒラメも好きだけど、アジやイワシのあっさりした味わいと独特の爽やかな香りが気に入っている。あと安い。安くておいしいは正義なのだ。

「では、俺も同じものを食べよう」

誠さんも私と同じネタの皿を取った。そして醤油を少したらして頬張る。

「う〜ん、おいしい！」

「侮ってたな……。青魚の臭みもなく、新鮮だ。少し、シャリが多いのが気になるけれど、これはこれで食べ応えがある」

誠さんの舌にも合うようだ。よかったよかった。

その時、ピロリンと音がした。

「あ、注文したものが来たみたいですよ」

回転寿司のレーンを見れば、奥のほうから茶碗蒸しの入ったトレーがやってくる。私はサッとふたり分取り上げると、ひとつを誠さんに渡した。

「はい、どうぞ」

「これは……注文品を取るタイミングが、なかなかシビアだな……」

誠さんが難しい顔をしている。レーンに流れてきたものを取るだけなのに、どうしてそんなに深刻そうなのだろう……。

「まあまあ、茶碗蒸し食べましょう」

私はスプーンで茶碗蒸しを掬い、ぱくっと食べた。

「う〜ん、カニ茶碗蒸しおいしい〜！」

「確かに、カニのうまみがよく出ているな。それに具だくさんだ。こんなにもいろいろ入っている茶碗蒸しは初めて食べるよ」

「そ、そうなんですか？」

茶碗蒸しといえば、ぎんなんにかまぼこ、しいたけ、鶏肉って感じなのだが。誠さんのことだから、彼の思う茶碗蒸しは高級料亭の料理なんだろう。

「茶碗蒸しをそこまで真剣に味わったことはないが、そうだな、ゆり根とぎんなんの入った茶碗蒸しはおいしかったな」

「ゆり根……？」

はてな、と私は首を傾げる。ゆり根……聞いたことのある食材だけど、ちゃんと食べたことはないかもしれない。

すると誠さんはフッと優しく目を細めた。

「今度、俺がよく行く料亭に行こう。そこの茶碗蒸しはおいしかったと記憶している。他の料理もなかなかのものだった」

「あ、はい……」

私は曖昧（あいまい）に返事をして、ぱくりと茶碗蒸しを食べた。煮え切らない私の態度に、誠さんが不思議そうな目をする。

「あ、あはは。もちろん嫌じゃないですよ。ただ……」

かしかしと照れ隠しのように頭を掻いて、私は苦笑いをする。

「誠さんのおすすめするお料理屋さんは絶対間違いなくおいしいから、今、私が味わっている料理まで味気なくなってしまいそうで、ちょっと気後れするといいますか」

これまでも、誠さんと何度かデートをした。その度に彼は私を、様々なお店に連れて行ってくれた。

煌(きら)びやかなフランス料理のフルコース。びっくりするほど豪華絢爛(けんらん)な中華料理。どれも感動するほどおいしかったから、私は逆に、その贅沢(ぜいたく)な味に慣れてしまうのが怖いと思ってしまった。

食がすべてってわけじゃないんだけど、そこから、私の普通が普通じゃなくなる気がして……。

いつの間にか茶碗蒸しを食べる手が止まってしまっていた。そんな私の手を、誠さんがそっと掴む。

「大丈夫だよ、美沙」

その優しい声に、私はハッと顔を上げた。目の前にいる誠さんは、私の心をすべて見透かしているみたい。

「君がおいしいと思うものを、俺はこんなにもおいしいと感じている。だから君の不安は杞憂(きゆう)だよ。それに、俺がおいしいと思ったものを美沙がおいしいと言って笑ってくれると、心が浮き立つほどに嬉しくなるんだ」

「誠さん……」

その言葉に、私は目を見開いた。

そうか。なんとなくだけど、自分の不安がわかった気がする。

私は誠さんとお付き合いすることで、自分の価値観が変わってしまうのではないかと恐れていたのだ。

それは、今までの自分を否定するような感覚で、誠さんの生活基準に慣れる自分を認めたくなかった。

でも、違うんだ。

私と誠さん。それぞれの価値観を認め合うことが、付き合うってことなのかもしれない。どちらかを捨てるんじゃなくて、どっちの感覚も大切にする。

だから誠さんは、私の価値観に歩み寄ってくれるし、自分の価値観を私に知ってもらおうとしているんだ。

ようやく心のつかえが取れた気がして、私は安心して笑ってしまった。

「そっか……。考えてみれば当たり前のことでしたね。回転寿司も、回ってないお寿司も、両方おいしいってことですよね」

「そういうこと。さて、次は何を食べようかな」

誠さんはワクワクした様子でパネルを操作し始めた。私はくすくすと笑ってしまう。

本当に楽しそう。こんな素敵な人とお付き合いできる私は、果報者というか……正直に言うと釣り合わないと思うけど、とても幸せだ。

「おっ、これは面白そうだ。これにしよう」

「どれですか？　……うっ⁉」

誠さんが指さしたメニューを見て、私は顔を引きつらせてしまう。

「生ハムリンゴ寿司⁉　な、なんでそんな変わりダネを……！」

「面白そうじゃないか。ちなみに生ハムと果物は合うぞ。メロンとか」

「い、いや、それは聞いたことあるけど、そこにもれなくシャリがつくんですよ！」

「うん。だからこそ気になった。どんな味なんだろう、楽しみだな」

誠さんがニコニコしている。

回転寿司の特徴のひとつ。変わった寿司ネタ！

なぜかシャリに揚げ物や焼き肉などを載せたネタがあるのだ。いや、これはこれでおいしいんだけど、あまりに邪道といいますか、一口目に勇気がいるといいますか。

「おっ、これも気になるな。『意外とヘルシー・ミックスフライ寿司』……。どんな寿司なのか想像もつかない！」

「だからどうしてそういう……もっと普通のお寿司を食べましょうよ！」

私がツッコミを入れるも、誠さんは楽しそうに笑うだけだ。

まったく。まあ、ニコニコしてる誠さんを見てると、私もなんだか嬉しくなるから別に構わないけど。

「美沙はどんな寿司が好きなんだ？」

「そうですね。さっきの青魚も好きですが、ねぎとろラー油が好きですね」

「ねぎとろラー油！」

誠さんの目がキラーンと光った。変わりダネ好きセンサーが働いたようだ。

「それは食べたことがない。ねぎとろとラー油は合うのか？」

「意外かもしれませんが、めちゃくちゃ合いますよ。これはオススメです」

「なら悩む必要なんてないな。注文しよう」

さっそく誠さんがパネルを操作する。その手つきはもはや慣れたものだ。

「ああ、本当に楽しいな。美沙といると、食事時ですらこんなにも心が躍るよ」

「そ、それは単に、食べたことのない料理を食べているからでしょ」

私は顔を熱くさせながら、慌てて言った。誠さんはサラッと甘いことを言うので油断ならないのだ。

するとと誠さんは意味ありげに私を見つめ、優しく目を細める。

「違うよ。まあ、未知のものを食べる喜びは確かにあるけれど」

こくりとお茶を飲んで、誠さんはまぶしそうに私を見つめる。

「俺にとって美沙は、食事において最高のスパイスなんだ。きっと、何を食べても君と一緒ならおいしい。そういうことなんだよ」

「ごふっ」

私は思わず、口に含んだお茶を噴きそうになってしまった。

「も、もう、誠さん！　そういう歯の浮くような台詞、さらっと言わないでください！」

「歯の浮くって……真実なんだけどな」

若干拗ねたように誠さんは唇を尖らせる。

ううう、あなたが私に言った言葉のすべてが本音であるのなら、それはそれでメチャクチャ嬉しいのですが、やっぱり恥ずかしいものは恥ずかしいのです……

私はすっかり顔を熱くさせて、お寿司を頬張った。

ヘルシー・ミックスフライ寿司は、本当に意外とおいしかった。

ブラック企業で働くOLの里衣（さとい）。連日の激務で疲れていた彼女は、あろうことかヤクザの車と接触事故を起こしてしまった！　事故の相手であるイケメン極道の葉月（はづき）から請求されたのは、超高額の修理代。もちろん払えるはずもなく……。彼の趣味に付き合うことで、ひとまず返済を待ってもらえることになったけど…でも、彼の趣味は『性調教』で――!?

B6判　定価：本体640円+税　ISBN 978-4-434-26112-1

～大人のための恋愛小説レーベル～

ETERNITY
エタニティブックス

四六判
定価：本体1200円+税

エタニティブックス・赤

旦那様、その『溺愛』は契約内ですか？

桔梗 楓

装丁イラスト／森原八鹿

七菜は今、ピンチに陥っていた。苦手な鬼上司・鷹沢から、特命任務が下ったのだ。その任務とは——彼と〝夫婦〟という想定で二ヶ月間、一緒に暮らすこと!?　戸惑いつつも引き受けた七菜だけれど、彼との暮らしは……予想外の優しさと甘さ、そして危険に満ちていて？

四六判
定価：本体1200円+税

エタニティブックス・赤

愛に目覚めた冷徹社長は生涯をかけて執着する

桔梗 楓

装丁イラスト／逆月酒乱

厄介な家族の妨害により、人生を滅茶苦茶にされてきた志緒。唯一の味方であった祖母を亡くし、悲しみに暮れていた彼女は、取引先の社長・橙夜に救われる。彼は、志緒の笑顔を取り戻すためならなんでもすると、愛を囁いて……？　夢のようなシンデレラ・ロマンス。

※エタニティブックスは大人の女性のための恋愛小説レーベルです。ロゴマークの色で性描写の有無を判断することができます（赤・一定以上の性描写あり、ロゼ・性描写あり、白・性描写なし）。

詳しくは公式サイトにてご確認ください。
https://eternity.alphapolis.co.jp

携帯サイトはこちらから！